古典詩歌研究彙刊

第十二輯

龔鵬程 主編

第 15 冊

秦觀詞接受史（上）

許淑惠 著

國家圖書館出版品預行編目資料

秦觀詞接受史（上）／許淑惠 著 -- 初版 -- 新北市：花木蘭
文化出版社，2012〔民 101〕
目 4+194 面；17×24 公分
（古典詩歌研究彙刊 第十二輯：第 15 冊）
ISBN 978-986-254-911-7（精裝）
1.（宋）秦觀 2. 宋詞 3. 詞論
820.91   101014514

ISBN-978-986-254-911-7

9 789862 549117

古典詩歌研究彙刊
第十二輯　第十五冊   ISBN：978-986-254-911-7

秦觀詞接受史（上）

作　　者　許淑惠
主　　編　龔鵬程
總 編 輯　杜潔祥
出　　版　花木蘭文化出版社
發 行 所　花木蘭文化出版社
發 行 人　高小娟
聯絡地址　新北市永和區中正路五九五號七樓
　　　　　電話：02-2923-1455／傳眞：02-2923-1452
網　　址　http://www.huamulan.tw 信箱 sut81518@gmail.com
印　　刷　普羅文化出版廣告事業
初　　版　2012 年 9 月
定　　價　第十二輯 24 冊（精裝）新台幣 33,600 元

秦觀詞接受史（上）

許淑惠 著

作者簡介

許淑惠，台灣雲林人，畢業於國立成功大學中國文學系碩士班，目前正攻讀博士學位，現任嘉南藥理科技大學、高苑科技大學通識教育中心國文科講師，曾榮獲財團法人中華扶輪社教育基金會評選為 2007~2008 年度中華扶輪社獎學生，並獲頒碩士班獎學金。研究領域為詞學，已發表之相關論文為〈析論《山谷詞》中的仿擬現象〉、〈明代秦觀詞傳播接受研究〉、〈菩薩蠻詞調探析〉等。

提　　要

　　本論文受西方接受美學理論啟發，而注意到傳統文學史的撰寫方式，多半側重於作者及作品本身，忽略了讀者的觀點；經典的形成，並非一朝一夕，而是歷經漫長且複雜的時空環境影響之下，由不同讀者的閱覽、詮釋、吸收再創作等接受方式，進而凸顯其特質而形成。本論文撰寫之方式，除了側重西方接受理論重視讀者觀點及歷時過程兩大思考要素外，更受到指導教授王偉勇老師長期關注詞學資料所啟發，經典作家及作品的傳播方式，影響了讀者接受，透過接受群體所帶動的傳播方式，可呈現秦觀被接受的明顯差異性，因此筆者再依其特性區分為「作品傳播流衍」、「理論批評接受」、「創作仿效追和」等三大面向，西方理論嚴密翔實，中國詞學資料豐富多元，因此本論文乃兼融中西方文學特質而成。

　　文學經歷漫漫時空長流，秦觀為北宋著名詞家，歷來備受推崇，名篇佳作至今仍傳誦不歇，歷代讀者實扮演著重要角色，故研究秦觀地位，不應侷限於宋代，就詞體發展概況論之，兩宋蔚為大興，經歷金元、明、清各時期，時空久遠，受社會文化及當時代思潮影響，代有變易，故本論文乃細就各時代發展面向，加以查考，並藉由讀者的接受角度，言而有據地確立秦觀於詞史上的經典地位。

誌　謝

　　回憶多年前，帶著忐忑不安的心情，來到了這溫暖的城市——臺南，首先映入眼簾的是每近夏日便開花的阿勃勒和鳳凰花，黃澄澄的繽紛，紅豔豔的絢爛，是這城市的最佳妝點。而我在這，展開了我碩士班的求學生涯。

　　《秦觀接受史》的完成，是由無數的心血與汗水所灌溉，首先要感謝指導教授王偉勇老師，老師忙碌穿梭的身影，開懷爽朗的笑聲，情意充沛的吟唱，以及時時刻刻的身教、言教，總是帶著慈父的期盼，為學生指引著方向，老師的關愛與親切，點點滴滴皆牢記在心頭。感謝黃文吉老師與高美華老師，百忙之中，費心審查學生的論文，並提供許多寶貴的意見及思考面向；感謝陳怡良老師，細心批閱學生的文章〈九歌‧東皇太一之神性探索－兼對「太一」詞義考辨〉，使學生學習撰寫學術論文，能有更加細膩的眼光與嚴謹的態度；並感謝沈寶春老師、王三慶老師、陳益源老師、許長謨老師、林金泉老師、吳榮富老師、廖玉如老師，及系上師長們的費心指導與諄諄教誨。

　　一路走來，流逝的光陰，卻帶不走朋友之間的深厚情誼，感謝福勇、淑華、宏達等學長姐，及乃文、文郁、瑋郁、思萍等人，一起在蒐羅詞學資料上，耐心耕耘；另感謝芳祥、淑蘋、妍伶、翊良、佑仁、儒育、雁詩、謝慈、小傅、婉玲、玉鳳、宥伶等學長姐、學妹，為我

加油打氣，讓我能順利完成這本論文。

　　最後我要感謝我親愛的家人，母親含辛茹苦、默默付出，一路走來始終是我最重要的心靈支柱，妹妹瑞敏、晏熏，弟弟佐名，父親離開後，多虧有你們，陪伴左右；感謝慧裕伯父及慧志叔叔鼓勵與幫助，讓我順利完成學業；感謝元俊細心與體貼，及財團法人中華扶輪社教育基金會，提供獎助學金，助學生一臂之力，順利完成論文。

　　謹將此論文，獻給天上的父親與慧裕伯父，費心指導的師長，最最親愛的家人，及彼此激勵的學長姐妹與同學們，衷心謝謝你們！

目次

第一章　緒　論

第一節　研究動機和目的

一、研究動機

　　吳梅《詞學通論》云：「論詞至趙宋，可云家懷隋珠，人抱和璧，盛極難繼者矣！」〔註1〕宋代詞體發展，蔚爲鼎盛，名家繼出。詞以婉約爲宗，當蘇軾開啓「一洗綺羅香澤之態」的新境界後，秦觀則汲取《花間》、《尊前》及南唐後主諸家遺緒，經北宋晏殊、歐陽脩、晏幾道等詞家，而能特立本色，自出清新，且不受典故實質所累，情意眞摯，婉轉雋永，故備受推崇。秦觀（1049～1100），字太虛，後改爲少游，號淮海居士，高郵（今江蘇）人，著有《淮海集》四十卷，《淮海居士長短句》三卷。秦觀「少豪雋，慷慨溢於文詞」〔註2〕，與黃庭堅、晁无咎、張耒等人，並稱「蘇門四學士」，其文、詩、詞兼擅，尤以詞體特出。〔清〕馮煦《蒿庵論詞》論秦詞特色，頗具深意云：

　　　　少游以絕塵之才，早與勝流，不可一世，而一謫南荒，遽

────────────

〔註1〕　吳梅撰：《詞學通論》（上海：上海古籍出版社，2006 年 4 月），頁46。

〔註2〕　〔元〕托克托：《宋史》，收錄於《文津閣四庫全書》（北京：商務印書館，2005 年 1 月第一版）冊 99，卷 444，頁 415。

喪靈寶。故所爲詞，寄慨身世，閒雅有情思，酒邊花下，
一往而深，而怨悱不亂，悄乎得小雅之遺，後主而後，一
人而已。惜張天如論相如之賦云：『他人之賦，賦才也，長
卿，賦心也。』予於少游之詞亦云。他人之詞，詞才也，
少游，詞心也。得之於內，不可以傳，雖子瞻之明雋，耆
卿之幽秀，猶若有瞠乎後者，況其下邪。〔註3〕

「詞心」之說，討論者甚多，然終不失爲詞人內心最深婉精微的審
美觀照。劉勰《文心雕龍·知音》曾言：「綴文者情動而辭發，觀
文者披文以入情。」〔註4〕由文學藝術本質，加以探討，歷來的「文
心之說」、「賦心之說」、「詞心之說」，乃讀者對作家之性情，進行
深切體察。詞宜言情述感，最能用以傳達作者內心幽深的思緒，動
人至深，秦詞語言淡雅細膩，情意含蓄深遠，故此「詞心」，誠爲
獨到性質，充分呈顯詞體特性。自宋以降，秦觀地位，備受關注，
歷代諸家評論，不絕如縷。如〔宋〕張炎《詞源》卷下云：「秦少
游詞，體製淡雅，氣骨不衰，清麗中不斷意脈，咀嚼無滓，久而知
味」〔註5〕；晁補之評黃庭堅詞「不是當行家語」，卻論秦觀詞爲「天
生好言語」〔註6〕；〔明〕王世貞《藝苑卮言》云：「少游詞勝書，
書勝文，文勝詩」〔註7〕；〔清〕胡薇元《歲寒居詞話》云：「《淮海
詞》一卷，宋秦觀少游作，詞家正音也。故北宋惟少游樂府語工而
入律，詞中作家，允在蘇、黃之上」〔註8〕；王國維《人間詞話》

〔註3〕　〔清〕馮煦撰：《蒿庵論詞》，收錄於唐圭璋《詞話叢編》（北京：中
　　　　華書局，2005 年 12 月第 2 版），冊 4，頁 3586。
〔註4〕　〔梁〕劉勰著、范文瀾注：《文心雕龍注》（北京：人民文學出版社，
　　　　2006 年 1 月），頁 715。
〔註5〕　〔宋〕張炎《詞源》卷下，收錄於唐圭璋《詞話叢編》，冊 1，頁 267。
〔註6〕　〔宋〕晁補之：《評本朝樂章》，收錄於張璋等編纂：《歷代詞話》（鄭
　　　　州：大象出版社，2002 年 3 月），上冊，頁 11。
〔註7〕　〔明〕王世貞：《藝苑卮言》，收錄於唐圭璋《詞話叢編》，冊 1，頁
　　　　391。
〔註8〕　〔清〕胡薇元：《歲寒居詞話》，收錄於唐圭璋《詞話叢編》，冊 5，
　　　　頁 4029。

云：「詞之最工者，實推後主、正中、永叔、少游、美成。」〔註9〕
綜觀歷代諸家所評，論及詞之體製、風格、言語、情致，莫不推崇
秦詞高妙，甚至將其視爲「詞家正音」、「倚聲作手」，足見秦詞始
終深受讀者青睞，評價甚高，其地位及影響，著實不容小覷。

　　論及詞家地位，王兆鵬、劉尊明〈歷史的選擇──宋代詞人歷史
地位的定量分析〉〔註10〕一文，以統計方式加以討論，透過存詞、版
本、品評、研究、歷代詞選、當代詞選等六大資料，羅列宋代較爲活
躍及深具影響力的十位詞人，依次爲辛棄疾、蘇軾、周邦彥、姜夔、
秦觀、柳永、歐陽脩、吳文英、李清照、晏幾道等。透過此統計資料，
可窺見許多有趣的現象。十大詞家之冠的辛棄疾，存詞篇數高達六百
多闋，版本數量三十四種，品評次數四百七十八，列爲首位，可謂當
之無愧；而秦觀位居第五，存詞數量雖僅八十幾闋，但版本數量卻高
達三十三種，《詞話叢編》之品評次數亦多達四百五十二次，足見受
關注之程度甚高。劉尊明〈二十世紀秦觀詞研究的定量分析〉一文，
則針對四十三種古今詞選，統計唐宋名篇約三百首，其中秦觀便佔了
十六首，位居第三。〔註11〕上述諸現象，可彰顯秦觀地位，確屬特殊。
詞集爲詞人個別專屬，其版本流傳，可得見詞人受歷代讀者關注之程
度，詞人愈受喜愛，其詞集傳刻愈廣；而歷代詞話品評，無論褒貶，
其數量則充分呈顯該讀者受關注的程度。秦觀詞集版本流傳廣泛、詞
話評論繁多，皆可窺見獨特之地位。

　　高中甫曾言：「任何一位偉大作家，都應當也有必要爲他寫一部
接受史，這是文學科學的一個內容，也是構成一部完整的文化史、社
會史的一個部份。一個作家的接受史，它一方面能更全面、更深刻地
去認識作家，同時也反映了不同時代的審美情趣，鑑賞能力，期待視

〔註9〕　王國維撰：《人間詞話》，收錄於唐圭璋《詞話叢編》，冊5，頁4264。
〔註10〕　王兆鵬、劉尊明：〈歷史的選擇──宋代詞人歷史地位的定量分析〉，
　　　　　《文學遺產》，1995年第4期，頁50。
〔註11〕　劉尊明：〈二十世紀秦觀詞研究的定量分析〉，《中國韻文學刊》，2001
　　　　　年第2期，頁21。

野，社會思潮以及某些意識形態上的發展和變化。」〔註12〕撰寫接受史，重視讀者的接受態度，進而將作家、作品、讀者間的關係，緊密結合，可更加細膩、深刻的審視作家、作品。昔日以探討詩歌及詩人爲主的接受史研究，漸漸將其關注延伸至詞學領域，彼岸已見多部論著專以研究詞學接受史爲主，其中不乏地位卓著的經典詞家及作品。〔註13〕秦詞所具地位及影響，就歷代詞論家所評，已可窺見一斑。但傳統文學史論及秦觀，多呈現片面論斷，寥寥數語，甚爲可惜。試以西方接受理論思考，傳統文學史研究，多半著重探析文本意義，及闡述文學發展過程，力求掌握文學發展之規律。在此前提之下，傳統文學史多側重作家及作品，卻忽略歷代讀者關注名家、名作實如流水，源遠流長，永不停歇。傳統文學史依照類型、屬性編寫材料，單純對作品與作家進行研究，但「一部文學作品，並不是一個自身獨立、向每一個時代的每一個讀者均提供同樣觀點的客體。」〔註14〕二十世紀六○年代末、七○年代初期在聯邦德國出現新的文學思潮，以姚斯和伊塞爾爲代表的康斯坦茨學派，對傳統思考提出看法，轉而確立以讀者爲中心的美學理論，使文學研究產生根本性變化，亦爲文學研究領域，提供多元視角。透過西方接受理論啓示，以接受史的視角加以察考，研究者漸漸注意到傳統文學將作家、作品，隨個人主觀意識，任意切割、分類，恐有所疏漏。

接受理論非著重作品之形式美感探求，亦非強調文學理論批評，重視將過去以文本爲主的研究，轉而連繫讀者與作品的關係，側重讀者對作品的接受態度，以及閱讀後所形成的影響等要素，爲文學研究開闢了新方向、新思維。姚斯《接受美學與接受理論》云：

〔註12〕高中甫：《歌德接受史》（北京：社會科學文獻出版社，1993年4月），頁2。

〔註13〕如朱麗霞〈清代辛稼軒接受史〉（濟南：齊魯書社，2005年1月）、李冬紅：《花間集接受史論稿》（濟南：齊魯書社，2006年6月）。

〔註14〕〔德〕姚斯、美・霍拉勃著、周寧等譯：《接受美學與接受理論》（瀋陽：遼寧人民出版社，1987年），頁26。

在這個作者、作品和大眾的三角形之中，大眾並不是被動
的部份，並不僅僅作為一種反應，相反，他自身就是歷史
的一個能動的構成。一部文學作品的歷史生命如果沒有接
受者的積極參與是不可思議的。因為只有通過讀者的傳遞
過程，作品才能進入一種連續性變化的經驗視野。〔註15〕

接受史重視讀者的審美接受，強調讀者的重要性。〔清〕譚獻《復堂
詞話》云：「作者之用心未必然，而讀者之用心何必不然」〔註16〕，
作者因當下遭遇，頓生感慨，訴諸筆墨，聊以排遣，成就多少佳篇；
而讀者的「期待視野」，因其社會環境、個人經驗而有所落差，而產
生別具差異的接受方式：如普通讀者的閱讀欣賞，評論學者的理性解
讀、歷代作者的借鑒仿效等。以此角度審視秦觀詞被視為經典作品的
接受歷程，正如同「一部管弦樂譜，在其演奏中不斷獲得讀者新的反
響。」〔註17〕

二、研究目的

艾布拉姆斯《鏡與燈》一書，針對文藝作品所涉及的要素，加以
概括為作品本身、藝術家、世界與欣賞者四大類。〔註18〕歷代研究者
多將作品視為獨立個體，或著重將作品與另一要素進行分析，缺乏全

〔註15〕同上注，頁 24。
〔註16〕〔清〕譚獻《復堂詞話》，收錄於張璋等編纂：《歷代詞話》，下冊，
　　　　頁 1662。
〔註17〕同註 14。
〔註18〕「每一件藝術品總要涉及四個要點，幾乎所有力求周密的理論總會
　　　　在大體上對這四個要素加以區辨，使人一目了然。第一個要素是作
　　　　品，即藝術產品本身。由於作品是人為的產品，所以第二個共同要
　　　　素便是生產者，即藝術家。第三，一般認為作品總得有一個直接或
　　　　間接導源於現實事物的主題——總會涉及、表現、反應某種客觀狀
　　　　態或者與此有關的東西。這第三個要素便可以認為是由人物和行
　　　　動、思想和情感、物質和事件或者超越感覺的本質所構成，常常用
　　　　『自然』這個通用詞來表示，我們卻不妨用一個含義更廣的中性詞
　　　　——世界。最後一個要素是欣賞者，即聽眾、觀眾、讀者。作品為
　　　　他們而寫，或至少會引起他們的關注。」艾布拉姆斯：《鏡與燈》（北
　　　　京：北京大學出版社，2004 年 1 月），頁 5。

面觀照；文學作品流傳久遠，若僅以共時角度視之，亦有所侷限。透過接受理論啓發，重視歷時角度，對於讀者地位多所關注。針對作者與讀者之關係，葉嘉瑩先生言：

> 如果按照西方接受美學中作者與讀者之關係而言，則作者之功能乃在於賦予作品之文本以一種足資讀者去發掘的潛能，而讀者的功能則正在使這種潛能得到發揮的實踐。然而讀者的資質及背景不同，因此其對作品之潛能的發揮的能力也有所不同。〔註19〕

文學作品和讀者間的關係，十分微妙，〔清〕王夫之《薑齋詩話》云：「作者用一致之思，讀者各以其情自得。」又言：「人情之游也無涯，而各以其情遇。」〔註20〕作者創作當下，因其人生遭遇，故「應物斯感，感物吟志，莫非自然」〔註21〕；讀者並非被動地欣賞作品，不僅每部作品可能影響讀者，每一個作品實際上都依賴讀者的社會文化、思維意識，進行解讀。秦觀「借眼前之景而含萬里不盡之情」〔註22〕，向來被視爲經典作家，其詞名篇佳句始終傳誦不歇，寓意幽遠，深深觸動後世讀者心扉，備受推崇。文學經歷漫漫時空長流，作者爲文之用心，與讀者閱覽之感觸，並非全然相通。接受史強調以讀者審美觀點爲研究主軸，重視歷代讀者對於作品的闡釋，與傳統文學研究史試圖歸納文學發展爲階段性成果，有所差異。以此觀點審視秦觀詞之研究，仍多半著重於作者及作品本身，雖已重視作者地位，但讀者始終備受冷落。西方接受美學理論，重視讀者的閱覽鑑賞、審美觀點及文

〔註19〕葉嘉瑩：〈三種境界與接受美學〉，收錄於《中國詞學的現代觀》（臺北：大安出版社，1999 年 7 月第二版），頁 125。

〔註20〕〔清〕王夫之：《薑齋詩話》（北京：人民文學出版社，2006 年 8 月）卷 1，頁 139～140。

〔註21〕《文心雕龍‧明詩》：「人稟七情，應物斯感，感物吟志，莫非自然。」劉勰著、范文瀾注：《文心雕龍注》（北京：人民文學出版社，2006年 1 月），頁 65。

〔註22〕〔宋〕周必大：〈跋米元章書秦少游詞〉，收錄於金啓華等編《唐宋詞集序跋匯編》（臺北：臺灣商務印書館，1993 年 2 月），頁 44。

學創作，當傳統文學史研究面臨困境，藉由西方文學理論輔助，可爲學術範疇及思維，提供更廣闊的研究空間。以此思考秦觀詞接受史研究的目的，可歸類爲以下數端：

一、兼融中西方文學特質，架構秦詞接受史：受西方接受理論啓示，使傳統文學研究角度得以開展，但中西方文學特質，不盡相同。西方理論的嚴密翔實，較具系統性，可補充中國文學理論系統的不足；透過中國文學特有資料，如詞話、詞籍（集）序跋、詩話、筆記、論詞絕句、論詞長短句（即論詞之詞）、詞選、評點及仿擬作品佐證，較能兼顧中國文學之特質，藉此亦可窺見中西方文學交流之過程。

二、重視傳播方式探討，凸顯讀者接受角度：經典作家、作品之傳播方式，與接受群體，關係至密。傳播方式多元，舉凡歌舞宴饗、議論品評、刊刻印行、題壁書寫、酬唱往來、仿作次韻，皆可帶動流行。透過接受群體所帶動的傳播方式，可窺見秦觀詞被讀者接受的明顯差異性。

三、著重歷時角度，呈顯動態變化：文學經典確立，並非生而本具，而是在於歷經長時間流轉，會合各家歧見，凸顯藝術特質而成。社會文化是促成文學生產和創作、接受的根本動因。〔註23〕透過時間積累、多元讀者闡釋，結合文化特性，可知秦觀的經典詞家地位，隨順各時代讀者的接受程度，而有所差異。

四、建構秦觀於詞史上的經典地位：秦觀詞作，至今仍傳誦不歇，歷代讀者著實扮演著重要角色，故研究秦觀地位，不應侷限於宋代。詞體發展，自宋蔚爲鼎盛，經歷金元、明、清各時期，極其久遠，深受社會文化及時代思潮影響，代有變易。故應就各時代發展面向及特性，加以探討，掌握歷代讀者對秦觀詞之接受態度，進而確立其經典性地位。

〔註23〕王金山、王青山著：《文學接受研究》（呼和浩特：內蒙古大學出版社，2005年7月），頁2。

第二節　前人研究成果概述

一、接受史之研究現況

　　二十世紀堪稱爲批評的世代，西方理論思潮更迭，初期以作者創作及文本內容爲研究主軸，直至六○年代末期，研究者認爲文本的內涵、風格，必須經由讀者加以感知體驗，轉而強調讀者地位。近年來，接受史研究發展，面向日趨多元，範圍廣羅古今，就兩岸文學作品接受史之研究面向，略加以歸納如次：

　　1、探討經典人物者：

　　如蕭華榮〈千秋萬歲名，寂寞身後事——文學批評史上的李白〉〔註24〕、譚新紅〈史達祖詞接受史初探〉〔註25〕、王衛平〈魯迅接受與解讀的接受學闡釋及重建策略——魯迅接受史研究〉〔註26〕、王秀林〈「亡國之音」穿越歷史時空：李煜詞的接受史探蹟〉〔註27〕等文章；專書論著部份，則有楊文雄《李白詩歌接受史》〔註28〕、蔡振念《杜詩唐宋接受史》〔註29〕、朱麗霞《清代辛稼軒接受史》〔註30〕、劉中文《唐代陶淵明接受研究》〔註31〕等。

　　2、論及經典作品者：

　　如蔣方〈唐代屈騷接受史簡論〉〔註32〕、趙丹〈《關雎》的接受

〔註24〕蕭華榮：〈千秋萬歲名，寂寞身後事—文學批評史上的李白〉，《華東師範大學學報（哲學社會科學版）》，1995 年第 6 期。

〔註25〕譚新紅：〈史達祖詞接受史初探〉，《中國韻文學刊》，2000 年第二期。

〔註26〕王衛平：〈魯迅接受與解讀的接受學闡釋及重建策略——魯迅接受史研究〉，《魯迅研究月刊》，2001 年 11 期。

〔註27〕王秀林：〈「亡國之音」穿越歷史時空：李煜詞的接受史探蹟〉，《江海學刊》，2004 年 4 期。

〔註28〕楊文雄：《李白詩歌接受史》（臺北：五南書局，2003 年 3 月）。

〔註29〕蔡振念：《杜詩唐宋接受史》（臺北：五南書局，2002 年 2 月）。

〔註30〕朱麗霞：《清代辛稼軒接受史》（濟南：齊魯書社，2005 年 1 月）。

〔註31〕劉中文：《唐代陶淵明接受研究》（北京：中國社會科學出版社，2006 年 7 月）。

〔註32〕蔣方：〈唐代屈騷接受史簡論〉《中國韻文學刊》，2005 年第 4 期。

史〉〔註33〕、陳文忠〈唐人青春之歌走向頂峰之路——《春江花月夜》1300 年接受史考察〉（2008）等文章；專書論著部份，則見李冬紅《「花間集」接受史論稿》、劉宏彬《「紅樓夢」接受美學論》、何香久《「金瓶梅」傳播史話》……等。

3、以文體、流派、時代性文學為研究對象者：

如〈接受史視野中的古典詩歌研究〉；專書論著部份，則見王玫《建安文學接受史論》、陳文忠《中國古典詩歌接受史研究》、尚學鋒等人所撰《中國古典文學接受史》……等。

上述面向，多著重於古典文學，就現代文學論之，則有馬以鑫《中國現代文學接受史》，綜觀上述接受史研究範圍，可謂發展勃興。彼岸以「接受史」為題之論文，數量甚夥，如《琵琶記接受史研究》、《建安文學接受史研究》、《謝朓詩歌齊梁隋唐接受史》、《鮑照接受史研究——以南北朝至唐代為中心》、《韓孟詩派傳播接受史研究》、《清前期《左傳》接受史研究》、《魯迅對莊子的接受史研究》、《宋代賈島接受史論》……等，關注面向及形式甚為多元；臺灣因較晚接觸到接受理論，故起步較晚，以「接受史」為名的學位論文，分別為陳俊宏《《西游記》主題接受史研究》、李妮庭《閒樂：宋初白居易接受研究》、黃月銀《馬致遠神仙道化劇及其接受史研究》、曾國瑩：《《西游記》接受史研究》、黃培青《宋元時期嚴羽詩論接受史研究》、高嘉文《臨川四夢戲曲接受史》、李宜學《李商隱詩接受史重探》等〔註34〕；綜觀

〔註33〕趙丹：〈《關雎》的接受史〉《吉林華橋外國語學院學報》，2007 年第 1 期。

〔註34〕陳俊宏《《西游記》主題接受史研究》（臺北：國立政治大學碩士論文，2001 年）；李妮庭《閒樂：宋初白居易接受研究》（花蓮：國立東華大學碩士論文，2003 年）；黃月銀《馬致遠神仙道化劇及其接受史研究》（臺北：臺灣師範大學碩士論文，2003 年）；曾國瑩：《《西游記》接受史研究》（臺北：東海大學碩士論文，2004 年）；黃培青《宋元時期嚴羽詩論接受史研究》（臺北：國力臺灣師範大學博士論文，2007 年）、高嘉文《臨川四夢戲曲接受史》（臺北：東吳大學碩士論文，2008 年）、李宜學《李商隱詩接受史重探》（新竹：國立清

諸家研究，面向多元，然以接受史觀點投注於詞學領域者，竟付之闕如。直至 2008 年，臺灣學界始見四本專以探討詞學爲主之接受史，分別爲葉祝滿《性別與認同：李清照其人其詞的創作與接受研究》、顏文郁《韋莊詞之接受史》、薛乃文《馮延巳詞接受史》、邱全成《蘇軾詞的接受與影響——從期待視野的角度觀之》〔註35〕，關注面向極爲多元，蒐羅資料甚爲全面，深具開拓之功。

二、秦觀研究之現況

秦詞深具藝術美感及承繼地位，故備受歷代研究者青睞。針對諸家研究，可略加歸納爲三大類別：一爲詞人背景資料，舉凡生平事蹟、人格思想、詞集版本等；二爲整體論述，如創作成就、作品特性及藝術手法等；三爲個別作品分析，如名篇鑑賞及品評等，研究面向，甚爲多元。專書論著如王保珍《秦少游研究》、《淮海詞研究》二書，包含秦觀年譜、版本考略、秦觀評傳、用字及用韻的歸納統計，以及與柳永、蘇軾、黃庭堅、周邦彥等人之比較，整體性觀照，堪稱首創。周義敢等人纂《秦觀資料彙編》〔註36〕，蒐羅評論資料，又編《秦觀集編年校注》〔註37〕，針對秦觀各類作品，進行全方位整理，輯得佚詞七首，並另對他集互見詞作，詳其爭論之所由；徐培均《秦少游年譜長編》〔註38〕一書，則將秦觀一生事蹟編爲年譜，針對譜主家世、生平、交游、士履，進行論證，對其創作年代詳加考辯，結合時代特

華大學，2008 年）。

〔註35〕 葉祝滿《性別與認同：李清照其人其詞的創作與接受研究》（臺北：國立政治大學碩士論文，2008 年）：顏文郁《韋莊詞之接受史》（臺南：國立成功大學碩士論文，2008 年）、薛乃文《馮延巳詞接受史》（臺南：國立成功大學碩士論文，2008 年）、邱全成《蘇軾詞的接受與影響——從期待視野的角度觀之》（彰化：國立彰化師範大學碩士論文，2008 年）。

〔註36〕 周義敢、周雷編：《秦觀資料彙編》（北京：中華書局，2001 年 5 月）。

〔註37〕 周義敢、程自信、周雷編注：《秦觀集編年校注》（北京：人民文學出版社，2001 年 7 月）。

〔註38〕 徐培均著：《秦少游年譜長編》（北京：中華書局，2002 年 12 月）。

性對其政治遭遇，加以評述，爲目前研究秦觀，所不可或缺的傳記資料；另有《淮海居士長短句箋注》〔註39〕一書，著重於作品年代考訂，對典實、詞語詳加徵引箋釋，充實傳記、序跋和總評等資料，均深富參考研究價值。以秦觀研究爲主之學位論文，迄今共計十七篇。茲臚列如次：

1、徐文助：《淮海詩注附詞校注（上）》（臺北：國立臺灣師範大學國文研究所碩士論文，1966 年）。

2、王初蓉：《淮海詞研究》（臺北：國立政治大學中國文學研究所碩士論文，1967 年）。

3、何金蘭：《蘇東坡與秦少游》（臺北：國立臺灣大學中國文學研究所碩士論文，1971 年）。

4、包根弟：《淮海居士長短句箋釋》（臺北：輔仁大學中國文學研究所碩士論文，1972 年）。

5、李居取：《蘇門四學士詞研究》（臺北：國立臺灣師範大學國文研究所碩士論文，1973 年）。

6、呂玟靜：《秦觀詩研究》（臺北：國立臺灣大學中國文學研究所碩士論文，1997 年）。

7、楊秀慧：《秦少游詞研究》（高雄：國立中山大學中國文學研究所碩士論文，1998 年）。

8、黃玫娟：《晏幾道與秦觀詞之比較研究》（彰化：國立彰化師範大學國文研究所碩士論文，1999 年）。

9、許雅娟：《蘇門四學士詞比較研究》（彰化：國立彰化師範大學國文研究所碩士論文，2001 年）。

10、張珮娟：《秦觀詞的回流與拓展》（臺北：國立臺灣師範大學國文研究所碩士論文，2002 年）。

11、李德偉：《淮海詞與清眞詞之比較研究》（臺中：國立中興大

〔註39〕〔宋〕秦觀著、徐培均箋注：《淮海居士長短句箋注》（上海：上海古籍出版社，2008 年 8 月）。

學中國文學研究所碩士論文，2003 年）。

12、林怡君：《秦觀詞的女性敘寫研究》（彰化：國立彰化師範大
學國文研究所碩士論文，2003 年）。

13、康端宗：《秦觀詞歷代評論研究》（臺北：臺北市立師範學院
應用語言研究所碩士論文，2004 年）。

14、徐玉珍：《秦觀詞歷代評論再探討》（臺北：輔仁大學中國文
學研究所碩士論文，2004 年）。

15、江文秀：《秦觀貶謫詩研究》（高雄：國立中山大學中國文學
研究所碩士論文，2004 年）。

16、高家慶：《《樂章集》、《淮海詞》羈旅書寫之研究》（嘉義：
國立嘉義大學中國文學研究所碩士論文，2005 年）。

17、盧麗龍：《秦觀詞作藝術魅力探微》（彰化：國立彰化師範大
學國文研究所碩士論文，2007 年）。

上述秦詞研究面向，如校注、箋釋等，對於繼起之研究者，頗具
助益；以秦觀相較於蘇軾、晏幾道、黃庭堅、晁補之、張耒、周邦彥、
柳永等詞家，亦深具思考；《秦觀詞的回流與拓展》，則以藝術技巧、
詞風的承繼及拓展為探析主軸，試圖還原秦觀在詞史發展上的地位；
《秦觀詞歷代評論研究》，則著重秦詞內容、形式、風格等評論；後
有《秦觀詞歷代評論再探討》，針對秦詞風格，且結合歷代詞論家評
語，從秦觀主調詞、別調詞等面向，再次研究。而上述三作，雖已初
具接受史研究之特質，卻未能清晰呈顯秦觀詞被讀者接受的歷時過
程，亦僅以評論資料為主，未能全面關注秦詞的傳播、創作接受。

探析秦觀詞作何以備受推崇，可見朱麗霞〈八百年詞學接受視野
中的秦觀詞〉〔註40〕一文，透過歷代詞話、詞論，以詞評者此一讀者
群體為主軸，考察秦觀詞自宋以降的發展歷史，藉此探知後世對秦觀
詞的接受過程，展現了不同文化意識和審美情趣，由中凸顯秦觀詞作

〔註40〕朱麗霞：〈八百年詞學接受視野中的秦觀詞〉《雲南大學學報（社會
科學版）》，第 7 卷，第 1 期。

爲文學經典的藝術生命及審美價值。而以接受史研究爲綱領之博碩論
文，已可見彼岸蘭玲《秦觀詞的宋代接受概論》〔註41〕，及董希平《秦
觀詞傳播接受研究》〔註42〕兩部，前者肯定宋人作爲第一接受者的決
定性，且重視評論資料，所提供的豐富詞學資料和廣闊歷史背景；後
者著重以傳播過程爲主，透過詞集版本在時空中的數量變化，由歷代
詞選收錄最高的秦詞篇目，論析其影響力，並由歷代評論家對秦觀詞
之評價，探討其推崇秦詞的深層原因。綜觀上述研究論點，及資料擇
用，已可窺見兩書吸收接受美學理論，肯定歷代讀者本身所具有的能
動性，強調唯有透過讀者的閱讀過程，作品才能進入連續變化的視野
中。然各家所建構之秦觀詞接受史，所見層面仍有所侷限。

　　秦詞時至今日，仍流傳不歇，實際上乃歷經各代接受者的推波助
瀾，蘭玲僅以宋代爲主軸，側重共時接受，未能貫徹接受理論的歷時
思考，且資料取用，未能兼顧傳播特性，無法凸顯接受群體差異；董
希平則著重詞集印行、詞選的淘汰與保存、受眾的品鑒批評三方面，
考察宋以後八百餘年的接受傳播過程，未能關注後世對秦詞的仿效。
綜觀秦觀詞作的接受群體，應有普通讀者的閱讀欣賞，評論學者的理
性解讀、歷代作者的借鑒仿效等方式。上述學者研究角度及資料取
用，各有所偏重，雖未臻全面，但確爲秦觀接受史研究，奠下基石。

第三節　研究範圍與方法

　　藉由西方文學理論啓示，一部文學史，不應只對作家或作品進行
純客觀的分析和描述，實應重視研究一部作品在不同歷史時期的接受
情況。姚斯認爲：「文學研究非僅爲共時性，亦必須側重其歷時特性。」
且認爲：「假如有些讀者要再次欣賞這部過去的作品，或有些作者力

〔註41〕蘭玲撰：《秦觀詞的宋代接受概論》，北京師範大學中國古典文獻學
　　　　學位論文，2006 年。
〔註42〕董希平撰：《秦觀詞傳播接受研究》，湖北大學中國古代文學學位論
　　　　文，1999 年。

圖模仿、超越或反對這部作品——才能持續地發生影響。」〔註43〕作品隨順各時代讀者的接受，而發揮不同程度的影響力，接受美學理論開拓文學研究新視野，其性質甚爲獨特，茲略述其要義如次：

一、接受理論要義

接受美學（Rezeptionsasthetic），亦稱作「接受理論」（Rezeptionschorie）、「接受效果研究」（Rezeptionsforschutuny），是二十世紀六〇年代末、七〇年代初期在德國出現的新文學思潮，爲康斯坦茨大學教授漢斯、羅伯特、姚斯、沃爾夫、伊塞爾等五名文學理論家所創，尤以姚斯及伊塞爾二人，最爲知名，論述要點，各有所重。姚斯強調一部文學作品，給予讀者的期待視野，決定了該作品的審美價值。「期待視野」又可區分爲「生活」及「文學」兩大層面：一部新作品的讀者能夠在較爲狹窄的文學期待視野中感知，重視由文學作品起源、社會功能及其歷史影響的視野，對文藝作品進行考察；也能在更爲廣闊的生活期待視野中明瞭，涵蓋讀者的生活經驗、社會地位、人格特質、及其道德觀等。〔註44〕姚斯的主張屬宏觀接受美學，爲開拓文學接受史研究，引領了新的方向；伊塞爾強調「召喚結構」、「空白」、「隱在讀者」等觀點，透過微觀接受美學，對文學理論重新省視，強調文學閱讀須由讀者與文本合力進行，足見接受美學理論，首重於讀者地位的確立。

季羨林〈文學讀解與美的再創造序〉言：「接受美學流行的時間比較長，流行的地區比較廣，足見它標舉的新說是有著比較堅實的基礎的。它之所以至今仍流傳不衰，是有道理的。」〔註45〕論及接受美學的中國化，歷經漫長過程及階段性。1987 年，由周寧、金元浦二人，翻譯《接受美學與接受理論》一書，爲第一本接受美學譯著，分

〔註43〕同注 14，頁 27。
〔註44〕同注 14，頁 31。
〔註45〕龍協濤撰：《文學讀解與美的再創造》（臺北：臺灣時報文化出版公司，1993 年 8 月），頁 7。

爲兩大部分：一爲姚斯《走向接受美學》；二爲 R.C 霍拉勃《接受理論》，兩大部分對於接受理論的發展淵源及理論思想，視野較爲宏觀；80 年代末期，劉小楓編選《接受美學譯文集》、張廷琛《接受理論》陸續出版，選取接受美學與讀者反應相關的部分論文；90 年代，接受美學傳播，漸趨深廣，理論創始人之一的沃爾夫岡‧伊塞爾，其《閱讀活動》一書，由金元浦、周寧及金惠敏等人，翻譯傳入，此書爲接受美學理論，開闢新的思考空間，具有理論研究及批評實踐之雙重特性；姚斯與伊塞爾於 80 年代末，回顧接受美學發展歷程及展望的文章，也由《文學理論的未來》一書翻譯後傳入，而爲流傳於中國的接受史發展，提供更爲多元的研究視野。

　　接受美學與一般文藝理論中的鑑賞與批評，多所差異，接受美學認爲文本具有未定性，必須透過讀者閱讀過程加以具體化、深刻化，並注重讀者的再創作過程，肯定讀者的多元闡釋，因爲鑑賞與批評本身，即是對文學作品的接受面向，強調讀者或讀者的主觀意識，在接受美學的研究上具有重要地位。透過上述差異點之呈顯，足見必須透過讀者的感覺及經驗，塡補作品與讀者間所遺留的空白處。針對接受史的特性，陳文忠〈二十年文學接受史研究回顧與思考〉一文指出：

　　　接受史實質是作家作品與歷代接受者的多元審美對話史，
　　　是本文的召喚結構在期待視野不同的歷代接受者審美經驗
　　　中具體化的歷史，也是古典作家的創作聲譽史和經典作品
　　　的藝術生命史。〔註46〕

接受美學注重作品與讀者之相互作用，強調經由閱讀吸收，鑑賞評騭，另行創造等面向，彰顯接受者的主體性。作品意義是讀者由文本中發掘而出的，因此文學史應是接受史而非作家、作品之編年史。作家、作品與歷代讀者的關係，應屬於動態變化，接受美學理論強調以現象學美學和解釋學美學爲基礎，並吸收布拉格結構主義理論家穆卡

〔註46〕陳文忠：〈二十年文學接受史研究回顧與思考〉，收錄於《安徽師範大學學報（人文社會科學版）》31 卷，2003 年 9 月，頁 542。

洛夫斯基的「空白」理論，認為作品唯有通過讀者的理解和詮釋，才具有意義。一部文學作品具有不被立即感知的特性，透過接受美學的觀點，不僅重建傳統文學史所缺少的歷史發展方向，同時拓展了文學的深度，賦予作者、作品動態性發展。

二、研究資料擇取

受西方接受美學理論啟發，讀者地位漸受關注，接受方式及面向，必須透過資料加以佐證。近年來，王師偉勇對於接受史研究資料，多所關注云：「詞人『接受史』之研究而言，欲具體掌握其研究材料，宜自十方面著手：一曰他人和韻之作〔註47〕，二曰他人仿擬之作，三曰詩話，四曰筆記，五曰詞籍（集）序跋，六曰詞話，七曰論詞長短句，八曰論詞絕句，九曰評點資料，十曰詞選。」〔註48〕各具意義，就其特性，可略加歸納為「作品傳播流衍」、「理論批評接受」、「創作仿效追和」等三大面向，茲探析如次：

（一）作品傳播流衍

詞選、詞集刊刻，為社會大眾的接受基礎，透過秦觀詞篇於詞選中，備受青睞，及秦觀詞集版本，自宋以降，流傳廣泛，可窺見詞篇相較於他類文體，更顯出類拔萃。茲就詞選、詞集版本特性，略述如次：

1、詞　選

《四庫全書總目》云：「一則網羅放佚，使零星雜什，並有所歸；一則刪汰繁蕪，使莠稗咸除，精華畢出。是固文章之衡鑒，著作之淵藪也。」〔註49〕此將總集區分為全編及選集兩大類，全編著重一時代

〔註47〕〔明〕徐師曾《文體明辨序說、和韻詩》稱：「按和韻詩有三體：一曰依韻，謂同在一韻中而不必用其字也；二曰次韻，謂和其原韻而先後次第皆因之也。三曰用韻，謂用其韻而先後不必次也」，（北京：人民文學出版社，1998年5月），頁109。
〔註48〕王偉勇：〈清代論詞絕句之整理、研究及價值〉，收錄於《清代論詞絕句初編》（臺北：里仁書局，2010年9月），頁1。
〔註49〕〔清〕永瑢等：《四庫全書總目》（北京：中華書局，1965年6月），

或一類型作品的搜羅；選集則偏重某一觀點來擇取作品，足見選集性質，最爲特出。詞選爲重要的傳播媒介，由歷代作品中擇取經典，編纂成書，實有其功能存在。因詞體被歸屬於小道，多不入作者文集，較易散失亡佚，透過詞選，得以保存；詞選擇取作品，亦多見個人好惡，寓含選者觀點，亦可窺見當時代閱讀好尙，經由選詞因素、選詞標準，亦可體察詞選家之見解，深具理論價值，可爲學詞創作者的圭臬，辨別詞體正、變，掌握學詞之門徑；透過詞選，亦可校補詞作脫闕及誤字，考證詞作年代及眞僞。明清時期，大量編纂譜體詞選，標舉詞體範式，可爲後學師法，乃詞選之特殊體製，故透過詞選中作者、作品入選數量的多寡，及其入選率最高的作品，可探究作者的影響力，透過各個時代的詞選，可深入考察當時代詞學觀及詞學思潮的變遷。

2、詞集版本

歷代已來，秦觀作品廣泛流傳，據現有史料佐證，秦觀文集，生前已刊行，自編《淮海閑居集》十卷，並未選錄詞篇，已可見秦觀對詞體之態度。《淮海詞》版本，可分單刻本及全集合刻本兩種，自宋以來，歷朝多見流傳，且卷數多有分歧，計有十卷、十七卷、三十卷、四十卷、四十九卷等。詞集經過初刻，後有傳刻及傳抄，較爲複雜，透過詞集版本流傳，可窺見詞集版本流傳地點，亦可得知受歡迎的程度。

（二）理論批評接受

吳熊和《唐宋詞通論》云：「評論之於創作，總是較爲後起的。要在詞體既立，詞作漸豐，詞與詩的分界已判之後，才有可能隨之而產生獨立的專門性的詞論詞評。」〔註50〕詞學批評晚於詩、文評論，皆隨順於廣表創作數量而起，宋以後有所發展，至清蔚爲大觀。詞學批評主要以詞話、詞集序跋、詞集評點、論詞詩詞等形式展現，於詞體起源、體製、風格、作法、人物評論及作品鑑賞等面向，多所論述，

頁 1685。
〔註50〕吳熊和撰：《唐宋詞通論》（北京：商務印書館，2003 年 10 月），頁 272。

爲後世詞學研究，奠立根基。茲就詞論資料特性，論析如次：

1、詩話、詞話、筆記

「詩話」是一種紀錄詩壇軼事、品評詩人詩作、談論詩歌作法、探討詩歌源流的著作，是介於詩論和筆記之間的漫談式隨筆。〔註 51〕朱崇才《詞話學》云：「歷代詞話史在某種意義上可以說是歷代人關於詞的觀念史。」又云：「詞話的價值，主要地不在於它的文本有多少文學的或社會的意義，而主要地在於它是歷代詞人學人對於詞的看法、關於詞的觀念、關於詞的接受的活生生的歷史，在於它是這些歷史的忠實記錄。」〔註 52〕早期詩話、詞話發展，非專屬於指陳理論，其特色在於隨性紀錄審美感受，結構較鬆散，內容多以記述或佳句摘評爲主；宋至明代，隨順文學批評，漸具系統性；清代以降，因重考據訓詁之學，論述內容，鉅細靡遺，涵蓋豐富，現存數量甚繁，多用以品評人物、鑑賞作品、考訂翔實、詮釋經典、探究源流、論述體製、記載軼事等，具評論、記述價值。歐陽脩〈六一詩話〉爲最早的詩話，楊繪〈時賢本事曲子集〉則爲最早的詞話，就詞話形式、內容論之，實應由詩話演變而來。歷代以來，詞話存在的形式，主要可區分爲專書論著，及散見各類典籍記載兩類。古今流傳的詞話專書，有原本獨立成書且保留完整者，如〔南宋〕王灼《碧雞漫志》；或本爲專書後漸散佚者，如〔南宋〕楊湜《古今詞話》；或爲本非專書，經後人獨立輯出而成書者，如吳曾《能改齋詞話》及胡仔《苕溪漁隱詞話》等；又或爲本非專書、專卷，散見於詞選中的評點，後人加以集結成書，如《詞潔輯評》、《蓼園詞評》、《湘綺樓詞評》等。〔註 53〕近人唐圭璋《詞話叢編》，所收以上述四種類型爲主，爲研究歷代詞論源流演變，或考

〔註 51〕張葆全撰：《詩話和詞話》（臺北：萬卷樓圖書公司，1993 年 2 月），頁 1、2。

〔註 52〕朱崇才撰：《詞話學》（臺北：文津出版社，1995 年 1 月），頁 11。

〔註 53〕王兆鵬撰：《詞學史料學》（北京：中華書局，2004 年 5 月），頁 407～408。

察歷代詞論對某一作家、流派評價，所不可或缺之書。就唐圭璋《詞話叢編・例言》云：「詞集叢刻，自毛晉以後，侯文燦、秦恩復兩家，續有增補。迨至近日，王鵬運、江標、朱祖謀、吳昌綬、陶湘諸家，愈先後競刊珍本，一時風氣，亦云盛矣。所收範圍，顧詞話專書，迄無人彙刊一處，以供學者參證，亦憾事也。予不揣譾陋，蓄志搜輯，爲時既久，所積遂夥。」又云：「無論精粗，皆網羅之。時賢新論，亦並收之。此外新輯稿本，爲數尚多，將來當謀續刊。」〔註 54〕歷代以來，亦多散見單篇詞話，其中不乏出自名人大家之筆者，但多屬零章散篇，摭拾不易。近人施蟄存、陳如江《宋元詞話》〔註 55〕一書，輯錄散見於筆記、史書、類書、文集、書信等處的詞評、詞論、詞本事和詞壇瑣事，深具研究價值；後有張璋、職承讓等編《歷代詞話》、鄧子勉輯《宋金元詞話全編》等書〔註 56〕，相繼問世，內容更加豐富，亦可提供研究者取材。

2、詞集序跋

序跋題記中，往往多可得見詞學研究資料。詞集序跋，見載於詞集、叢編、詞律、詞譜、詞韻等書中，蒐羅不易，卻深具參考價值。現存較有規模的「詞集序跋」，計有金啓華《唐宋詞集序跋彙編》〔註 57〕、張惠民《宋代詞學資料匯編》〔註 58〕、施蟄存《詞籍序跋萃編》〔註 59〕

〔註 54〕唐圭璋撰：《詞話叢編・例言》（北京：中華書局，2005 年 10 月），頁 6～7。
〔註 55〕施蟄存、陳如江輯：《宋元詞話》（上海：上海書店出版社，1999 年 2 月）。
〔註 56〕本論文所用詞話以唐圭璋編：《詞話叢編》（北京：中華書局，2005 年 10 月第 2 版）；張璋、職承讓等編：《歷代詞話》（鄭州：大象出版社，2002 年 3 月）、鄧子勉編：《宋金元詞話全編》（南京：鳳凰出版社，2008 年 12 月）爲主。
〔註 57〕金啓華等輯：《唐宋詞集序跋匯編》（臺北：臺灣商務印書館，1993 年 2 月）。
〔註 58〕張惠民編：《宋代詞學資料匯編》（汕頭：汕頭大學出版社，1993 年）。
〔註 59〕施蟄存主編：《詞籍序跋萃編》（北京：中國社會科學出版社，1994 年 12 月）。

等。宋金元時期，序跋多以創作大家及參與人士自序為主，或為熟人所為，除卻溢美褒揚之辭，仍可對作家為人，有所瞭解；明代則增刊刻家之序，如毛晉，亦對接受史研究有所助益；至清則見朱彝尊、張惠言、陳廷焯等詞論家積極參與，深具理論價值。足見透過詞集序跋，可窺見詞學發展變化及諸家對秦觀的接受態度。

3、詞集評點資料

「評點」為讀者閱讀時，隨筆加以記錄而成，可展現讀者的觀點及審美思考。謝桃坊《中國詞學史》一書，對詞學評點之討論，亦有所著重云：「評語雖然較為簡短，卻能幫助讀者理解作家作品的基本藝術特點。」〔註60〕評點者常於評語中，流露出批評角度及審美觀照。「評點」資料較之筆記，更為隨興，大抵為讀者閱讀時，興之所至，對文學作品進行標記及簡短論述，相較於詩話、詞話或詞集序跋，則較不具完整性、系統性。論及評點資料研究，謝旻琪撰《明代評點詞集研究》，藉此檢視明人的詞學觀點，足見詞選評點資料，深具意義，實為接受史研究的重要材料。

4、論詞絕句、論詞長短句

「論詞絕句」、「論詞長短句」兩類，為清代詞學評論的重要形式。「論詞絕句」與「論詩絕句」體式相同，皆以詩歌形式進行評論。〔清〕錢大昕《十駕齋養新錄》云：「元遺山論詩絕句，效少陵、庾信文章老更成諸篇而作也。王貽上仿其體，一時爭效之。厥後宋牧仲、朱錫鬯之論畫，厲太鴻之論詞、論印，遞相祖述，而七絕中又別啟一戶牖矣！」〔註61〕論述面向多元，用以論詩者，以〔唐〕杜甫〈戲為六絕句〉為濫觴，以〔金〕元好問〈論詩絕句三十首〉最為著名；用以論詞者，至清代空前繁榮，對詞體源流、詞史變遷、詞人品評、詞作風格等面向，多所論述，蔚為大觀。饒宗頤曾指出：「以韻語論詞者，

〔註60〕謝桃坊撰：《中國詞學史》（成都：巴蜀書社，2002 年 12 月），頁 185。

〔註61〕〔清〕錢大昕：《十駕齋養新錄》（臺北：臺灣商務印書館，1965 年2 月），卷 16，頁 390。

屬太鴻而外，又有沈（初）、江（昱）、孫（爾准）、張（鴻卓）、周（之琦）、朱（依眞）、陳（澧）、譚（瑩）、王（僧保）、楊（思濤）、馮（煦）、潘（飛聲）十數家。」〔註62〕上述已可見十數家，最先受到研究者關注者，爲屬鶚論詞絕句十二首，分別論及詞體源頭與詞人風格。針對論詞絕句之數，吳熊和《唐宋詞匯評‧兩宋卷》附錄「清人論詞絕句」、孫克強《清代詞學批評史論》附錄「清代論詞絕句組詩」，兩書致力蒐羅，惜仍有缺漏，王師偉勇則增收至 133 家 1067 首，可窺見清人以絕句爲創作之載體，甚爲流行。論詞絕句、論詞長短句，內容多述詞人身世背景，及其創作風格與各家詞人之比較，形式亦見採用摘錄佳句說明之法；以詞體論詞人，自宋代已可見之，清人更以此爲重要載體，論及秦觀之詞數量甚繁。透過「論詞絕句」、「論詞長短句」，除可窺見創作者所秉持之詞學主張，亦可爲詞學研究提供許多嶄新素材和多元角度。其論述受制於格律影響，略顯晦澀，因而研析判斷，必求謹愼精細。王曉雯撰學位論文，以《清代譚瑩「論詞絕句」研究》爲題〔註63〕，針對譚瑩一百七十七首論詞絕句，深入探析，掌握內容，指明此類資料，確實不容詞學研究者忽視。

（三）創作仿效追和

接受模式，並非徒然侷限於閱讀，亦著重於依循經典作品，再行創作。王國維《人間詞話》云：「最工之文學，非徒善創，亦且善因。」〔註64〕此處所言「善因」，指善於襲用或仿效他人作品，讀者之能動力量非僅爲閱讀，亦有欣賞後加以吸收，仿效其特性進行再創作者，故「仿擬作品」，誠爲讀者接受觀點的特殊展現。對於仿擬作品之關注，王師偉勇已發表〈兩宋詞人仿擬典範作品析論——以效他體爲例〉

〔註62〕饒宗頤：〈詞學評論史稿序〉（香港：香港龍門書店，1966 年）。
〔註63〕王曉雯撰：《清代譚瑩「論詞絕句」研究》，東吳大學中國文學系碩士論文，2007 年。
〔註64〕王國維著、施議對譯注：《人間詞話譯注》（臺北：貫雅出版社，1995年 5 月），頁 447。

〔註65〕、〈兩宋詞人仿蘇辛體析論〉〔註66〕等文章。透過分析，可窺見其仿效之著眼點，除字句借鑒、隱括內容之外，尚有詞題標舉「擬」、「效」（或作「傚」）、「法」、「改」、「用」者。其仿效方式，大致可區分爲三大類，一爲作者和作品之風格，例如：「效韋應物」、「效易安體」、「擬稼軒」等；二爲仿效作法和作品之體製，如「效東坡迴文」、「效福唐獨木橋體」；三爲仿效時代和規矩，如「效南唐體」、「戲效花間體」等。詞亦多見「集句」之作，透過「整引、截取、增損、化用、隱括等方式，雜集古句；兼或雜入一、二今人或個人作品以成詞也。」〔註67〕仿效手法多元，詳加分析，亦可窺見讀者接受情況。秦觀經典名作，備受後世讀者關注，多見樂於仿效者，故仿擬資料，著實爲展現秦詞接受的特殊面向之一。

研究資料，除上述各大面向之外，宋人於目錄著作中，亦多見品評人物之論。如晁公武《郡齋讀書志》、陳振孫《直齋書錄解題》，亦多見記載評論秦觀之語。透過研究資料，可展現歷代讀者特質，接受史料擇取，必須考量讀者的群體性及其視野。中國詞史發展，源遠流長，始自晚唐，經歷五代，大盛於宋，略衰於金、元、明，至清復甦，有其動態消長。針對秦觀研究，若將其視爲片面發展，甚爲可惜。詞學接受史研究，透過資料擇取，可顯現其接受者角度爲三大類型：一爲普通閱讀者，二爲評論研究者，三爲文藝創作者，所作出的審美欣賞、理性闡釋及吸收借鑒等方式，別具或深或淺的接受程度。評論家的接受態度，仍恐因其主觀心理而導致偏頗，審美鑑賞沉潛滲透於生活經驗中，個人特有的生命遭遇，深深影響讀者的接受程度。專家學

〔註65〕 王師偉勇：〈兩宋詞人仿擬典範作品析論——以效他體爲例〉，2007年6月成功大學文學院主辦，「人文與創意學術研討會」會議論文。

〔註66〕 王師偉勇：〈兩宋詞人仿蘇辛體析論〉，見錄於《宋代文學研究叢刊》第14輯，2007年6月，頁121～160。

〔註67〕 王師偉勇：〈兩宋集句詞形式考——兼論兩宋集句詞未必盡集前人成句〉，收錄於《詞學專題研究》（臺北：文史哲出版社，2003年4月），頁330。

者強調作品的藝術美感及作者的高度成就，必與身逢相同經歷而心有戚戚焉的普通讀者，具有不同的態度，因而研究秦觀詞接受史，接受群體特性，必定不容忽視。

三、研究方法概述

　　考察歷年對秦觀其人及其詞之研究，多著重將其視爲一個靜態的發展，並企圖以內容、風格等面向，對秦觀的成就做出評斷。以「接受史」觀點進行思考，作者、作品、讀者間，具有特殊關係，讀者更非可有可無，而接受過程非爲單向論述，接受主體非徒爲評論家，亦不同於傳統文學史或批評理論。「接受史」堪稱歷代接受者對經典作家、作品之批評史，其特質在於透過作者與讀者之潛在交流，構成文學經典特有之藝術生命。讀者群體及其傳播特性，構成接受史研究的三大面向，分別爲普通讀者的接受效果史、批評家的闡釋史、詩人作家的影響史。〔註68〕透過詞學資料擇取，藉由三大接受角度，可對秦觀之詞史地位，進行確立。鄧新華《中國古代接受詩學》言：

> 中國古代雖然沒有「接受美學」這個概念，也沒有「接受美學」這個獨立的理論學派，但在中國古代汗牛充棟的詩詞書畫理論注疏和小說戲曲序跋評點中，卻保留著極爲豐富的「讀者反應材料」，蘊含有極有價值的文學接受思想，並由此構築起我們自己的接受詩學體系。〔註69〕

西方文學接受理論，提供文學研究一份新的思考，中西方文學，各有其特色，金元浦《接受反應文論》一書指出：

> 中國古代文學批評史中有著極豐富的鑑賞、體味、妙悟、興會的批評遺產，這些批評遺產對讀者及其接受的深切關注與西方當代讀者中心論範式有著某種內在的精神關聯與形式上的近切之處，互相啓發，引譬連類……從而大大推

〔註68〕蔡振念撰：《杜詩唐宋接受史》，（臺北：五南書局，2002年2月），頁3。

〔註69〕鄧新華撰：《中國古代接受詩學》（武漢：武漢出版社，2000年10月），頁4。

動了接受理論的深入。﹝註70﹞

接受理論仍有其侷限，因早期發展著重標舉「讀者中心論」，而忽略
文本與讀者間的交流，亦忽略作者創作的心理因素，因而必須透過相
互融合的交流過程，將中國古典文學資料中，豐富的理論批評、審美
體驗，與西方接受理論相互融合運用，以展現接受史研究的特殊面
向。就研究詞學接受特性，趙山林〈詞的接受美學〉一文指出：

> 同其他文學作品一樣，詞的閱讀也是「一種被引導的創
> 造」。但是讀者通過閱讀而還原出來詞的意境，與作者在作
> 品中創造的意境不會完全契合；不同讀者所還原出來的意
> 境又會各有不同。這是因為讀者與作者、讀者與讀者之間
> 在所處時代、社會地位、生活經驗、性格氣質、文化教養、
> 思維方式、審美情趣等方面都是彼此不同的。

因時代背景等複雜因素，與讀者接受角度之不同，造就秦詞接受情況
迥異。因而欲架構秦觀詞接受史，必須強調接受研究之歷時特性，故
本論文寫作方式，先就歷代秦詞的傳播與接受，進行探討；評論部分
著重以宋金元、明、清各朝為經，輔以各時代詞話發展特性為緯，探
究秦詞受關注的情況，進而針對各時代共有、特有之資料加以分析、
比較，以讀者接受視角及方式，進行討論；創作接受部份，以探討和
韻（兼有次韻、依韻、用韻等）、仿擬、集句、檃括等方式為主。以
期透過接受史角度，言而有據地確立秦觀於詞史之經典性地位。

﹝註70﹞ 金元浦撰：《接受反應文論》（濟南：山東教育出版社，1998 年 10 月），
頁 393。

第二章　歷代秦觀詞的傳播接受
──版本與詞選

　　李劍亮《唐宋詞與唐宋歌妓制度》云：「傳統的文學研究，往往把文學作品作為一個靜態的對象來研究。事實上，文學作品一旦問世，便處於一個動態的過程之中。作品所具有的價值，也就在這個動態過程中不斷地得到體現。」〔註1〕經典作品之形成，必須經由創作、流通、接受三大階段，過程深受傳播方式影響，進而刺激消費群體，活絡市場需求。書籍作為傳播載體，有以全集形式問世者，亦不乏以選集方式流通者，尤以後者深具複雜性，因而傳播媒介──選者，地位不容忽視，傳播形式──選本，影響最為卓著。魯迅曾云：「選本所顯示的，往往非作者的特色，倒是選者的眼光。」〔註2〕李睿〈歷代選本中的辛棄疾詞〉亦云：「選本是中國文學史上一種重要的批評範式，他對引導文學發展、促進風氣演變起著重要的作用。」〔註3〕透過選本，可暸解編選者觀點，及作品流傳之軌跡。選詞有其困難之

〔註1〕李劍亮撰：《唐宋詞與唐宋歌妓制度》（杭州：浙江大學出版社，2006年10月），頁176。
〔註2〕魯迅撰：《魯迅全集‧且介亭雜文二集》（臺北：谷風出版社，1980年12月），卷7，頁135。
〔註3〕李睿〈論清代詞選〉，收錄於《詞學》（上海：華東師範大學出版社，2007年12月），第18輯，頁99。

處，明清人多所體認，如〔明〕俞彥《爰園詞話》曾云：「非惟作者
難，選者亦難耳。」〔註4〕〔清〕陳廷焯《白雨齋詞話》云：

> 作詞難，選詞尤難。以我之才思，發我之性情，猶易也；
> 以我之性情，通古人之性情，則非易矣！〔註5〕

〔清〕周銘《林下詞選・凡例》更云：「選詞之難，十倍於詩。」〔註6〕
選本作爲中國文學之重要載體，非僅用於蒐集保留，其深刻處在於呈
現編選家之審美觀念，故詞選編纂者收錄之用心，可充分展現個人思
考及接受態度。詞體傳播方式，大抵有二：一爲透過歌妓傳唱展開動
態傳播；一爲藉由文本閱讀進行靜態傳播，兩者互有消長，亦影響詞
體地位及讀者群體。詞選作爲重要傳播媒介，此一概念，蕭鵬加以定
義，具有廣狹義之分〔註7〕，其言云：

> 詞選是一種特殊的輿論形式，在保存歷史的同時，它還執
> 行淘汰的任務。詞選適應某類時代審美潮流和社會需要而
> 產生，操選政者事實上扮演了社會輿論化身的角色。〔註8〕

詞選深具價值，除輯佚、校勘、考證、理論四類外，另可呈現當時代
審美觀感之特性，故透過詞選之擇取標準，可窺見詞學思潮變遷，及
選詞者之審美思考。作品入選率愈高，讀者接受之程度就愈高；流傳

〔註4〕 〔明〕俞彥撰：《爰園詞話》，收錄於唐圭璋《詞話叢編》（北京：中
華書局，2005 年 10 月第五次印刷），冊 1，頁 401。

〔註5〕 〔清〕陳廷焯：《白雨齋詞話》，收錄於唐圭璋《詞話叢編》，冊 4，
卷 8，頁 3790。

〔註6〕 〔清〕周銘：《林下詞選・凡例》，收錄於《續修四庫全書》（上海：
上海古籍出版社，2002 年 3 月），集部，冊 1729，頁 556。

〔註7〕 蕭鵬云：「詞選可以分爲狹義和廣義兩種概念：狹義之詞選，乃是編
選者對若干詞人的部分作品，按照一定的取捨標準或角度進行有選
擇的輯錄，並依據某種體例編排成帙。廣義之詞選，則是編選者對
若干詞人的作品部分地加以輯錄，並依據某種體例編排成帙。區別
在於：前者僅僅是出於選者主觀因素而進行「部分地選擇」（在我）；
後者則可以是限於選源、選型等客觀因素而不得不「部分地選擇」（在
他）。」《群體的選擇——唐宋人選詞與詞選通論》（臺北：文津出版
社，1992 年 11 月），頁 1。

〔註8〕 蕭鵬撰：《群體的選擇——唐宋人選詞與詞選通論》（臺北：文津出
版社，1992 年 11 月），頁 4。

愈廣，愈可見其經典地位。自宋以降，詞選數量繁多，就選者身分及其社會地位查考，可見詩人、樂工歌者、詞人所錄之詞選，故編選方式殊異，擇取目的不同；就入選作者之朝代進行劃分，有通代、斷代之異；就入選範圍論之，有專題、郡邑、氏族之別，另有深具補闕價值之詞選，足見歷代詞選編纂面向，甚爲多元。受限於傳播、消費特性影響，詞人別集流通廣泛程度，較之詞選雖相形遜色，然欲全面觀照歷代秦詞流傳，版本刊刻及流傳，不可略而不談。故本章擬就秦集文本進行討論，首先探析秦集版本，再就歷代詞選本擇錄秦詞之數量，進行歸納，藉此探知歷代秦觀詞之傳播接受情況。

第一節　秦觀文集版本流傳概況

透過版本刊刻，可窺見文本流通概況，亦可反應市場接受態度。《中國古代書坊研究》一書，論三大刻書系統云：「在中國古代社會，作爲人們接受文化知識的載體——書籍，其出版系統主要有官府刻書系統、私人刻書系統和書坊刻書系統三類，統稱爲中國古代的三大刻書系統。」〔註9〕書籍受三大刻書系統影響，流傳範圍及影響層面，各有差異。秦觀文集自問世以來，幾經流傳，考訂刊刻，不乏名家，後因時空輾轉，版本流通各地，不免毀損殘缺、散佚不全，且編纂者各有所本，進行增刪，更使複雜情況加劇。歷來研究者致力探討秦集版本，數量甚夥〔註10〕，故本節僅由學者研究文獻所載或今尚見存者，進行討論。茲就歷代秦觀文集版本流傳之概況，略加探析如次：

〔註9〕 戚福康：《中國古代書坊研究》（北京：商務印書館，2007年7月），頁2。

〔註10〕 探討秦集版本甚爲詳盡者，如祝尚書撰：《宋人別集敘錄》（北京：中華書局，1999年11月），頁555～569；周義敢、周雷編《秦觀資料彙編》（北京：中華書局，2001年5月），頁7～20。蔣哲倫、楊萬里：《唐宋詞書錄》（長沙：岳麓書社，2007年7月），頁261～274。本章節所論之版本，亦多參酌諸家所述。

一、宋代秦觀文集流傳概述

　　〔宋〕晁公武《郡齋讀書志》載:「秦少游《淮海集》三十卷」、《宋史‧藝文志》載:「秦觀集四十卷」、鄭樵《通志》載:「秦太虛《淮海集》二十九卷」、陳振孫《直齋書錄解題》亦載《淮海集》一卷,俱與《山谷詞》、《晁無咎詞》並列,顯然爲詞集、馬端臨《文獻通考》載:「秦少游《淮海集》三十卷」,又載:「《淮海集》一卷」。〔註11〕是知宋代秦觀文集,卷數多異,且文集不錄詞篇,亦隱約可見宋人對詞體之接受態度。秦集編纂方式,大抵有二:一爲秦觀親自編輯而成,二爲門人或後人所編,各有寄託,別具差異。前者可見作者對於己身作品之態度,後者則帶有推尊意識,或順應市場需求而爲。茲就其流傳概況,略述如次:

(一)秦觀自編《淮海閑居集》

　　宋代作者自編文集,有其講究處,王嵐《宋人文集編刻流傳叢考》云:「宋人有一個根深蒂固的觀念就是以文章傳後世之名,所以他們對自己的詩文並非雜然濫收,而往往是經過一再篩選剔擇,將自己不滿意的作品毫不吝惜地棄去或焚毀,如黃庭堅中年時燒掉了以前三分之二的詩文,只留下三分之一,編成一部文集,起名爲『焦尾』,意爲焚燒之餘燼。」〔註12〕秦觀早年嘗編《淮海閑居集》,今雖已不復得見該書,但就殘存序言,仍可見編輯大要:

　　　　元豐七年冬,余將赴京師,索文稿於囊中,得數百篇。辭
　　　　鄙而悖於理者輒刪去之。其可存者,古律體詩百十有二,

〔註11〕　〔宋〕晁公武撰:《郡齋讀書志》,收錄於《文津閣四庫全書》,冊224,卷4下之上,頁610:〔元〕托克托撰:《宋史‧藝文志》,收錄於《文津閣四庫全書》,冊115,卷208,頁:〔宋〕鄭樵撰:《通志》收錄於《文津閣四庫全書》,冊128,卷70,頁692:〔宋〕陳振孫撰:《直齋書錄解題》,收錄於《文津閣四庫全書》,冊224,卷21,頁808:〔元〕馬端臨撰:《文獻通考》,收錄於《文津閣四庫全書》,冊204,卷237、246,頁82、126。

〔註12〕　王嵐撰:《宋人文集編刻流傳叢考》(南京:江蘇古籍出版社,2003年5月),頁3。

雜文四十有九，從游之詩附見者四十有六，合兩百一十七
篇，次爲十卷，號《淮海閑居集》。〔註13〕

元豐七年（1084），秦觀自編文集十卷，收古體詩 112 篇，雜文 49 篇，
與他人交游唱和之作 56 篇，共 217 篇。秦觀首次將文稿收拾成集，
欲西行至京師應禮部考試，此集爲干祿所用。略考秦少游三十六歲編
《淮海閑居集》前，已不乏佳詞，如二十五歲作〈品令〉二首，二十
六歲作〈御街行〉（銀燭生花如豆），二十八歲作〈木蘭花慢〉（過秦
淮曠望），二十九歲作〈行香子〉（樹繞村莊）；三十一歲詩詞數量大
增，在越州作〈望海潮〉（秦峰蒼翠）、〈滿庭芳〉（雅燕飛觴）、〈虞美
人〉（行行信馬橫塘畔）、〈滿江紅〉（姝麗）等，歲暮因受烏臺詩案影
響，又賦〈滿庭芳〉（山抹微雲）、〈南歌子〉（夕露霑芳草）；三十二
歲作〈望海潮〉（星分牛斗），三十四歲作〈畫堂春〉（落紅鋪徑水平
池）、〈長相思〉（鐵甕城高）等詞。〔註14〕雖然世俗社會已高度讚揚
秦詞，如「山抹微雲君」，但秦觀本人未能擺脫時代成見，視詩文可
藏諸名山，爲經國之大業，詞則屬小道，不足以編入文集，故自編文
集不錄詞篇。另可窺見早期秦詞非專以婉約爲主，亦有如〈望海潮〉
（星分牛斗）此類豪氣滿懷之作，可知當時「少游體」未臻定型。

（二）後人刊刻秦觀文集

據《宋史》云：「四月乙亥毀東坡文集、唐鑑、馬子才文集、秦
學士、豫章、三蘇文集……秦學士文。」〔註15〕秦觀自編《淮海閑居

〔註13〕〔宋〕秦觀撰：《淮海閑居集·自序》，收錄於祝尚書《宋人別集敘
　　　　錄》（北京：中華書局，1999 年 11 月），頁 556。

〔註14〕秦詞創作時間，筆者據近人徐培均《秦少游年譜長編》加以歸納而
　　　　成。其中〈行香子〉（樹繞村莊）一詞，《淮海居士長短句》失載，《全
　　　　宋詞》疑此詞爲明代張綖所作，但見於〔明〕汲古閣本《少游詩餘》，
　　　　題作〈行鄉子〉，亦見於《欽定詞譜》卷 14，故此處依徐氏所言歸爲
　　　　秦觀二十九歲所作。參見徐培均《秦少游年譜長編》（北京：中華書
　　　　局，2002 年 12 月），頁 38、41、70、76、143、147、154、198。

〔註15〕〔元〕托克托等修纂：《宋史》，收錄於《文津閣四庫全書》，史部，
　　　　冊 115，卷 14，頁 83。

集》遭黨禍波及，徽宗於崇寧二年（1103）四月，下詔禁焚三蘇父子
與其門人文集及印版，其中便包含了秦觀文集，此時秦觀去世已三
年，故今日得見者，應爲後人所編。後世流傳秦觀文集，歷時久遠，
亦呈現獨特性質，透過流傳過程中重編、重修者採行之法，可窺見秦
詞被接受之情況。宋代《淮海集》流傳版本甚繁，有北宋刻本，據晁
公武《郡齋讀書志》卷四下云：「《秦少游淮海集》三十卷。」並引「蘇
子瞻嘗謂李廌曰：『少游之文如美玉無瑕，又琢磨之功，殆未有出其
右者。』少游亦自言其文，銖兩不差，但以華麗爲愧耳。」《郡齋讀
書志》成書於南宋紹興二十一年，據此可知，在此之前已可見秦觀文
集三十卷本流傳，此本今已不存；另有南宋紹興年間刻本，王定國守
高郵時編刊，爲今本最古者，現藏於日本淺草文庫，共四十九卷（包
含前集四十卷、長短句三卷、後集六卷），此本卷端列有〈淮海閑居
文集序〉、舒王〈答蘇內翰薦秦公書〉、〈曾子開答淮海居士書〉、〈蘇
內翰答淮海居士書〉、〈後山居士陳師道撰淮海居士字序〉，末有林機
後序；另有南宋初蜀刻本，今已失傳；紹熙本爲乾道癸巳高郵軍學刻、
紹熙壬子謝雩重修而成，共四十九卷（包含前集四十卷，後集六卷，
長短句三卷），長短句末有林機後序，同於日本所藏刻本。後集卷六
附有謝雩跋云：

> 秦學士《淮海集》前、後四十六卷，文字偏旁，間有訛誤，
> 讀者病焉。雩以蜀本校之，十才得一二，或者謂初用蜀本
> 入板也。遂與同事諸公商榷參考，增漏字六十有五，去衍
> 字二十有四，易誤字三百有奇，訂正偏旁，至不可勝計。
> 其文之不敢臆決者，存之。其字之瑣碎，……此類甚多，
> 不可悉改。乃以其法授同事諸公，俟他日重刻，則正之。《長
> 短句》三卷，非指點畫訛也，如「落紅萬點愁如海」，以「落」
> 爲「飛」；「兩行芙蓉淚不乾」，以「兩行」爲「雨打」，皆
> 合訂正。又其間有下俚不經語，幾予以筆勸淫，疑非學士
> 所作，然又不敢輕刪去，亦并存之；皆合訂正，以貽好事

者。紹熙壬子上巳，從事郎軍學教授永嘉謝雯跋。〔註16〕
傅增湘《藏園群書經眼錄》卷十三，提及紹熙本今尚存三部，其中
二部已殘。〔註17〕謝雯為高郵軍學教授、理學名家，重修此本，且
紹熙本據癸巳本，行款、版面、刻工基本相同〔註18〕，足見紹熙本
晚出於現藏於日本淺草文庫之刊本。謝雯跋中提及「以蜀本校之」、
「初用蜀本入板」，皆可考見王定國刊本，與謝雯重修本流傳間，尚
有南宋初年蜀刻本，但此本今已失傳，不可得見；蜀刻大字本《淮
海先生文集》，宋寧宗時眉山刻，共四十六卷（包含前集四十卷、後
集六卷），此集雖晚於乾道、紹熙本，卻與北宋本較近似，傅增湘《藏
園群書經眼錄》曾言：「此蜀大本，與蘇文忠（軾）、蘇文定（轍）、
陳後山（師道）三集全同，當為同時同地所刊也。」〔註19〕此本年
代略晚於王定國刊本及紹熙本，但其所依為善本，故此集刊刻較為
精美。南宋時詞集叢刊本流行，如長沙書坊刻《百家詞》，《直齋書
錄解題》論其刊刻目的云：「其前數十家，皆名公之作。其末亦多有

〔註16〕〔宋〕謝雯撰：〈淮海集跋〉，收錄於周義敢、周雷編《秦觀資料彙
　　　　編》（北京：中華書局，2001 年 5 月），頁 110。
〔註17〕傅增湘《藏園群書經眼錄》云：「宋乾道九年高郵軍學刻紹熙三年謝雯
　　　　重修本，半葉十行，行有二十一至二十四字不等，白口，左右雙闌，
　　　　板心上記字數，下記刻工名……。魚尾下作『秦卷幾』。宋諱桓、構、
　　　　慎闕末筆。此自午門紅本袋中清出者，今歸北京圖書館。」又云：「首
　　　　《閑居文集序》，次舒王《答蘇內翰薦秦公書》，次曾子開答書，次蘇
　　　　內翰答書，次後山居士傳《淮海居士集序》。後有嚴繩孫跋。此書余在
　　　　故宮御花園位育齋撿出，重裝付善本書庫。前有原簽題一頁。」又云：
　　　　「各卷中間有缺葉。黃蕘圃跋錄後：『此故友陶五柳主人為余購得者，
　　　　因借無錫秦氏宋刻四十卷全本手校過，故此不之重，其實非一刻也。
　　　　今手校本已歸他所，而近又得一孫潛藏抄本，因出此殘帙勘之，略正
　　　　幾字。中有《淮海閑居集序》一葉錯入二十三卷中，以別本長短句偶
　　　　存全集序文證之却合，因得考見宋刻源流，莫謂竹頭木屑非有用物也。
　　　　蕘夫記。』」（北京：中華書局，1983 年 9 月），冊 4，頁 1188。
〔註18〕此說參見周義敢、周雷編《秦觀資料彙編》（北京：中華書局，2001
　　　　年 5 月），頁 11。
〔註19〕傅增湘撰：《藏園群書經眼錄》（北京：中華書局，1983 年 9 月），冊
　　　　4，頁 1187。

濫吹者。市人射利欲富,其部帙不暇擇也。」〔註20〕收南唐二主至
郭應祥詞,共九十餘家,一百二十八卷,其中有《淮海詞》一卷;
南宋中葉閩中書坊刊行《琴趣外編》,因詩餘多不入集中,故稱「外
編」,所收多爲名家,其中有秦觀《淮海琴趣》,刻印精美;宋末元
初,有《六十家詞》本,據張炎《詞源》云:「舊有刊本《六十家詞》,
可歌可誦者,指不多屈,中間如秦少游、高竹屋、姜白石、史邦卿、
吳夢窗,此數家格調不侔,句法挺異,俱能特立清新之意,刪削靡
曼之詞,自成一家,各名於世。」〔註21〕足見宋代書坊順應市場需
求,多匯合詞集叢刊印行,秦詞多在入選之列,且書坊刊刻詞集引
起詞體傳播媒介之轉變,由歌妓傳唱轉向文本閱覽,亦影響接受群
體之審美傾向,進而爲詞體發展開啓新方向。宋時秦詞以傳唱方式,
普遍流傳於歌館樓臺之間,而作爲案頭文本,亦深受閱讀者所喜愛。
透過上述版本,可知宋代秦觀詞集有全集本和單行本兩類,卷數已
多見差異。秦集版本眾多,刊刻頻繁,受歡迎之程度,可見一斑。
此外,南宋時期,蘇籀《雙溪集》卷十一〈書三學士長短句新集後〉
一文,可知南宋初年黃庭堅、晁補之、秦觀三人之詞曾合併刊刻。
而楊萬里〈胡英彥墓志銘〉云:「注《蘭亭詩》及《淮海集》各若干
卷。」〔註22〕曾季貍《艇齋詩話》云:「章質夫家子弟有注少游詞者。」
〔註23〕可見兩宋時期秦詞流傳,已有一定規模。

二、明代秦觀文集流傳概述

明代書坊翻刻宋版書籍,蔚爲風潮,流傳秦集版本皆以宋乾道高

〔註20〕 〔宋〕陳振孫撰:《直齋書錄解題》收錄於《文津閣四庫全書》,冊
224,卷21。

〔註21〕 〔宋〕張炎撰:《詞源》,收錄於唐圭璋《詞話叢編》,冊1,卷下,
頁255。

〔註22〕 〔宋〕楊萬里撰:《誠齋集》,收錄於《文津閣四庫全書》,集部,冊
388,卷127,頁222。

〔註23〕 〔宋〕曾季貍撰:《艇齋詩話》,收錄於鄧子勉編《宋金元詞話全編》
(南京:鳳凰出版社,2008年12月),中冊,頁836。

郵軍學系統爲主，數量繁多。有閩刻黃瓚正德刻本四十九卷，包含長短句及序跋，黃瓚爲山東巡撫，此集刻於任內；嘉靖壬辰孟夏安正堂刊本，前集四十卷、後集六卷，無長短句及序跋，「安正堂爲北京書號，乃書賈劉宗器之堂號」〔註24〕，可知此集應刊於北京；嘉靖己亥張綖鄂州刻本，包含前集四十卷、後集六卷、長短句三卷；另有嘉靖乙巳胡民表高郵刻本、嘉靖戊午漢中府重刻本，皆翻刻張綖鄂州本而成，卷數及行款相近。胡本之流傳，據傅增湘〈明胡民表刊本淮海集跋〉云：

> 余考近世藏家目錄，如皕宋樓陸氏、八千卷樓丁氏、藝風堂繆氏、適園張氏，（虞山《瞿氏目》有《淮海集》，著錄爲張綖本，然未見其書，不敢遽定。且丁氏目亦以乙巳刻爲己亥也）。凡著錄嘉靖本《淮海集》者，皆爲胡氏重刊之本。余昔年遊南中曾獲一帙，亦正是此本，無一人得睹張綖原刻。夫原刻成於己亥，其版燬於甲辰，中間版存者尚有五六年，何以獨無印本流傳於世，而正德黃氏山東刻本轉有存者（丁氏、張氏兩目皆有黃本），殊不可解。今觀胡氏覆刻，版式雅飭，字體亦整潔，則原刻之精麗亦可推知。
> 〔註25〕

就傅氏所云，可知嘉靖胡本流傳甚廣，且因精麗雅飭，深受近世藏書家珍愛；萬曆年間李之藻高郵刻本，爲四十九卷本，附有姚鏞、李之藻、盛儀、張綖序，另有高郵知州王廷俊朱筆校字；明末段之錦武林刻本，爲四十卷本，徐渭曾對此集進行評點，許吉人〈淮海集序〉云：「徐渭評點此集，蓋因性格、才學、遭遇相同，其評語堪稱人間瑰寶」〔註26〕；段之錦另刻《淮海集》四十九卷本，後附鄧章漢補輯《詩餘》

〔註24〕語出周義敢、周雷撰：《秦觀資料彙編》（北京：中華書局，2001 年 5 月），頁 15。

〔註25〕傅增湘〈明胡民表刊本淮海集跋〉，轉引自祝尚書《宋人別集敘錄》（北京：中華書局，1999 年 11 月），上冊，頁 562～563。

〔註26〕許吉人撰：〈淮海集序〉，收錄於周義敢、周雷編《秦觀資料彙編》，頁 206。

一卷，擇錄秦詞 17 首，見於《草堂集》，段本失載。段本卷末留有「雕卉館」木記，應是坊刻本，上述詞集皆附於詩文諸作之後。此外，另有單行本流傳，如正德年間孟春暉刻本，藏於天一閣；李廷芝刻《淮海集長短句》一卷本，稱「戲鴻館刻本」，內有「明郡人李廷芝九畹、長州袁玄又玄校」字眼；王象晉刻《少游詩餘》一卷本，萬曆年間又刻《秦張兩先生詩餘合璧》二卷（合秦觀詞與張綖詞爲一編）。《少游詩餘》收秦詞 140 首，據徐培均《秦觀詞新釋輯評》，秦觀詞宋本現存 77 首，徐氏又輯補數首，共 80 幾首，與《少游詩餘》相差懸殊，《少游詩餘》所流傳者，除了部份確信爲秦詞外，其餘或爲張綖所作，誤收爲秦詞，或不知爲何人所作，尚難以斷定；毛晉汲古閣刻《淮海詞》，可分爲《宋六十名家詞》本及單行本二類。汲古閣藏有宋本，收錄宋本秦詞原有 77 首，又另補 10 首，7 首同於鄧章漢補輯；另有《淮海詞》鈔本三卷，鈔主不詳，爲許宗彥止水齋藏本，後有張綖跋，推測應取自張綖鄂州本。綜觀上述諸本，可見明代以全集本爲主，詞集多錄於其中，與宋人之態度，迥然不同。秦集深受張綖、李廷芝等高郵人或如胡民表、李之藻等曾宦游此地者推崇，足見秦觀已成高郵之代表人物。明刻本以嘉靖年間數量最多，而萬曆本流傳最廣泛、久遠，至清代猶存，且多次補刻。明代書坊更致力關注市場需求，有許多大型詞集叢刊問世，據陶子珍《明代四種詞集叢編研究》一書指出：「明代詞集叢刊，除輯錄詞選總集外，另亦彙錄大量之詞家別集，涵括五代、北宋、南宋及金、元、明等歷代詞人作品。」〔註27〕明代詞集叢刊可分爲「詞選刻本合集」、「詞家別集彙刊」、「選集別集合刻」等三大類，其中《唐宋名賢百家詞》、《宋六十名家詞》、《宋五家詞》、《宋名賢七家詞》、《宋二十家詞》、《宋明九家詞》、《宋元明詞》、《宋元明三十三家詞》、《南詞》、《宋元名家詞》、《汲古閣四家詞》、《汲古閣宋五家詞》、《汲古閣詞》等十三部詞集皆收詞家別集，秦詞別集入

〔註27〕陶子珍撰：《明代四種詞集叢編研究》（臺北：秀威資訊科技，2005年 4 月），頁 170。

選共計五部，名列北宋第二。〔註28〕

三、清代秦觀文集流傳概述

　　清代流傳秦觀文集，有清初虛止道人《淮海先生文集》鈔本四十九卷，附有補遺一卷，黃丕烈以宋本校勘此本，云：「此鈔本出香嚴書屋，因有孫潛印，故收之文集四十卷、後集六卷、詞三卷，較爲全備」，此鈔本現藏於北京圖書館，內有孫潛、黃丕烈、古夒、韓應陛、載陽父子珍藏用印；黃儀鈔校《淮海居士長短句》三卷，康熙辛亥鈔自明代毛晉汲古閣本；康熙己巳年高郵學正余恭補刻《淮海集》四十六卷本，前列余氏、毛之鴻序，所取用之本爲高郵藏本，可能爲明代張綖、胡民表、李廷芝所刻；乾隆年間有《四庫全書》本，《四庫全書總目·淮海集》云：

> 《文獻通考》別集類載《淮海集》三十卷，又歌詞類載《淮海集》一卷；《宋史》則作四十卷。今本卷數與《宋史》相同而多後集六卷，長短句分爲三卷，蓋嘉靖中高郵張綖以黃瓚本及監本重爲編次云。〔註29〕

又《四庫全書總目·淮海詞》云：

> 此本爲毛晉所刻，僅八十七調，裒爲一卷，乃雜採諸書而成，非其舊帙。……晉跋雖稱訂訛搜遺，而校讎尚多疎漏。
> 〔註30〕

足見四庫本《淮海集》據張綖所刻四十九卷本，《淮海詞》則依毛晉刻本，進行參訂；乾隆丁亥高郵何廷模補刻《淮海集》四十九卷，另有嘉慶乙丑高郵徐源補刻《淮海集》四十九卷，就序跋可知前者欲求善本，以補缺失，後者因何本遺失，遂補刻之；嘉慶庚午年間黃丕烈校《淮海居士長短句》三卷，參宋刻殘本，〈序〉云：「嘉慶庚午人日，

〔註28〕同上注，頁216。

〔註29〕〔清〕永瑢、紀昀等撰：《四庫全書總目提要》（臺北：臺灣商務印書館，1983年10月），集部，冊4，卷154，頁3242

〔註30〕〔清〕永瑢、紀昀等撰：《四庫全書總目提要》（臺北：臺灣商務印書館，1983年10月），集部，冊5，卷198，頁4424。

書客以江鄭堂舊藏諸本一單見遺，惟殘宋刻《淮海居士長短句》爲佳。因手校此，餘舊鈔未校入也。……《淮海居士集》前集四十卷、後集六卷，宋刻本，藏錫山秦氏。余從孫平叔借校，此甲子年事也。頃偶憶及全集本中不知有詞與否，因檢校本核之，彼第有詩文，不收詞也。可見殘宋《淮海居士長短句》，蓋專刻也。」〔註31〕道光丁酉年高郵王敬之刻《淮海集》，前集十七卷、後集三卷、詞一卷，並有補遺及續補遺各一卷，宋茂初《重刊淮海集序》云：

> 《淮海集》四十六卷、《詩餘》三卷，舊爲明水部李公之藻
> 所刊，乾隆年間稍事修葺，而漫漶已甚。迄今又八九十年，
> 並此漫漶者亦不可得。……王君寬甫（敬之）懼文獻之馴
> 至於無徵也，因取舊本與同志諸君正其脫誤，釐爲二十卷。
> 又念集中尚多缺遺，復與茆君雲水（泮林）於集外搜採若
> 干條爲補遺一卷，並付剞劂氏。一字之訛，必加糾正，閱
> 八月而告成，洵盛舉也。〔註32〕

王氏據李之藻本進行校補，補遺有賦一首、詩七首、文六篇，詞多毛晉本十三首〔註33〕，較爲特殊；同治癸酉年秦元慶家塾刊《淮海集》四十卷、《後集》六卷、《長短句》三卷，前有秦瀛《重編淮海先生年譜》及錢大昕校正，末附鄧章漢輯《詩餘》一卷。秦氏〈跋〉云：

> 國朝段斐君刻於浙中，板最完善。慶高祖茂修公自吳遷楚，
> 攜原整本篋藏以示後人，令無墜先業。惟是楚南坊間，向
> 無精本，先伯祖介景公欲重梓之，未果。……爰出所藏，
> 精繕校刊，以竟先志。〔註34〕

足見此本乃翻刻段之錦本於楚地，秦瀛爲秦觀後裔，推崇先祖之情昭

〔註31〕〔清〕黃丕烈撰：〈淮海居士長短句跋〉，收錄於施蟄存主編《詞籍序跋萃編》（北京：中國社會科學出版社，1994 年 12 月），頁 76。

〔註32〕〔清〕宋茂初：《重刊淮海集序》，轉引自祝尚書著《宋人別集敘錄》（北京：中華書局，1999 年 11 月），上冊，頁 567～568。

〔註33〕此統計參見周義敢、周雷編《秦觀資料彙編》（北京：中華書局，2001 年 5 月），頁 20。

〔註34〕轉引自祝尚書著《宋人別集敘錄》（北京：中華書局，1999 年 11 月），上冊，頁 568～569。

然可見。清代秦集流傳，自清初、康熙、乾隆、嘉慶、道光、同治年間，皆有刊刻，尤以康熙、乾隆年間最盛。清人以校勘眼光審視秦詞，如黃儀、黃丕烈等，皆據宋本，可展現清人以治經眼光治詞，詞已然非爲小道，且清人多以序跋論述覽閱秦集之感，如嚴秋水跋、黃丕烈跋、金長福淮海詞鈔跋、王敬之〈淮海集補遺序〉、秦元慶跋、曹元忠跋、趙萬里跋、嚴繩孫跋、朱彊村跋、吳湖帆跋等，皆可查見秦集受關注之程度及流通之軌跡。

　　綜觀上述秦集刊刻，於三大刻書系統之比重不同，且受刊刻目的之影響，流傳層面亦有所差異。秦集於官府刻書系統中，僅見於《四庫全書》；私人刻書系統通常爲自己或家族服務，以先人或己身著作、家譜爲主，或作爲家族教學讀本，秦集以私刻數量最夥，秦氏後裔不僅熱衷於刊刻秦集，亦耗費諸多心力於編修年譜。據徐培均《秦少游年譜長編》歸納，明萬曆戊午年（1582）第十八世孫秦淇編《淮海先生年譜》，此爲祖本，今已不存。其後，康熙年間第二十世孫秦鏞、嘉慶二年（1797）第二十八世孫秦瀛、同治十二年（1873）秦元慶等繼之增補修訂，推尊之意鮮明。官府及私人刻書並不直接對外流通，故其廣泛程度皆難與書坊並駕齊驅。書坊以市場需求爲主要考量，側重社會各層面，尤以市民爲消費主力，大量刊刻各類文藝書籍，如戲曲、小說，而秦觀文集亦備受青睞，如南宋長沙書坊、明安正堂、明毛晉汲古閣、段之錦武林刻本等，皆可反映自南宋以來，市井對秦集之接受程度。

　　就流傳地點論之，宋代秦集曾刊刻於高郵（今江蘇省）、眉山（今四川省）、長沙（今湖南省）、閩中（今福建省）等地；明代除了高郵、閩中之外，尚有鄂州（今湖北省）、安正堂（今北京）、汲古閣（今江蘇常熟）、武林（今杭州）等地；清代刻本多集中於高郵，顯見秦觀已成當地名士。秦觀文集今以日本內閣文庫所藏乾道九年高郵軍學刊本最古，且據祝尚書《宋人別集敍錄》云：「日本宮內廳書陵部藏有明正德本，爲《前集》四十卷、《後集》六卷。此本國內亦無庋藏。《日

本漢籍錄》按曰：此本前後無序跋，與高郵刻本及明嘉靖胡民表刻本相較，亦無長短句三卷。是書係男爵毛利元功所獻。首有『瑞肅書扁』印記。每冊首有『明倫館印』、『德藩藏書』印記。」又云：「胡民表翻刻本，今存傳本尚富，……日本尊經閣文庫、靜嘉堂文庫及蓬左文庫亦有庋藏。」〔註35〕可見秦集曾一度通行至海外，流傳甚為廣泛，今日可見秦集最古之版本，亦存於日本文庫中。

第二節　歷代詞選對秦詞的接受

　　蕭鵬《羣體的選擇──唐宋人選詞與詞選通論》云：「從接受美學的觀點來看，詞選的消費就是所謂『接受』的過程。」〔註36〕詞選發展，歷時久遠，蕭氏歸納為四大時期：一為唐五代，屬萌芽期：此時期多為樂工或無名氏編選，目的在於選歌以便演唱，堪稱歌唱底本；第二期為宋金元時期，為詞選成熟期：〔明〕毛晉云：「宋元間詞林選本，幾屆百指」〔註37〕，此期選本類型轉變，選詞以應歌漸次轉換為選人、選詞，詞選編纂者也由詞人或書坊所取代；第三期為明代，為詞選衰頹期：此期詞選數量未減，選詞風氣盛行，但錄詞態度未能嚴謹，故詞選發展似盛實衰；第四期為清代，是詞選的全盛期：此期詞選體例健全，類型繁多，詞派紛立，且清代選者治學嚴謹，編纂詞選不遺餘力，故體例最為精善。本節擇取歷代選本為探索基礎，就第二、三、四期諸家選本進行歸納，統計秦詞入選概況，以通代詞選、斷代詞選、譜體詞選為探索主軸，並參酌體例特殊之選本，如專題詞選，宋人黃大輿《梅苑》及明人周履靖《唐宋元明酒詞》等，皆在本文探索之列；其他如女性詞選、郡邑詞選，因選域過於特殊，此處暫

〔註35〕祝尚書撰：《宋人別集敘錄》（北京：中華書局，1999 年 11 月），上冊，頁 561、564。

〔註36〕蕭鵬《羣體的選擇──唐宋人選詞與詞選通論》（臺北：文津出版社，1991 年 11 月），頁 17。

〔註37〕〔明〕毛晉撰：《草堂詩餘跋》，收錄於施蟄存《詞籍序跋萃編》，頁 670。

且不論。茲就歷代選本擇錄秦詞數量，歸納如次。

一、宋金元詞選擇錄秦詞概況

　　宋代詞體傳播方式，主要為「口頭傳唱」與「書面傳播」並行。選詞風氣，自唐末迄今，為時久遠，各有依歸，據龍沐勛〈選詞標準論〉云：「選詞之目的有四：一曰便歌，二曰傳人，三曰開宗，四曰尊體；前兩者依它，後二者為我，操選政者，於斯四事，必有所居；往往因時代風氣之不同，各異其趣。」〔註38〕自宋以降，印刷勃興，對知識傳播影響卓著，除刊刻必讀書目外，亦可見詞選付梓流傳。宋代詞選約計有黃大輿《梅苑》、曾慥輯《樂府雅詞》三卷及拾遺二卷、宋書坊編《草堂詩餘》、黃昇《唐宋諸賢絕妙詞選》、趙聞禮《陽春白雪》、周密《絕妙好詞》等六部，編選方式、擇錄數量，多所差異。試歸納簡表及探析編選特性如次：

表 1-1　宋編詞選擇錄秦詞一覽表

序號	詞選名稱	編選者	卷數	編選年代	詞選屬性	詞人數量	選詞數量	秦詞數量	秦詞北宋排名
1	梅苑〔註39〕	黃大輿	10卷	唐代至南宋初	專題	未明	412	0	未錄
2	樂府雅詞〔註40〕	曾慥	3卷拾遺	北宋至南渡	通代	34	932	3	未達前五
3	增修箋注妙選群英草堂詩餘〔註41〕	書坊、何士信	4卷	唐代至南宋末	通代	120餘	367	27	第二

〔註38〕龍沐勛〈選詞標準論〉，《詞學季刊》第 1 卷第 2 號（1933 年 8 月），頁 1。

〔註39〕〔宋〕黃大輿輯：《梅苑》，收錄於唐圭璋編《唐宋人選唐宋詞》（上海：上海古籍出版社，2004 年 10 月），上冊，頁 187～286。

〔註40〕〔宋〕曾慥輯：《樂府雅詞》，收錄於唐圭璋編《唐宋人選唐宋詞》，上冊，頁 287～488。

〔註41〕〔宋〕佚名原編、何士信增修：《增修箋注妙選群英草堂詩餘》，收錄於唐圭璋編《唐宋人選唐宋詞》，上冊，頁 489～570。

4	唐宋諸賢絕妙詞選〔註42〕	黃昇	20卷	唐五代及北宋	通代	134	515	16	第四
5	陽春白雪〔註43〕	趙聞禮	9卷	北宋至南宋末	通代	231	671	3	未達前五
6	絕妙好詞〔註44〕	周密	7卷	南宋	斷代	132	390	0	未收

（一）兩宋時期

宋代詞選發展初期，以通代詞選爲夥，另有專題及斷代二類，擇錄受選詞意圖影響而有所差異。茲就各家所錄概況，分述如次：

1、擇錄秦詞者

兩宋詞選擇錄秦詞者，僅見曾慥《樂府雅詞》、書坊編、何士信增修箋注《增修箋注妙選群英草堂詩餘》、黃昇《唐宋諸賢絕妙詞選》、趙聞禮《陽春白雪》等四部，皆爲通代詞選，擇錄數量及排名各有不同。

（1）曾慥輯《樂府雅詞》三卷及拾遺二卷

《樂府雅詞》，由南宋曾慥所輯，共分三卷及拾遺二卷。曾慥，字端伯，號至遊子，約生於哲宗元祐年間，私家藏書豐厚，編纂甚勤，以藝文遣懷，據秦恩復跋所載，其著作除《樂府雅詞》外，尚輯《宋百家詩選》五十卷及續選二十卷、《類說》六十卷、《道樞》二十卷、《集仙傳》十二卷等，今存者唯有《類說》及《樂府雅詞》。《樂府雅詞》選錄由九重傳出的大曲〈道宮‧薄媚〉、〈轉踏‧調笑〉、〈九張機〉等，且輯有北宋至南渡前後，和曾慥同時代的34位詞人。分上中下三卷，以詞人爲編次，中、下二卷多收南渡之作；拾遺部份，分上下二卷，

〔註42〕 〔宋〕黃昇輯：《唐宋諸賢絕妙詞選》，收錄於唐圭璋編《唐宋人選唐宋詞》，下冊，頁571～680。

〔註43〕 〔宋〕趙聞禮輯：《陽春白雪》，收錄於唐圭璋編《唐宋人選唐宋詞》，下冊，頁853～1016。

〔註44〕 〔宋〕周密輯：《絕妙好詞》，收錄於唐圭璋編《唐宋人選唐宋詞》，下冊，頁1017～1118。

以詞調編排，較爲混亂，多爲無名氏之作。三卷部分對歐陽脩最爲推崇，選錄 83 首居冠，〈序〉云：「歐公爲一代儒宗，風流自命，詞章幼眇，世所矜式。當時小人或作艷曲，謬爲公詞，今悉刪除。」〔註 45〕乃視歐陽脩爲雅詞典範。其擇選標準，〈序〉亦云：「余所藏名公長短句，裒合成編，或後或先，非有詮次。多是一家，難分優劣，涉諧謔則去之。」又云：「又有百餘闋，平日膾炙人口，咸不知姓名，則類於卷末，以俟詢訪，標目『拾遺』云。」〔註 46〕諧謔之詞，及訛爲歐陽脩所作之艷曲，與《樂府雅詞》所主範式相悖，足見曾慥「尚雅」之旨，極爲鮮明。《樂府雅詞》三卷，入選數量以歐陽脩、葉夢得、舒亶、賀鑄、陳子高等人分居前五名，另有王安石、晁補之、周邦彥、李清照等人亦皆蒙收錄，卻未錄秦詞，此情況著實耐人尋味，或許秦詞未符合曾慥對雅詞的界定，抑或曾慥受時代風氣影響，因元祐黨人蘇軾、黃庭堅、秦觀等人文集皆遭焚毀，僅能得見北宋部分詞家作品，形成選源之侷限；後有拾遺二卷，專收當代流行作品，錄秦詞 3 首，分別爲〈阮郎歸〉（春風吹雨繞殘枝）、〈海棠春〉（曉鶯窗外）、〈南歌子〉（樓迥迷雲日），據唐圭璋編《唐宋人選唐宋詞》所錄《樂府雅詞》之前言云：「《拾遺》二卷，或非取於家藏，而取於當時的傳誦，故原不署姓氏，現存刊本中所署的姓名，自是後來傳鈔者或刊刻者所加，或是或非，雖不盡可信，但有的詞人詞作卻賴此以傳。」〔註 47〕此三首作品在當時代可能是以歌唱的形式廣泛流傳著。

（2）書坊編、何士信增修箋注《增修箋注妙選群英草堂詩餘》

《草堂詩餘》本是南宋書坊商賈爲方便市井擇唱所編，堪稱流行歌曲集。後世版本流傳最爲複雜，大抵有類編本及分調本二種。

〔註45〕〔宋〕曾慥《樂府雅詞引》，收錄於張璋等編《歷代詞話》，上冊，頁 134。
〔註46〕〔宋〕曾慥《樂府雅詞引》，收錄於張璋等編《歷代詞話》，上冊，頁 134～135。
〔註47〕唐圭璋編：《唐宋人選唐宋詞》，上冊，頁 289。

類編本有泰宇書堂本（至正本）、雙璧陳氏刊本、遵正書堂本（洪武本）、劉氏日新堂本、安肅荊聚校刊本；分調本則有顧從敬原刻本、開雲山農校正本、韓俞臣校正本、唐順之解注本、昆石山人校正本、《詞苑英華》本等。〔註48〕擇錄時代以北宋爲主，亦不乏南宋作品，時代略近於曾慥《樂府雅詞》，然二者所秉之擇錄要旨，卻大異其趣，《樂府雅詞》以雅爲矜式，鄙棄諧謔野艷之作；《草堂詩餘》則以俗爲好尚，收錄流麗平易之詞。增修本編選體例，將原本兩卷分爲前、後集各二卷；又增選標注「新添」、「新增」等字眼，補收 105 首。前集分爲春景、夏景、秋景、冬景四類；後集則以節序、天文、地理、人物、人事、飲饌器用、花禽等七類，各類下別立子目，共 66 條，爲宋代分類詞選之代表。對此〔清〕宋翔鳳《樂府餘論》所云，最爲貼切：「《草堂》一集，蓋以徵歌而設，故別題春景、夏景等名，使隨時即景，歌以娛客。題吉席慶壽，更是此意。其中詞語間與集本不同。其不同者，恆平俗，亦以便歌。以文人觀之，適當一笑，而當時歌伎，則必須此也。」〔註49〕足見是集所編，著重於通俗便歌，用以娛樂遣賓，因而龍沐勛〈選詞標準論〉將它定位爲「當日之類編歌本」。〔註50〕宋季此類歌本廣泛流傳，據陳振孫《直齋書錄解題》卷二十一「詞曲類」所載：「《草堂詩餘》二卷、《類分樂章》二十卷、《群公詩餘》前後編二十二卷、《五十大曲》十六卷、《萬曲類編》十卷，皆書坊編輯者。」〔註51〕足見當時代以歌本方式流傳的詞選數量不少，亦體現詞選本與歌唱者的關係緊密。《草堂詩餘》共收詞 367 闋，其中以周邦彥 54 首數量最多，秦觀 27 首居次，蘇

〔註48〕 唐圭璋編：《唐宋人選唐宋詞》，上冊，頁 492。

〔註49〕 〔清〕宋翔鳳《樂府餘論》，收錄於唐圭璋《詞話叢編》，冊 3，頁 2500。

〔註50〕 龍沐勛〈選詞標準論〉，《詞學季刊》第 1 卷第 2 號（1933 年 8 月），頁 7。

〔註51〕 陳振孫撰：《直齋書錄解題》，收錄於《文津閣四庫全書》，冊 224，卷 21，頁 811。

軾 23 首，名列第三。就此可查知其收錄觀點，雖崇尚周邦彥、秦觀詞風婉麗，亦將蘇軾〈念奴嬌〉（大江東去）此豪放之作，列於「天文氣候」類，乃以迎合大眾需求為主要考量。或為細目分類，以便歌者檢索擇唱，但所擇蘇詞仍多以婉美者為夥。《草堂詩餘》分共分十一大類，其下以六十六小類繫之，如「春景類」別列初春、早春、芳春、賞春、春思、春恨、春閨、送春等八小類；「節序類」則有元宵、立春、寒食、上巳、清明、端午、七夕、中秋、重陽、除夕等時令，足可見分類之細膩，秦觀作品列於「春景類」者 17 首、「秋景類」3 首、「冬景」1 首、「節序」1 首、「天文氣候類」1 首、「人物類」4 首。尤其「春景類」17 首數量最多，其次為周邦彥 11 首，可知《草堂詩餘》肯定秦詞擅長描繪春景。

（3）黃昇《唐宋諸賢絕妙詞選》

就兩宋詞選編排特性論之，關注點並不相同。北宋多以調為編次，至南宋詞篇數量大增，因而「網羅散佚，以昭示來茲，乃為文士之所圖，而類乎詞史之選本出，即所謂因詞以傳人者是也。」〔註52〕最能體現此特性者，當屬黃昇《花菴詞選》。編纂者黃昇，字叔暘，號玉林，別稱花菴詞客，著《玉林詞》（或稱《散花菴詞》）。為江湖名士，與魏慶之來往，曾為《詩人玉屑》作序，因其人素有才學，工於詩詞，故選錄觀點較之書坊通行者，更顯典雅。會合《唐宋諸賢絕妙詞選》十卷、《中興以來絕妙詞選》十卷而成《花菴詞選》。〈序〉云：「長短句始於唐，盛於宋。唐詞具載《花間集》。宋詞多見於曾端伯所編，而《復雅》一集，又兼采唐宋，迄於宣和之季，凡四千三百餘首，吁亦備矣。況中興以來，作者繼出，及乎近世，人各有詞，詞各有體，……暇日裒集，得數百家，名之曰《絕妙詞選》。」〔註53〕

〔註52〕龍沐勛〈選詞標準論〉，《詞學季刊》第 1 卷第 2 號（1933 年 8 月），頁 11。

〔註53〕〔宋〕黃昇撰：《花菴絕妙詞選序》，收錄於《歷代詞話》，上冊，頁 152。

繼《花間》、《樂府雅詞》、《復雅歌詞》諸編而作，但兼收各家，風格不拘，〈序〉云：「玉林（黃昇）此選，博觀約取，發妙音於眾樂，並奏之際，出至珍於萬寶畢陳之中，使得人一編，則可以盡見諸家之奇。」〔註54〕足見此詞選獲得評價甚高。《中興以來絕妙詞選》專錄南宋詞家，未擇秦詞，故不加以討論；《唐宋諸賢絕妙詞選》擇錄唐五代及北宋詞人 134 家，共 523 闋。卷一收唐五代諸家所作，始自李白，迄乎馮延巳；卷二至卷八收北宋詞，由歐陽脩至王昂；卷九收禪林之作；卷十為閨秀之作。擇錄數量以蘇軾 31 首居冠，歐陽脩 18 首居次，周邦彥 17 首位居第三，秦觀則以 16 首，名列第四。就此擇錄數量可見，婉麗豪俊並收，正如〈序〉云：「然其盛麗如游金、張之堂，妖冶如攬嬙、施之袪，悲壯如三閭，豪俊如五陵，花前月底，舉杯清唱，合以紫簫，節以紅牙，飄飄然作騎鶴揚州之想，信可樂也。」〔註55〕堪稱現今可見宋代詞選規模最鉅者，以詞人為編次，隱然具有詞史意義。就秦詞入選數量，亦可窺見秦觀在宋代詞壇上，著實佔有一席之地。《花庵詞選》編排體例，頗費心思，列小傳及評論於該詞人名下，並就其生平事蹟詳加論述，就評騭之語往往可見接受態度。黃昇評秦詞僅見四處，分別就〈水龍吟〉、〈千秋歲〉、〈踏莎行〉、〈南歌子〉予以關注云：「〈水龍吟〉，寄營妓婁琬。琬字東玉，詞中藏其姓名與字在焉」、「〈千秋歲〉，少游謫處州日作。今郡治有鶯花亭，蓋因此詞取名」、「〈踏莎行〉，東坡絕愛尾兩句：『郴江幸自繞郴山，為誰流下瀟湘去。』」，於〈南歌子〉調名後書「贈妓陶心兒」，並評末句「天外一鈎殘月帶三星」，蓋心字也。〔註56〕就上述評論，可見黃昇對秦詞之關注，多側重於寫作緣由、筆法。

〔註54〕〔宋〕黃昇撰：《中興絕妙詞選序》，現藏於國家圖書館。

〔註55〕〔宋〕黃昇撰：《絕妙詞選‧自序》，收錄於施蟄存《詞籍序跋萃編》，頁 661。

〔註56〕〔宋〕黃昇撰：《花庵詞評》，收錄於張璋等撰《歷代詞話》，上冊，頁 157。

（4）趙聞禮《陽春白雪》

　　南宋趙聞禮，字立之，又字粹夫，號釣月，著有《釣月詞》及編選《陽春白雪》九卷，收 231 家詞人，詞 671 闋，以江湖詞人群體為重心。成書約在《花菴詞選》後，《絕妙好詞》之前，其編排形式不以詞人、宮調、題材為序，擇詞不囿於大家名篇，兼錄聲名不顯之作。較為特殊之處，前八卷擇取風格婉麗清新者，列為正集；另別錄豪放雄肆者，列為外集，其眼光甚為獨到。此集收錄秦詞僅三闋，分別為卷一〈木蘭花慢〉（過秦淮曠望）及〈沁園春〉（宿靄迷空）、卷二〈望海潮〉（星分牛斗）等。就其擇錄作品，可窺見此集雖視「婉麗清新」者為正，卻不否定「豪放雄肆」風格之存在，如〈望海潮〉（星分牛斗）一詞，上闋描繪揚州，下闋詠古遣懷，就起首三句已見氣象恢弘，葉嘉瑩《靈谿詞說》云：「如其〈望海潮〉詞調中之『星分牛斗，疆連淮海，揚州萬井提封』，一首之寫廣陵懷古，……那很可能是在秦觀早年，正當強志盛氣之時的作品，而且明顯地帶有模仿柳永詞之痕跡。」〔註57〕秦觀此詞氣息豪放及筆法模仿，屬於前期所作，趙聞禮未將此詞收置於專列豪放的外集，顯然別具思考，此詞描寫揚州勝景，氣象恢弘，情景交融，詞人撫今憶昔，感人深切，確實不失為出色之作。《陽春白雪》具有輯佚之功，據阮元《四庫未收書目提要》曾云：「宋代不傳之作，多萃於是。去取亦復謹嚴，絕無猥濫之習。」〔註58〕秦觀〈木蘭花慢〉一詞，僅收錄於《陽春白雪》，於別集未見，幸賴此集以存之。

2、未錄秦詞者

　　宋代詞選未擇錄秦詞者，有黃大輿所編專題詞選《梅苑》、周密所編斷代詞選《絕妙好詞》等，試就其原因略述如次：

〔註57〕繆鉞、葉嘉瑩合著：《靈谿詞說》（臺北：正中書局，1993 年 8 月），頁 264。

〔註58〕〔清〕阮元：《四庫未收書目提要》，收錄於《四庫全書總目・附錄》（北京：中華書局，1965 年），頁 1858。

（1）黃大輿《梅苑》

《梅苑》，又名《群賢梅苑》，共計十卷，收詞 412 首。編選者黃大輿，字載萬，號岷山耦耕，其「學富才贍，意深思遠，直與唐名輩相角逐」〔註59〕。《梅苑》所錄之詞，皆爲詠梅作品。就編選對象而言，少數爲北宋名家，其餘多爲朋輩間流傳的無名氏之作；編排方式，大抵先慢詞後小令，作爲專題類詞選，此書尚未於編排方式中，凸顯擇取類別特質，未免可惜，但已深具審美意識。《四庫提要》評之曰：「《梅苑》一題裒至數百闋，或不免窠臼相因，而刻畫形容，亦往往各出新意，固倚聲者之所採擇也。」〔註60〕雖有其弊，但仍見其獨到之處。其漫錄唐以來詞人才士之作，托物取興，意在存詞，隱含屈原〈離騷〉，盛列芳草之情。此集編選未錄秦詞，然秦詞非無詠梅之作，如〈望海潮〉（梅英疏淡），堪稱名篇，《梅苑》未錄，實乃因其編纂方式，爲黃大輿隱居岷山時，閒暇讀閱隨筆抄寫梅花詞，日久萃編而成，故未能全面蒐羅宋代詠梅之詞。

（2）周密《絕妙好詞》

南宋周密編《絕妙好詞》七卷。周密，字公謹，號草窗，流寓吳興，後居弁山，自號弁陽嘯翁，又號四水潛夫。著述甚豐，除編選《絕妙好詞》之外，還撰有詩集《草堂韻語》、詞集《草窗詞》、《蘋洲漁笛譜》及多種詩話、筆記。《絕妙好詞》擇選以清麗雅正風格爲主，皆爲南渡後詞家作品，以張孝祥爲始，仇遠爲終，末附己作，共計133 家，詞 391 首，未錄秦詞乃因選域所限，未能兼及北宋作品。

（二）金元二朝

金、元二朝，皆屬外族政權，金朝非屬嚴格之歷史斷代，而是與宋對峙於北方區域，由女眞族所建立之政權。金元詞所指爲金元二朝

〔註59〕〔宋〕王灼撰：《碧雞漫志》，收錄於唐圭璋《詞話叢編》，冊 1，卷 2，頁 86。

〔註60〕〔清〕永瑢、紀昀等撰：《四庫全書總目提要》（臺北：臺灣商務印書館，1983 年 10 月），集部，冊 4，卷 119。

詞，但金國滅亡，早於南宋約半世紀，故南宋、金、元三者間，重疊時期不短，故論及金元詞，定不能略其時代斷限。金元詞地位，較之宋詞，已顯衰颯。除卻自身因素外，俗文學及曲藝盛行，造就審美趣味轉變，影響詞體發展，故不免多見有曲無詞之說〔註61〕。詞體雖顯衰頹，但未停滯，亦非孤立封閉，故金元時實爲研究歷代秦觀接受史，緊密銜接之重要環節，絕不可略，金、元詞選發展，上不及兩宋，下未逮明清，茲就其編選情況分析如次：

表1-2　金元詞選擇錄秦詞一覽表

序號	詞選名稱	編選者	卷數	編選年代	詞人數量	選詞數量	秦詞數量
1	樂府補題〔註62〕	仇遠	1卷	宋末	14	37	0
2	中州樂府〔註63〕	元好問	1卷	金代	36	113	0
3	精選名儒草堂詩餘〔註64〕	鳳林書院	3卷	宋末元初	63	191	0
4	天下同文〔註65〕	周南瑞	1卷	元代	7	27	0
5	鳴鶴餘音〔註66〕	彭致中	9卷	未明	39	520	0

　　金本北方民族，據《金史》所載：「黑水舊俗無室廬，負山水坎

〔註61〕　主此說者甚繁，如明人王世貞《藝苑巵言》云：「元有曲而無詞，如虞、趙諸公輩，不免以才情屬曲，而以氣概屬詞，詞所以亡也。」（《詞話叢編》，冊1，頁393）；清・杜文瀾《憩園詞話》云：「元季盛行南北曲，競趨製曲之易，亦憚填詞之難，宮調遂從此失傳矣！」（《詞話叢編》，冊3，卷1，頁2851）；清・江順詒《詞學集成》云：「樂府亡而詞作，詞亡而曲作。」（《詞話叢編》，冊3，卷1，頁3223）；清・陳廷焯《白雨齋詞話》：「元代尚曲，曲愈工，而詞愈晦，周、秦、姜、史之風，不可復見矣！」（《詞話叢編》，冊4，卷3，頁3822）。

〔註62〕　〔金〕仇遠輯：《樂府補題》，收錄於《文津閣四庫全書》，集部，冊498。

〔註63〕　〔金〕元好問輯：《中州樂府》（臺北：臺灣商務印書館，1979年）。

〔註64〕　〔元〕鳳林書院輯、程端麟校點：《精選名儒草堂詩餘》（瀋陽：遼寧教育出版社，2003年3月）。

〔註65〕　〔元〕周南瑞輯：《天下同文》（臺北：臺灣商務印書館，出版年月不詳）。

〔註66〕　〔元〕彭致中輯：《鳴鶴餘音》（臺北：藝文印書館，1962年）。

地，梁木其上覆以土，夏則出隨水草；冬則入處其中。」〔註67〕身處蠻荒，生存環境險惡，較無暇兼顧學術教育。金元時期，學術文化風氣雖未能具有一定高度，但此期仍有數本詞選問世，如仇遠（或云陳恕可）《樂府補題》一卷、元好問《中州樂府》一卷、廬陵鳳林書院輯《精選名儒草堂詩餘》、周南端輯《天下同文》、彭致中《鳴鶴餘音》等五部。《樂府補題》收宋遺民結社唱和之詞，以詠物寄情傳達故國之思；《中州樂府》專選金代詞人；《精選名儒草堂詩餘》，又稱《元草堂詩餘》、《鳳林書院草堂詩餘》、《續草堂詩餘》，收宋末元初遺民詞人如文天祥、鄧剡之作；《天下同文》，收元人盧摯、姚雲、王夢應、顏奎、羅志可、詹玉、李琳等七家之詞；《鳴鶴餘音》，則專收道詞，尤以闡發內丹要義者為主。因諸家詞選編纂方式所影響，上述五部詞選皆未選秦詞，受選源、選域所囿，或因愛好豪放詞風，故金元時期堪稱秦詞接受史上之停滯期。

綜觀宋金元詞選本擇錄秦詞，所呈顯的接受面向，厥有以下數端：其一、宋金元詞選本體例未臻健全：宋金元詞選編纂，篇幅較為短小，皆未達千首，編選體製尚未定型；其二、秦詞入選數量及名次差異懸殊：就宋金元時期詞選擇錄秦詞概況，獲選數量不一，多則如《增修箋注妙選群英草堂詩餘》，名列第二，少則如《絕妙好詞》未錄，可知此期秦詞深受詞選編纂觀點或選源、選域所影響；其三、《增修箋注妙選群英草堂詩餘》誤題為秦詞之處甚多：如〈如夢令〉（鶯嘴啄花紅溜）、〈蝶戀花〉（鐘送黃昏雞報曉）、〈柳梢青〉（岸草平沙）、〈憶王孫〉（萋萋芳草憶王孫）、〈眼兒媚〉（樓上黃昏杏花寒）……等，後世承襲《草堂》遺緒，積非成是；其四、詞選深受選詞目的及功能影響：周濟《介存齋論詞雜著》云：「北宋有無謂之詞以應歌，南宋有無謂之詞以應社。」〔註68〕周濟概括兩宋詞體產生之文化環境，龔

〔註67〕〔元〕托克托等修：《金史》，收錄於《文津閣四庫全書》，史部，冊100，卷1，頁127。

〔註68〕〔宋〕周濟撰：《介存齋論詞雜著》，收錄於唐圭璋《詞話叢編》，冊

沐勛更凸顯北宋詞體特性云：「南宋以前詞，既以應歌爲主，故其批評選錄標準，一以聲情並茂爲歸，而尤側重音律。」〔註69〕詞選發展之初，多以聲情音律爲要，未能兼顧文學性，其原因在於便歌，如劉將孫〈新城饒克明集詞序〉云：「然歌喉所爲喜於諧婉者，或玩辭者所不滿，騷人墨客樂稱道之者，又知音者有所不合。」〔註70〕樂者重視律調協和，音聲婉轉，於文辭未能兼顧；文人留心文句精妙，辭情動人，對音律卻難以兼善，兩者亦形成雅俗之別。《增修箋注妙選群英草堂詩餘》爲應歌而選，《唐宋諸賢絕妙詞選》爲存史而作，兩者各有所好，而秦詞皆能名列前茅，可見秦觀所作深受喜愛。

二、明代詞選擇錄秦詞概況

　　詞始於唐，至宋蔚爲鼎盛，名人佳作輩出。其言約意豐，蘊藉渾涵，音律協美婉轉，情意深摯動人，但盛極難繼，〔明〕陳霆《渚山堂詞話》直陳明詞之弊云：「予嘗妄謂我朝文人才士，鮮工南詞。間有作者，病其賦情遣思，殊乏圓妙，甚則音律失諧，又甚則語句塵俗，求所謂清楚流麗，綺靡蘊藉，不多見也。」〔註71〕詞體發展歷時久遠，至明多被視爲「衰亡」，評論者多未正面肯定明詞價值。但明代並非無詞作、詞人，中衰亦非中斷，張仲謀《明詞史》云：「就中國千年詞史的邏輯發展來看，明代無可疑地是期間一個不可或缺的環節。」〔註72〕明代多見詞集選本及大型叢刻，據蕭鵬《群體的選擇——唐宋人選詞與詞選通論》云：「嘉靖至明末，詞選也出現所謂繁榮景象。

　　　　2，頁 1629。

〔註69〕龍沐勛：〈選詞標準論〉，《詞學季刊》第 1 卷第 2 號（1933 年 8 月），頁 2。

〔註70〕〔元〕劉將孫撰：《養吾齋集》，收錄於《文津閣四庫全書》，集部，冊 400，卷 9，頁 591。

〔註71〕〔明〕陳霆撰：《渚山堂詞話》，收錄於唐圭璋《詞話叢編》，冊 1，卷 3，頁 378。

〔註72〕張仲謀撰：《明詞史》（北京：人民文學出版社，2002 年 2 月），頁 2。

估計這期間產生的詞選，不下一、二百種。」〔註73〕詞選擇錄作品，按編選者旨趣，抉擇匯集，隨順時代好尚，而明代詞選數量大增，更可凸顯詞體深受當時代消費群體所喜愛。據《明史》所載，洪武元年八月，「除書籍、田器稅。」〔註74〕明初太祖、成祖所採行之政策，間接促進文藝發展。因應市民階級閱讀所需，明代詞集刊刻出版及書坊經營，皆受宋代以來印刷技術進步影響，趨於繁盛，詞集選本便是在此時空環境下，大量湧現，爲詞體傳播提供有利之條件。

創作、傳播、接受等面向，環環相扣。創作透過傳播得以流行，帶動審美趣味，影響詞之文化功能，使詞由遣賓娛眾之豔曲，轉而承載文人情志，以書面形式傳播。此文學形式有助於鑑賞評點及詞集編選，更可進一步窺探詞學理論之建構，以及讀者之「接受」。由口頭傳唱及文本傳播消長之現象，可知讀本模式已然確立。文本之借閱抄寫，可凸顯作家、作品之經典地位；書籍之流通頻繁，代表市場需求較高，自然吸引書商目光，刺激翻印，更可加速文本刊行流通。詞選本大量出現，確實爲明代詞體傳播，開啓新發展。明代刻書風氣盛行，官刻、私刻圖書，種類繁多。書坊以營利爲主，重視市場需求，各式選本如雨後春筍般，大量出現，亦造就明代詞選本風行。茲就擇錄秦詞概況，略述如次：

（一）明代詞選編纂大要

明代詞選編纂已具規模，其類型可大致區分爲大型詞集叢刊，及各式獨立選本。今可見之單行選本，有顧從敬《類選箋釋草堂詩餘》、錢允治《類選箋釋續選草堂詩餘》、佚名《天機餘錦》、楊愼《詞林萬選》及《百琲明珠》、陳耀文《花草粹編》、茅暎《詞的》、陸雲龍《詞菁》、潘游龍《古今詩餘醉》、卓人月《古今詞統》、沈際飛《草堂詩餘四集》、周履靖《唐宋元明酒詞》等十二部詞選，足見明代詞集選

〔註73〕蕭鵬撰：《群體的選擇──唐宋人選詞與詞選通論》，頁 231。
〔註74〕〔清〕張廷玉：《明史·本紀》，收錄於《文津閣四庫全書》，史部，冊 102，卷 2，頁 24。

本編纂，甚爲風行。另有張綖《草堂詩餘別錄》、楊肇祉《詞壇艷逸品》、卓回《古今詞匯》等選集，亦流行於當代，惜未能得見。明代詞選編訂，體例甚繁，尤以通代詞選，最爲多見。選詞數量，多則數千，少則十餘，甚爲懸殊；明人所輯斷代詞選，未見專錄宋代作品者，實乃一怪異現象，或許囿於資料所限，未能得見；專題詞選部分，唯見〔明〕周履靖所輯《唐宋元明酒詞》二卷，擇選酒詞爲主，該集亦在本論文討論之列。茲就明代詞選特質，略述如次：

表 1-3　明編「通代詞選」擇錄秦詞一覽表

序號	詞 選 名 稱	編選者	卷數	編選年代	秦詞數量	秦觀名次（北宋）
1	類選箋釋草堂詩餘〔註75〕	顧從敬	6卷	唐代至明代	29	第二名
2	類選箋釋續選草堂詩餘〔註76〕	錢允治	2卷	唐代至明代	16	第二名
3	天機餘錦〔註77〕	佚名	4卷	唐代至明代	22	第二名
4	詞林萬選〔註78〕	楊慎	4卷	唐代至明代	3	未達前五
5	百琲明珠〔註79〕	楊慎	5卷	唐代至明代	2	第三名
6	花草粹編〔註80〕	陳耀文	12卷	唐代至明代	78	第五名

〔註75〕〔明〕顧從敬、錢允治輯：《類選箋釋草堂詩餘》，收錄於《續修四庫全書》，集部，冊 1728，頁 65～174。

〔註76〕〔明〕錢允治、陳仁錫箋釋《類選箋釋續選草堂詩餘》，收錄於《續修四庫全書》，集部，冊 1728，頁 175～292。

〔註77〕《天機餘錦》作者多見爭議，前者多云爲程敏政所編，今據黃文吉撰：〈詞學的新發現——明抄本《天機餘錦》之成書及其價值〉提出五大面向，加以分析，主張《天機餘錦》非出自程敏政之手，應爲當代書賈所爲。收錄於《宋代文學研究叢刊》第 3 期（1997 年 9 月），頁 392～394。王兆鵬亦主此說，認爲原題爲程敏政所編，不可信。參見王兆鵬撰：《詞學史料學》（北京：中華書局，2004 年 5 月），頁 332。

〔註78〕〔明〕楊慎輯：《詞林萬選》，收錄於王文才、萬光治等編注《楊升庵叢書》（成都：天地出版社，2002 年），冊 6。

〔註79〕〔明〕楊慎輯：《百琲明珠》，收錄於王文才、萬光治等編注《楊升庵叢書》（成都：天地出版社，2002 年），冊 6。

〔註80〕〔明〕陳耀文輯：《花草粹編》，收錄於《景印文淵閣四庫全書》，集部，冊 498～499。

7	詞的〔註81〕	茅暎	4卷	唐代至明代	19	第二名
8	詞菁〔註82〕	陸雲龍	2卷	唐代至明代	14	第一名
9	精選古今詩餘醉〔註83〕	潘游龍	15卷	唐代至明代	42	第三名
10	古今詞統〔註84〕	卓人月	16卷	唐代至明代	42	第三名
11	唐宋元明酒詞〔註85〕	周履靖	2卷	唐代至明代	0	未錄
12	草堂詩餘四集〔註86〕	沈際飛	17卷	唐代至明代	46	第二名

表1-4 明編「譜體詞選」〔註87〕擇錄秦詞一覽表

序號	詞　選　名　稱	編選者	卷數	編選的年代	秦詞數量	秦觀名次（北宋）
1	詞學筌蹄〔註88〕	周暎	8卷	唐代至明代	24	第二名
2	詩餘圖譜〔註89〕	張綖	3卷	唐代至明代	15	第二名
3	嘯餘譜〔註90〕	程明善	10卷	唐代至明代	29	第二名

〔註81〕 〔明〕茅暎：《詞的》，收錄於《四庫未收書輯刊》（北京：北京出版社，2000年1月）。

〔註82〕 〔明〕陸雲龍輯：《翠娛閣評選行笈必攜詞菁》，藏於中國國家圖書館。

〔註83〕 〔明〕潘游龍輯、梁穎校點：《精選古今詩餘醉》（瀋陽：遼寧教育出版社，2003年3月）。

〔註84〕 〔明〕卓人月、徐士俊輯：《古今詞統》，收錄於《續修四庫全書》，集部，冊1728～1729。

〔註85〕 〔明〕周履靖輯：《唐宋元明酒詞》（臺北：臺灣商務印書館，1969年4月）。

〔註86〕 〔明〕沈際飛撰：《草堂詩餘正集》、《草堂詩餘續集》、《草堂詩餘別集》、《草堂詩餘新集》，合稱《草堂詩餘四集》。明崇禎間太末翁少麓刊本。

〔註87〕 對於譜、選難分者，近代學者多所討論，就其名稱如江合友云：「有些形式上接近詞選，卻明確聲明了訂譜意圖的詞學著作，表現為譜、選難分的型態，我們歸為『選體詞譜』。」此說參見江合友著：《明清詞譜史》（上海：上海古籍出版社，2008年5月），頁81。蕭鵬《群體的選擇——唐宋人選詞與詞選通論》則稱此類詞選為「譜體詞選」，此處依循蕭鵬之說。

〔註88〕 〔明〕周暎輯：《詞學筌蹄》，收錄於《續修四庫全書》，集部，冊1735。

〔註89〕 〔明〕張綖撰、謝天瑞補遺：《詩餘圖譜》，收錄於《四庫全書存目叢書》（臺南：莊嚴文化事業公司，1997年6月），集部，冊425。

〔註90〕 〔明〕程明善輯：《嘯餘譜》，收錄於《續修四庫全書》，集部，冊1736。

余意《明代詞學之建構》云：「詞譜是在對詞選編輯整理的基礎
上逐漸出現的。」〔註91〕明代除了詞選編纂大行其道之外，編纂者亦
以字聲爲詞體格律，試圖建立規範，以作爲初學者門徑，此法與唐宋
樂譜大不相同，堪稱格律譜之雛型。綜合明代諸家詞選及詞譜編纂大
要，厥有以下數端：

1、編選體製多元

明代詞選，編次方式，甚爲特殊，可就其區別法，分爲四大類：
一爲以「人物爲編次」者，如《詞林萬選》，以溫庭筠爲首，明代高
啓爲末；二爲「以調爲編次」者，如《天機餘錦》、楊愼輯《百琲明
珠》，依調名編次。陳耀文輯《花草稡編》十二卷，命名言及花草，
實受《花間》、《草堂》二書影響，收詞 3280 餘首，體例仿《類編草
堂詩餘》，以小令、中調、長調編次，捃摭繁富，堪爲明代規模宏大
的一部唐宋詞選，深具裒輯之功〔註92〕。卓人月編選《古今詞統》，
此書據《花間集》、《尊前集》和明代顧從敬《類編草堂詩餘》、長湖
外史《草堂詩餘續集》、沈際飛《草堂詩餘別集》和《草堂詩餘新集》、
錢允治《國朝詩餘》等書爲基礎，加以增刪而成，先依調區分，再依
字數多寡排列。茅暎輯《詞的》，卷一、二專收小令，卷三收中調，
卷四收長調；第三則「依主題、類別」爲主，如《詞菁》二卷，明陸
雲龍輯，仿宋人《草堂詩餘》體例，分類編次，收唐至明詞作，共計
270 餘首。《古今詩餘醉》十五卷，〔明〕潘游龍輯，體例仿《草堂詩
餘》，收唐五代宋金元明詞，共計 1346 首；第四類爲「譜體詞選」，
具選詞及訂補作用，如張綖《詩餘圖譜》、程明善《嘯餘譜》等，足
見體式多元，各擅其長。

〔註91〕余意撰：《明代詞選之建構》（上海：上海古籍出版社，2009 年 7 月），
　　　　頁 184。
〔註92〕《四庫全書總目提要》云：「雖糾正之詳不及萬樹之《詞律》，選擇
　　　　之精不及朱彝尊之《詞綜》，而裒輯之功實居二家之前。」〔清〕永
　　　　瑢、紀昀等撰：《四庫全書總目提要》（臺北：臺灣商務印書館，1983
　　　　年 10 月），卷 199，頁 321。

2、以通代詞選為主

詞體發展，歷時綿長久遠，諸朝皆不乏名人佳作，故就通代詞選論之，最能體察編者之擇選態度，明代詞選多屬此類。秦詞幾經時空輾轉，於明代世俗社會，所具有之地位，亦可藉由通代詞選擇錄，略窺獲選情況及世俗好尚。通代詞選多以唐宋起始，廣羅諸家詞作。就其收錄對象而論，並非各時代等質均選，風格流派亦非等同視之，擇錄各時代作家數量，皆不盡相同，實可展現選詞觀點及詞學思考。茲就明詞選擇錄各朝代詞人之數量，略歸納如次〔註93〕：

詞　選　名　稱	總數	唐五代前	北宋	南宋	遼金	元代	明代	不詳
張綖《詩餘圖譜》	73	17	23	31	0	2	0	0
程敏政《天機餘錦》	197	14	45	104	4	19	7	4
楊慎《詞林萬選》	76	12	16	34	5	8	1	0
楊慎《百琲明珠》	101	21	28	37	2	6	1	3
陳耀文《花草粹編》	626	62	125	376	22	32	3	6
程明善《嘯餘譜》	129	27	39	59	2	1	0	1
茅暎《詞的》	145	26	30	67	0	5	13	4
卓人月編選《古今詞統》	486	53	51	162	21	88	105	6
陸雲龍《詞菁》	129	7	28	51	2	2	38	1
潘游龍《精選古今詩餘醉》	325	27	60	150	8	13	60	7

透過上述歸納，可窺見諸多有趣現象，諸家詞選擇錄各時代詞人數量，俱以兩宋為夥。針對此現象，可見明人心中，宋詞地位獨一無二，或許與當時代復古風潮，樹立學習典範，難脫關係。施議對《詞與音樂關係研究》云：「《草堂詩餘》所選都是兩宋名家代表作，在社會上廣為流傳，說話人有時直接采擇其中名什用以演唱，有時變換語句，或更改作者姓名，將歌詞移入話本。」〔註94〕此說甚為公允，《草堂詩餘》擇

〔註93〕此表數據參見陶子珍《明代詞選研究》（臺北：秀威資訊科技股份有限公司，2003 年 7 月）。

〔註94〕施議對：《詞與音樂關係研究》（北京：中華書局，2008 年 8 月），頁335。

取宋名家詞，使時人可占韻語，坊肆則以淺近易解、流播廣泛之調，以教初學，堪稱詞學指南。非獨《草堂詩餘》如此，明代其他詞選亦多體現此一觀點。由上列表格可見明代諸家詞選，多以擇錄兩宋詞爲主，金元、明等朝則備受冷落；唯獨卓人月《古今詞統》選詞趨向不同，其選詞雖以南宋爲主，亦廣擇錄金元、明詞，尤以明詞爲夥。另一現象爲張綖《詩餘圖譜》、程明善《嘯餘譜》等譜體詞選，皆未見選錄明人作品，或爲詞體至明，已失其調譜，不復可歌，故未能入選爲範式。

3、多承《草堂》遺緒

據〔明〕曹學佺《蜀中廣記》載：「唐人長短句詩之餘也，始於李太白，太白以『草堂』名集，故謂之《草堂詩餘》。」〔註95〕宋代陳振孫《直齋書錄解題》最早著錄《草堂詩餘》二卷本，今已不復見。「《草堂》之草，歲歲吹青；《花間》之花，年年逞艷」〔註96〕，明代《草堂詩餘》尤爲盛行，仿效者甚多。明代詞選體製多沿襲《草堂詩餘》，深受其選詞風格流麗平易所影響。提及《草堂詩餘》於明代風行之情況，〔明〕毛晉曾云：

> 宋元間詞林選本，幾屈百指。惟《草堂》一編，飛馳幾百年來，凡歌欄酒榭絲而竹者，無不拊髀雀躍。及至寒窗腐儒，挑燈閑看，亦未覺欠伸魚睨，不知何以動人一至此也。
> 〔註97〕

龍沐勛〈選詞標準論〉亦云：「獨《草堂詩餘》流播最廣，翻刻最多，數百年來，幾於家絃戶誦，雖類列凌亂，雅鄭雜陳，而在詞壇之勢力，反駕乎《花間》、《尊前》之上。」〔註98〕足見當時代讀書人，深受《草

〔註95〕〔明〕曹學佺撰：《蜀中廣記》，《文津閣四庫全書》，史部，冊196，卷104，頁497。

〔註96〕〔清〕馮金伯撰：《詞苑萃編》引徐士俊之語，收錄於唐圭璋《詞話叢編》，冊2，頁1940。

〔註97〕〔明〕毛晉：《草堂詩餘跋》，收錄於施蟄存《詞籍序跋萃編》，頁670～671。

〔註98〕龍沐勛撰：〈選詞標準論〉，《詞學季刊》第1卷第2號（1933年8月），頁5。

堂詩餘》影響，商賈刻書，亦多以此書爲首選，故今所傳版本，仍存二十餘種。明代詞選，多以承《草堂詩餘》之緒爲主，其中不乏爲之評點、題跋、箋釋者，如張綖《草堂詩餘別錄》擇取評點部份，列爲別集。陳耀文《花草稡編》自序云：「夫塡詞者，古樂府流也。自昔選次者眾矣，唐則有《花間集》，宋則《草堂詩餘》。詩盛於唐衰於晚葉。至夫詞調獨妙絕無倫，然世之《草堂》盛行，而《花間》不顯。故知宣情易感，含思難諧者矣。余自牽拙多暇，嘗欲銓稡二集，以備一代典章。……由《花間》、《草堂》而起，故以花草名編。」〔註99〕直取二集爲名；《詞林萬選》、《百琲明珠》、《天機餘錦》等，雖未以《草堂》爲名，但卻據此爲本，加以增刪而成，故其風格，多係婉媚綿麗之作。《草堂詩餘》擇錄秦詞數量甚繁，亦影響明代詞選對秦詞之接受。

（二）明代詞選擇錄秦觀詞之情況

明代詞選，多係通代爲主，擇錄範圍甚廣，作家繁多，茲就上述十二本詞選，略窺明代詞選擇取秦詞之情況：

1、秦詞入選名列前矛

據孫克強〈試論《草堂詩餘》在詞學批評史上的影響和意義〉一文，歸納《草堂詩餘》選錄作品最多的十大詞人，秦觀僅次於周邦彥，位居第二。〔註100〕《天機餘錦》錄有北宋詞人 45 家，秦觀詞數量 22 闋，僅次於周邦彥 45 闋；《詞林萬選》選錄北宋詞人 16 人，以柳永 14 闋居首，次爲蘇軾 12 闋，秦觀詞作僅錄 3 闋。分別爲〈一叢花〉（年來今夜）、〈浣溪沙〉（腳上鞋兒）、〈調笑令〉（錦城春暖）；《百琲明珠》五卷，擇北宋詞家 28 人，以歐陽脩 5 闋居首，次爲王詵 3 闋，

〔註99〕 〔明〕陳耀文撰：《花草稡編·自序》，收錄於張璋《歷代詞話》，上冊，頁 364。

〔註100〕 分別爲周邦彥、秦觀、蘇軾、柳永、康與之、歐陽脩、黃庭堅、辛棄疾、張先等人。孫克強〈試論《草堂詩餘》在詞學批評史上的影響和意義〉，《中國韻文學刊》1995 年第 2 期，頁 69。

秦觀與晏幾道、周邦彥等人，皆爲 2 闋，錄秦觀〈望海潮〉（星分牛斗）、〈長相思〉（鐵甕城高）。《花草粹編》選錄北宋詞人 125 家，收詞 1223 闋，其中僅被選錄一闋者，多達 67 人，秦詞獲選數量爲 78，僅次於柳永 163 闋，周邦彥 109 闋，晏幾道 107 闋，及張先 79 闋，名列第五；《詞的》選錄北宋詞人 30 家，秦詞數量 19 闋，僅次於周邦彥，與歐陽脩並列第二；《詞菁》二卷，陸雲龍輯，選錄北宋詞人 28 家，秦觀詞數量 14 闋，位居第一；《古今詞統》由唐宋至明，收北宋詞家 51 人，蘇軾詞作數量 48 首居冠，周邦彥 44 闋居次，秦觀詞 42 闋，位居第三；《古今詩餘醉》，所收以宋、明二朝最繁，蘇軾 53 闋居首，周邦彥 45 闋，位居第二，秦觀則以 42 闋，位居第三；詞譜部分，周暎《詞學筌蹄》，收秦詞 24 闋，名列第二。張綖《詩餘圖譜》，擇錄北宋詞家，以張先 16 首最夥，秦觀以 15 首居第二位。程明善《嘯餘譜》錄周邦彥詞 40 首，秦觀以 29 首，位居第二。譜體詞選，採循聲訂譜之法，多擇錄宋代作品，秦詞皆名列北宋第二。

2、擇調多取婉約聲情

〔清〕沈祥龍《論詞隨筆》云：「詞調不下數百，有豪放，有婉約，相題擇調，貴得其宜，調合則詞之聲情始合。」〔註101〕按譜填作，爲詞體重要特質，詩歌創作必須合乎格律，而詞之創作，則必須依律調。詞未和音樂分離時，詞人填作，必先擇詞牌，稱爲「選調」，即是某類詞牌只適用於某種情感或內容，不可混用。例如：激切情感使用〈滿江紅〉、〈水龍吟〉、〈永遇樂〉等，抑或〈女冠子〉專用於女道士，〈浣溪沙〉專用以言西施之事等。〔明〕徐師曾《文體明辨》云：

　　詩餘謂之填詞，則調有定格，字有定數，韻有定聲。〔註102〕

填詞必依曲調，詞爲配合歌唱之音樂文學，依調定其格律，每調有其

〔註101〕〔清〕沈祥龍：《論詞隨筆》，收錄於唐圭璋《詞話叢編》，冊 5，頁 4060。

〔註102〕張璋等編纂：《歷代詞話》（鄭州：大象出版社，2002 年 3 月），上冊，頁 338。

特定形式，其句式及用韻與音樂節拍具協和之美，且音律之輕重緩急亦與作者情意密切相關。故秦觀擇用詞調填作，亦影響明代讀者的接受態度。如〈千秋歲〉（水邊沙外）及〈鷓鴣天〉（枝上流鶯），各獲選八次為夥；〈踏莎行〉（霧失樓臺）、〈滿庭芳〉（山抹微雲）、〈阮郎歸〉（湘天風雨破寒初）、〈桃源憶故人〉（玉樓深鎖薄情種）等，各獲選七次，名列第二；〈風流子〉（東風吹碧草）、〈江城子〉（西城楊柳弄春柔）、〈鵲橋仙〉（纖雲弄巧）、〈菩薩蠻〉（蟲聲泣露）、〈木蘭花〉（秋容老盡芙蓉院）、〈好事近〉（春路雨添花）、〈畫堂春〉（東風吹柳日初長）、〈柳梢青〉（岸草平沙）等，各獲選六次，名列第三。就上述獲選頻率甚高之作，可窺見秦詞用調，多尚溫婉，廣受明人喜愛。

3、收錄秦詞多見訛誤

就各家選本收錄秦詞狀況，可窺見作者多有訛誤，一為他人詞作誤題為秦觀所作；或將秦觀作品誤題為他人所作。其中〈鷓鴣天〉（枝上流鶯）一闋，共計八本詞選誤題，其作者應屬無名氏；〈柳梢青〉（岸草平沙）一闋，亦見六本詞選誤題，實應為僧仲殊所作；〈如夢令〉（鶯嘴啄花）、〈海棠春〉（曉鶯窗外）、〈金明池〉（瓊苑金池）及〈搗練子〉（心耿耿）、〈阮郎歸〉（春風吹雨）、〈菩薩蠻〉（金風簌簌），應為無名氏所作；〈蝶戀花〉（鐘送黃昏），應為王詵所作，俱誤題為秦詞。另有將晏幾道〈西江月〉（秋黛顰成）、阮閱〈眼兒媚〉（樓上黃昏）、晏殊〈浣溪沙〉（青杏園林）、歐陽脩〈桃源憶故人〉（碧紗影弄）、張孝祥〈生查子〉（眉黛遠山）、曹組〈如夢令〉（門外綠陰）、李重元〈憶王孫〉（萋萋芳草）、無名氏〈憶秦娥〉（暮雲碧）及〈南歌子〉（樓迴迷雲）等詞，俱被誤題為秦詞。透過此對照，可窺見明人編錄詞選，多見訛誤，推測其原因，除態度未嚴、校讎疏漏之外，可能尚存在編纂過程中之相互參酌，因此積非成是，不可不慎。或因秦觀詞名，甚為彰顯，故無名氏樂於託名於此大家，以求詞篇廣為流傳。

（三）明代詞選對秦詞之接受

秦觀爲宋代著名詞人，詞風輕柔淡雅，情意綿渺，評價極高。其詞兼採前人婉約、豪放作品之長，含蓄深遠，生動自然。明代詞選擇錄秦詞數量繁多，就其擇錄概況，可窺見明人對秦詞之接受態度，厥有以下三端：

其一、愛好秦詞風格婉約柔美：〔明〕張綖〈詩餘圖譜·凡例〉首言豪放、婉約之別時，便以蘇軾、秦觀兩人爲代表，其言云：「詞體大略有二：一體婉約，一體豪放。婉約者欲其詞情醞藉，豪放者欲其氣象恢弘。蓋亦存乎其人，如秦少游之作，多是婉約；蘇子瞻之作，多是豪放。大抵詞體以婉約爲正，故東坡稱少游爲今之詞手。」〔註103〕張綖確立婉約、豪放兩大風格特徵，後世論詞者，多依循此說。明人受《花間》、《草堂》影響，詞風多顯婉麗，如茅暎《詞的》，以「幽俊香豔」爲宗，陸雲龍《詞菁》，以「新奇香豔」爲本，皆體現明代詞選偏重婉媚風格。針對秦詞特性，張綖〈秦少游先生淮海集序〉云：「蓋其逸情豪興，圍紅袖而寫烏絲，驅風雨於揮毫，落珠璣於滿紙。婉約綺麗之句，綽乎如步春時女，華乎如貴游子弟。」〔註104〕〈類選箋釋草堂詩餘序〉亦云：

> 然樂府以皦遲揚屬爲工，詩餘以婉麗流暢爲美。即《草堂詩餘》所載如：周清眞、張子野、秦少游、晁叔原諸人之作，柔情曼聲，摹寫殆盡，正詞家所謂當行，所謂本色也。
> 〔註105〕

就其作品內容、格調論之，秦詞風格柔美，韻致杳眇，曲折幽深，頗耐人尋味，確實符合明人風尚。「當行」、「本色」之說，原用以區分詩

〔註103〕〔明〕張綖撰：《詩餘圖譜·凡例》，收錄於《續修四庫全書》，集部，冊 1735，頁 473。

〔註104〕〔明〕張綖撰：《秦少游先生淮海集序》，參見金啓華等編：《唐宋詞集序跋匯編》，頁 45。

〔註105〕〔明〕何良俊撰：《類選箋釋草堂詩餘序》，《續修四庫全書》，集部，冊 1728，頁 67。

詞之別，但此處則更加凸顯秦詞溫婉含蓄，堪稱婉約派正宗。明代諸家詞選擇取北宋詞作，秦詞數量甚繁，更可凸顯受歡迎之程度。婉約與豪放，牽涉層面甚廣，兩者之別，非僅展現氣勢波瀾壯闊，亦在於筆法幽微細膩，吳梅《詞學通論》云：「子瞻胸襟大，故隨筆所之，如怒瀾飛空，不可狎視；少游格律細，故運思所及，如幽花媚春，自成馨逸。」〔註106〕足見秦詞創作，以隨處可取之景，述人所共感之情，其動人之深，便在於心思細膩，筆調婉轉，娓娓述說情意，餘韻無窮。

其二、秦詞符合明人尚情思潮：《毛詩序》云：「情動於中而形於言」〔註107〕，劉勰《文心雕龍‧情采》亦云：「故情者文之經，辭者理之緯；經正而後緯成，理定而後辭暢，此立文之本源也。」〔註108〕情感為文學本源，自古備受關注，明人更充分肯定情性之存在，如〔明〕沈際飛《草堂詩餘四集序》云：「情生文，文生情。何文非情，而以參差不齊之句，寫鬱勃難狀之情，則尤至也。」又云：「故詩餘之傳，非傳詩也，傳情也。」〔註109〕充分強調詞體蘊含情意。《古今詞統》云：「詞無定格，要以摹寫情態，令人一展卷而魂動魄化者為上，他雖素膾炙人口者弗也。」〔註110〕秦詞情意真摯，動人心扉。其情感基調，因人生遭遇，有所差異，但終不失為人間最深沉之感慨，最易引發共鳴。如〈江城子〉：「西城楊柳弄春柔，動離憂，淚難收。猶記多情，曾為繫歸舟。碧野朱橋當日事，人不見，水空流。　韶華不為少年留，恨悠悠，幾時休。飛絮落花時候、一登樓。便做春江都是淚，流不盡，許多愁。」（《全宋詞》，冊一，頁458），由楊柳引發離思，淚水難止，回憶

〔註106〕吳梅撰：《詞學通論》（上海：上海書店，2006年4月），頁55。

〔註107〕舊題周‧卜商撰：《毛詩序》，收錄於《文津閣四庫全書》，經部，冊23，頁1。

〔註108〕〔梁〕劉勰著、范文瀾注：《文心雕龍注》（北京：人民文學出版社，2006年1月），卷7，頁538。

〔註109〕〔明〕沈際飛：《草堂詩餘四集序》，收錄於《續修四庫全書》，集部，冊1728，頁448。

〔註110〕〔明〕卓人月輯：《古今詞統》，收錄於《續修四庫全書》，集部，冊1728～1729。

往昔，景物依舊，人事全非，故情感宣洩難遏。又如〈千秋歲〉：

> 水邊沙外，城郭春寒退。花影亂，鶯聲碎。飄零疏酒盞，
> 離別寬衣帶。人不見，碧雲暮合空相對。　　憶昔西池會，
> 鵷鷺同飛蓋。攜手處，今誰在。日邊清夢斷，鏡裡朱顏改。
> 春去也，飛紅萬點愁如海。（《全宋詞》，冊一，頁 460）

此詞獲選率最高，述寫貶謫憾恨，哀怨欲絕。巧融今昔，語言凝鍊，透
過春深景致，道盡飄零之感。另有〈踏莎行〉（霧失樓臺）一詞，唐圭
璋《唐宋詞簡釋》云：「起寫旅途景色，已有歸路茫茫之感。『可堪』兩
句，景中見情，精深高妙。所處者『孤館』，所感者『春寒』，所聞者「鵑
聲」，所見者「斜陽」，有一於此，已令人生愁，況并集一時乎，不言愁
而愁自難堪矣。下片，言寄梅傳書，致其相思之情。無奈離恨無數，寫
亦難罄。」〔註111〕足見此詞情景交融，傷春人慨歎年華，愁緒難遏。〈水
龍吟〉（小樓連苑橫空），雖爲贈妓詞，但情意眞摯、婉轉淒惻，頗具佳
評，〔明〕李攀龍曾評點云：「按景綴情，最有餘味。」〔註112〕秦詞情
感非泛泛論之，亦非巧擬造作，透過「瘦」字，隱言相思之苦，感人至
深，便在於「眞」。另一類情感之呈現，則如〈鵲橋仙〉：

> 纖雲弄巧，飛星傳恨，銀漢迢迢暗度。金風玉露一相逢，
> 便勝卻、人間無數。　　柔情似水，佳期如夢，忍顧鵲橋
> 歸路。兩情若是久長時，又豈在、朝朝暮暮。（《全宋詞》，
> 冊一，頁 459）

其情意繾綣，透過「七夕」夜空，暗傳離愁別恨，末二句「兩情若是
久長時，又豈在、朝朝暮暮」，古今傳誦，作者未以悲愴情緒訴說離
情，反以婉轉語氣，呈顯兩情眞摯濃純，亦深受激賞。秦詞述情，正
所謂「詞成而讀之，使人怳若身遇其事」〔註113〕，因而怵然興感，

〔註111〕唐圭璋撰：《唐宋詞簡釋》（臺北：木鐸出版社，1982 年 3 月），頁
　　　　106～107。

〔註112〕〔明〕李攀龍撰：《草堂詩餘雋》，收錄於徐培均《淮海居士長短句
　　　　箋注‧彙評》，頁 22。

〔註113〕〔明〕周遜：《刻詞品序》，收錄於唐圭璋《詞話叢編》，冊 1，頁
　　　　407。

讀來別具滋味，故秦詞始終立於不朽境地。

其三、秦詞堪稱範式：施議對《詞與音樂關係研究》云：「無論在詞樂盛行之時，或者是在詞樂失傳之後，講究聲律，注重詞的形式美與音樂美，才能確保詞在文學史上獨立存在的地位。詞史上，總結詞的這一聲音規則的專門著作是『詞譜』。」〔註114〕詞譜集諸家舊詞，依聲定譜，旨在確立詞體特性，故詞譜擇錄例詞，必擇堪為範式者。明代譜體詞選，有周瑛《詞學荃蹄》、張綖《詩餘圖譜》、程明善《嘯餘譜》等三本。學界多推崇張綖《詩餘圖譜》開創之功，然周瑛編《詞學荃蹄》，早於張綖，已具詞譜雛形，可惜所收數量較少，且僅以抄本形式流傳，影響有限。其自序云：「詞家者流出於古樂府，樂府語質而意遠，詞至宋纖麗極矣！今考之詞，蓋皆桑間濮上之音也，吁可以觀世矣！《草堂》舊所編，以事為主，諸調散入事下。此編以調為主，諸事并入調下，且逐調為之譜。圓者平聲，方者側聲，使學者按譜填詞，自道其意中事，則此其荃蹄也。」〔註115〕《詞學荃蹄》改易《草堂詩餘》體例，但選詞仍多見雷同，其編纂目的在於使學者按譜填詞，有例可循。選詞數量以周邦彥詞最夥，秦觀居次；張綖編纂《詩餘圖譜》及《草堂詩餘別錄》，並曾刊刻《淮海集》，足見傾慕鄉賢秦觀至甚，詞風亦頗為相似。《詩餘圖譜》奠定後世編纂體例，其凡例云：「詞調各有定格，因其定格而填之以詞，故謂之填詞。今著其字數多少，平仄韻腳，以俟作者填之，庶不至臨時差誤，可以協諸管絃矣！」〔註116〕張綖編纂詳列譜式，後附例詞，必求聲調堪為範式者，錄詞219首，詞人73位，以張先居首，秦觀次之；程明善《嘯餘譜》收秦詞29闋，亦以婉約為主。足見明代三本詞譜皆以審音定律、訂定範式為要

〔註114〕施議對撰：《詞與音樂關係研究》（北京：中華書局，2008年8月），頁55。

〔註115〕〔明〕周瑛撰：《詞學荃蹄・自序》，收錄於《續修四庫全書》，集部，冊1735。

〔註116〕〔明〕張綖撰：《詩餘圖譜・凡例》收錄於《四庫全書存目叢書》，集部，冊425，頁473。

旨。其中〈望海潮〉（梅英疏淡）、〈水龍吟〉（小樓連苑橫空）、〈江城子〉（西城楊柳弄春柔）、〈千秋歲〉（水邊沙外）、〈踏莎行〉（霧失樓臺）、〈畫堂春〉（東風吹柳日初長）、〈海棠春〉（曉鶯窗外啼聲巧）、〈鷓鴣天〉（枝上流鶯和淚聞）、〈柳梢青〉（岸草平沙）、〈眼兒媚〉（樓上黃昏）等作品，三本詞譜皆選錄，實乃堪稱典範。

　　明代詞選之編排方式，多以「詞調」為序；擇錄作品，俱以兩宋為夥。秦詞獲選數量，僅《詞林萬選》未達前五名，及周履靖《唐宋元明酒詞》未錄，其餘皆名列前茅，足見秦詞深受該時代之重視。就其獲選詞調之冠，〈千秋歲〉（水邊沙外）一闋，述寫貶謫心緒，動人至深；又如〈鵲橋仙〉（纖雲弄巧）一闋，描寫戀人心緒，情感或深或淺，皆為世俗人間所難以免除之離愁別恨，因此較易引發共鳴。秦詞風格婉約柔媚，筆調細膩，娓娓述說，扣人心弦，無怪乎其詞能廣泛流傳至今。

三、清代詞選擇錄秦詞概況

　　沈曾植〈彊村校詞圖序〉云：「詞莫盛於宋，而宋人以詞為小道，名之曰『詩餘』。及我朝而其道大昌。」〔註117〕清代詞學中興，繁盛直承兩宋而別開生面。清代詞學振興，與統治者態度關係密切，清朝統治以興文教、崇經術為要點，廣羅名士，大量整理典籍，尤以《御選歷代詩餘》、《欽定詞譜》二部，對詞學發展影響甚鉅。清聖祖〈歷代詩餘序〉云：「朕萬幾清暇，博綜典籍，於經史諸書，有關政教而裨益身心者，良已纂輯無遺。因流覽風雅，廣識名物，欲極賦學之全，而有《賦彙》；欲萃詩學之富，而有《全唐詩》，刊本宋、金、元、明四代詩選。更以詞者繼響夫詩者也，乃命詞臣輯其風華典麗悉歸於正者，為若干卷，而朕親裁定焉。」〔註118〕足見清代統治者，將詞體地位，提升與詩等同。清代詞家以治經之法論詞，著名學者如朱彝尊、張惠言、周濟、譚獻、

〔註117〕　〔清〕沈曾植撰：《彊村校詞圖序》，收錄於施蟄存《詞籍序跋萃編》，頁 726。
〔註118〕　〔清〕清聖祖御撰：《歷代詩餘序》，收錄於張璋《歷代詞話》，下冊，頁 1181。

王鵬運、朱祖謀、王國維等人，態度嚴謹，充分展現於詞選編纂及理論建構上。清詞壇推尊詞體，詞派紛呈，各有主張，往往經由編纂詞選本標舉，尤以浙西、常州兩大詞派最好此道，影響甚爲卓著。

（一）清代「通代」及「斷代」詞選的編纂大要及秦詞入選概況

清代詞選編纂，數量爲歷代之冠，理論架構、流派歸屬甚明，實欲透過編選以標舉各派之詞學主張。就其體例論之，除仍多爲通代詞選外，斷代詞選亦多見以宋代爲主者，與明朝斷代詞選無專錄宋代之情況，迥然不同，可窺見清人標舉宋詞爲範式之舉。茲就所掌握之清代詞選二十二部（包含通代詞選十六部、斷代詞選六部），另有陸次雲《見山亭古今詞選》、項以淳《清嘯集》、柯崇樸《詞緯》、孫致彌《詞鵠初編》、孔傳鏞《笥亭詞選》、孫星衍《歷代詞鈔》、蔣方增《浮笥山館詞鈔》、黃承勛《歷代詞腴》、周之琦《心日齋十六家詞錄》、周之琦《晚香室詞錄》、楊希閔《詞軌》、樊增祥《微雲榭詞選》、譚獻《復堂詞錄》等十三種詞選，現留存於海外，深惜未能得見，今僅就可寓目者，依其特性及秦詞收錄情況，略述如次：

表1-5　清編「通代詞選」及「斷代詞選」擇錄秦詞一覽表

序號	詞選名稱	編選者	卷數	編選年代	詞選屬性	所錄詞家	選詞數量	秦詞數量	北宋名次	派別歸屬
1	詞綜〔註119〕	朱彝尊汪森	30卷增補	唐代至元代	通代詞選	659	2253	19	第五名	浙西詞派
2	詞潔〔註120〕	先著	6卷	唐代至元代	通代詞選	143	630	19	第四名	浙西詞派

〔註119〕〔清〕朱彝尊、汪森編：《詞綜》（上海：上海古籍出版社，2008年3月第2次印刷）。

〔註120〕〔清〕先著、程洪輯；劉崇德、徐文武點校：《詞潔》（保定：河南大學出版社，2007年8月）。

3	御選歷代詩餘〔註121〕	沈辰垣	120卷	唐代至明代	通代詞選	1540	9009	70	未達前五	官方
4	古今詞選〔註122〕	沈時棟	12卷	唐代至清代	通代詞選	286	994	14	第一名	浙西詞派
5	清綺軒詞選〔註123〕	夏秉衡	13卷	唐代至清代	通代詞選	338	847	13	第二名	浙西詞派
6	詞選〔註124〕	張惠言	2卷	唐宋	通代詞選	44	116	10	第一名	常州詞派
7	續詞選〔註125〕	董毅	2卷	唐宋	通代詞選	52	122	8	第一名	常州詞派
8	蓼園詞選〔註126〕	黃蘇	未分	唐宋	通代詞選	85	213	17	第三名	常州詞派
9	天籟軒詞選〔註127〕	葉申薌	6卷	宋元	通代詞選	90	1411	14	未明	未明
10	自怡軒詞選〔註128〕	許寶善	6卷	唐代至元代	通代詞選	199	391	10	未明	浙西詞派
11	詞辨〔註129〕	周濟	2卷	唐代至兩宋	通代詞選	14	94	2	第二名	常州詞派
12	詞則（大雅集）〔註130〕	陳廷焯	6卷	唐代至清代	通代詞選	128	571	20	第一名	常州詞派

〔註121〕　〔清〕沈辰垣、王奕清等：《御選歷代詩餘》（臺北：廣文書局，1972年5月）。

〔註122〕　〔清〕沈時棟輯：《古今詞選》（臺北：東方書局，1956年5月）。

〔註123〕　〔清〕夏秉衡輯：《清綺軒詞選》，《歷代名人詞選》（臺北：大西洋圖書公司，1966年5月）。

〔註124〕　〔清〕張惠言輯：《詞選》，收錄於《續修四庫全書》，集部，冊1732，頁535～557。

〔註125〕　〔清〕董毅輯：《續詞選》，收錄於《續修四庫全書》，集部，冊1732，頁558～573。

〔註126〕　〔清〕黃蘇輯：《蓼園詞選》，（濟南：齊魯書社，1988年9月）。

〔註127〕　〔清〕葉申薌輯：《天籟軒詞選》，清道光間刊本，現藏於國家圖書館。

〔註128〕　〔清〕許寶善輯：《自怡軒詞選》，清嘉慶元年許氏刊本，現藏於國家圖書館。

〔註129〕　〔清〕周濟輯：《詞辨》，收錄於《續修四庫全書》，集部，冊1732，頁575～589。

〔註130〕　〔清〕陳廷焯輯：《詞則·大雅集》（上海：上海古籍出版社，1984

13	詞則（閑情集）	陳廷焯	6卷	唐代至清代	通代詞選	217	655	4	第四名	常州詞派
14	詞則（別調集）	陳廷焯	6卷	唐代至清代	通代詞選	257	685	4	第五名	常州詞派
15	湘綺樓詞選〔註131〕	王闓運	3卷	五代至南宋	通代詞選	55	76	2	第二名	未明
16	藝蘅館詞選〔註132〕	梁令嫻	5卷	唐代至清代	通代詞選	179	689	18	第二名	女性編纂
17	宋四家詞選〔註133〕	周濟	1卷	兩宋	斷代詞選	51	239	10	第二名	常州詞派
18	宋七家詞選〔註134〕	戈載	7卷	兩宋	斷代詞選	7	480	0	未錄	陽羨詞派
19	宋六十一家詞選〔註135〕	馮煦	12卷	兩宋	斷代詞選	61	1251	38	第四名	常州詞派
20	宋詞十九首〔註136〕	端木埰	不分	兩宋	斷代詞選	17	19	1	第二名	常州詞派
21	宋詞三百首〔註137〕	朱祖謀	不分	兩宋	斷代詞選	82	283	7	未達前五	常州詞派
22	宋詞選〔註138〕	顧春	3卷	兩宋	斷代詞選	52	148	4	第三名	女性編纂

年5月）。

〔註131〕〔清〕王闓運輯：《湘綺樓詞選》（王氏湘綺樓刊本），1917年。

〔註132〕〔清〕梁令嫻輯：《藝蘅館詞選》（臺北：臺灣中華書局，1970年10月），頁1～322。

〔註133〕〔清〕周濟輯：《宋四家詞選》，收錄於《續修四庫全書》，集部，冊1732，頁591～613。

〔註134〕〔清〕戈載輯、杜文瀾校注：《宋七家詞選》（臺北：河洛圖書，1978年）。

〔註135〕〔清〕馮煦輯：《宋六十一家詞選》（臺北：文化圖書公司，1956年3月）。

〔註136〕〔清〕端木埰輯：《宋詞十九首》（臺北：正中書局，1977年7月）。

〔註137〕〔清〕朱祖謀輯：《宋詞三百首》（臺北：臺灣古籍出版社，2005年11月）。

〔註138〕〔清〕顧太清輯：《宋詞選》，收錄於謝永芳〈顧太清的宋詞選及其價值〉《詞學》第19輯，2008年6月，頁152～165。

　　孫克強《清代詞學批評史論》云：「清代各詞派不僅都編選有體現本派成員成就、聲勢和特色的當代詞選本，而且特意在編選古人詞選上大作文章，把詞選本作爲闡明本派的詞學主張的工具。」〔註139〕詞派多具有鮮明觀點，如雲間詞派崇尚婉麗，陽羨詞派心慕雄健，浙西詞派風格醇雅，常州詞派倡言寄託。而爲使相近之審美主張及理論觀點有所彰顯，往往透過編纂詞選以爲依歸，尤以浙西詞派朱彝尊《詞綜》與常州詞派張惠言《詞選》，影響最爲顯著。浙西詞派推崇朱彝尊，以其所編《詞綜》爲主；常州詞派則因張惠言、張綺兩兄弟編選《詞選》，其後《詞選附錄》及《續詞選》等相繼問世，促進常州詞派主盟詞壇之趨勢，故探析清代詞選對秦詞之接受，論及詞選仍就其詞派歸屬略加討論。尤浙西、常州兩大詞派所編數量最爲繁多，本小節擬以此兩大詞派進行歸納。

1、浙西詞派之詞選

　　浙西詞派興起於康熙年間，經雍正、乾隆、嘉慶諸朝，歷時最爲久遠。康熙十八年龔翔麟匯編刊刻《浙西六家詞》，確立了浙西詞派之名，而編纂《詞綜》及刊行《樂府補題》，則爲浙西詞派詞學觀起了宣揚的作用。浙西詞派所編詞選，以朱彝尊、汪森所編《詞綜》最爲聞名，另有先著《詞潔》、沈時棟輯、尤侗及朱彝尊參訂的《古今詞選》、夏秉衡《清綺軒詞選》、許寶善《自怡軒詞選》等，共計五部，各具特色，茲分述其擇選概況如次：

（1）朱彝尊《詞綜》及陶梁《詞綜補遺》

　　朱彝尊，字錫鬯，號竹垞，又號小長蘆釣魚師，學識豐富，文采出眾；汪森，字晉賢，號碧巢，兩人合著《詞綜》三十六卷。《詞綜》擇錄數量爲唐詞20家68首，五代詞24家148首，宋詞376家1387首，金詞27家62首，元詞84家257首，汪森又增收370首，選錄

〔註139〕孫克強撰：《清代詞學批評史論》（北京：中國社會科學出版社，2008年11月），頁238。

繁富；編排方式，作家名下附有小傳，詞後附有詞話，體例健全。〈詞綜‧發凡〉有感於唐宋以來作者，長短句每別爲一編，不入集中，散佚最易，並對明代以來《草堂詩餘》風行，深感不滿云：

> 獨《草堂詩餘》所收最下、最廣，三百年來，學者守爲《兔園冊》，無惑乎詞之不振也。〔註140〕

故《詞綜》兼采趙弘基《花間集》、黃昇《花菴絕妙詞》及《中興以來絕妙詞》、元好問《中州樂府》、彭致中《鳴鶴餘音》及明代諸家選本，力求務去陳言，歸於正始；編纂方式以字數多寡爲序，且反省自《花菴詞選》、《草堂詩餘》後增入閨情、閨思、四時等題材之舉，盡數予以刪除，並由周青士精校古今音韻之訛誤，足見《詞綜》編纂選源廣泛，矯弊意圖強烈。朱彝尊爲浙西詞派宗主，汪森尤感於西蜀、南唐後曲調流派繁多，因而「言情者或失之俚，使事者或失之伉」，直至鄱陽姜夔出，句琢字煉，歸於醇雅，故《詞綜》所錄多以清空騷雅爲主。朱彝尊〈紅鹽詞序〉論詞體特性云：「詞雖小技，昔之通儒巨公往往爲之。蓋有詩所難言者，委曲倚之於聲，其辭愈微，而其旨益遠。善言詞者假閨房兒女之言，通之於《離騷》變雅之義，此尤不得志於時者所宜寄情焉耳！」〔註141〕肯定詞情幽深，必須細膩體察，朱彝尊認爲詞若言情太過，易流於穢，而失溫雅醇婉之旨。收詞數量以周密 54 首、吳文英 45 首、張炎 38 首分區前三名，可體現浙西詞派推崇南宋詞人之意，甚爲鮮明，對於格律特別重視，與歷朝諸選觀點多所差異，儼然自成體系。擇錄北宋詞以周邦彥 37 首居冠，張先 27 首次之，晏幾道 22 首又次之，柳永 21 首位居第四，秦詞僅 19 首，名列第五，風格係多屬溫婉柔美之作，所寫情意深蘊其中，俗俚之作皆未收錄，足見擇錄秦詞於風格面極爲符合浙西詞派之詞學要旨。之

〔註140〕〔清〕朱彝尊、汪森編：《詞綜》（上海：上海古籍出版社，2008 年 3 月第 2 次印刷），頁 11。

〔註141〕〔清〕朱彝尊撰：《曝書亭集》，收錄於《景印文淵閣四庫全書》，冊 1314，卷 40，頁 2～3。

後有陶梁增補《詞綜補遺》二十卷，體例依循《詞綜》，以人為序，共錄唐宋金元詞人 454 家，詞 1326 首，但未錄秦詞。

（2）先著《詞潔》

　　先著、程洪輯《詞潔》六卷。先著，字渭求，號遷甫，一字染庵，晚號之溪老生，精擅詩文。〈詞潔序〉明言詩詞之異云：「詩之道廣，而詞之體輕。道廣則窮天際地，體物狀變，歷古今作者而猶未窮。體輕則轉喉應折，傾耳賞心而足矣！」又云：「至宋人之詞，遂能與其一代之文，同工而獨絕，出於詩之餘，始判然別於詩矣！」〔註142〕先著深知詩詞之別，並肯定宋詞窮巧極妍，而趨於新；宋詩則神槁物隔，而終於弊。正因有此思考，先著恐詞流於淫鄙穢雜，故編輯《詞潔》以正之。先著最推崇北宋周邦彥及南宋姜夔云：「柳永以『樂章』名集，其詞蕪累者十之八，必若美成、堯章，宮調、語句兩皆無憾，斯為冠絕！」音律諧和，語句工巧，誦之始能感人。此集專收宋詞，宋代之前則取《花間》原本，稍作遴選。先著亦肯定情之作用云：「韻，小乘也。豔，下駟也。詞之工絕處，乃不主此。今人多以是二者言詞，未免失之淺矣！蓋韻則近於佻薄，豔則流於褻媟，往而不返，其去吳騷市曲無異。必先洗粉澤，後除珝繢，靈氣勃發，古色黯然，而以情與經緯其間。雖豪宕震激，而不失其粗；纏綿輕婉，而不入於靡。即宋名家固不一種，亦不能操一律以求。」就入選北宋詞數量，以周邦彥 33 首居冠，蘇軾 24 首次之，晏幾道 21 首又次之，秦觀則入選 19 首，位居第四。可窺見先著不強以婉約、豪放論詞之得失，最為重要乃「情」之作用。《詞潔》另有箋評，可窺見編纂者擇錄之觀點，如評〈踏莎行〉（霧失樓臺）：「斜陽暮」，猶唐人「一孤舟」句法耳。升庵之論破的。」評〈千秋歲〉（柳邊沙外）云：「『春去也』三字，要占勝，前面許多攢簇，在此收煞。『落紅萬點愁如海』，此七字銜接得力，異樣出精采。」

〔註142〕〔清〕先著、程洪輯；劉崇德、徐文武點校：《詞潔》（保定：河南大學出版社，2007 年 8 月），頁 1。凡《詞潔》序言及發凡皆引自此，不再贅注。

足見先著之目光多投注於秦詞筆法精湛、語句秀美之作。

（3）沈時棟《古今詞選》

沈時棟，字成廈，號瘦吟詞客，出生於文學世家，尤擅詞章，著《瘦吟樓詞》，編纂《古今詞選》十二卷，專收唐五代至清人詞。是集選錄 286 家詞人，994 首詞，排列依字數多寡，先小令後慢詞。卷首有自序，序後有《選略》八則，具有凡例效能。第二則，專論選詞標準云：「是集雄奇香豔者俱錄，惟或粗或俗，間有敗筆者置之，即名作不登選者，猶所不免。」〔註 143〕此集仍受晚明遺風影響，帶有濃厚香豔氣息，正因雅俗兼選，標準不一，施蟄存評此本爲清初人詞選中最下劣者。〔註 144〕《古今詞選》收兩宋 120 家，秦詞獲選 14 首，爲北宋第一，就其選目觀之，對於流傳廣泛者，如〈千秋歲〉（水邊沙外）、〈八六子〉（倚危亭）、〈滿庭芳〉（山抹微雲）等名作，皆予以收錄；而〈品令〉（幸自得）（掉又嬝）二首，描寫男女情感，近似歌伶語氣，向有俳俚之評；〈迎春樂〉（菖蒲葉葉知多少），則多有近柳七之譏。二調歷來評價不一，前者大量使用高郵方言，後者通篇描寫蜂兒抱花採蜜，暗喻男女相依偎之濃情歡愛。故可窺見秦觀此三首作品在沈時棟眼中，已非香豔所能形容，皆因過度描寫情感而流於粗鄙俗俚，故《古今詞選》皆不錄。

（4）夏秉衡《清綺軒詞選》

《清綺軒詞選》，又稱《歷代名人詞選》，共十三卷。夏秉衡，字平千，號谷香，爲清乾隆間舉人。該書收錄唐宋金元明清詞，共 847 首，以宋、清二朝數量最多。編排方式以調爲主，又於各詞牌下標明異稱，據王兆鵬《詞學史料學》引舍之所言：「是書在乾嘉間盛行一時，與《白香詞譜》同爲乾嘉間學詞者之津梁。」〔註 145〕足見此集影響力

〔註 143〕　〔清〕沈時棟輯：《古今詞選》（臺北：東方書局，1956 年 5 月）。
〔註 144〕　施蟄存：〈歷代詞選集序錄〉，收錄於《詞學》第四輯（上海：華東師範大學出版社，1986 年 8 月），頁 253。
〔註 145〕　王兆鵬撰：《詞學史料學》，（北京：中華書局，2004 年 5 月）頁 345

著實不容小覷。《清綺軒詞選自序》云：「余嘗有志倚聲，竊怪自來選本，《詞律》嚴矣，而失之鑿；汲古備矣，而失之煩。他若《嘯餘》、《草堂》諸選，更拉雜不足爲法。惟竹垞《詞綜》一選，最爲醇雅。但自唐及元而止，猶未爲全書也。因不揣固陋，網羅我朝百餘年來宗工名作，薈萃得若干首，合唐宋元明，共成十三卷，亦在選詞，不備調，故寧隘勿濫。」〔註146〕夏秉衡推尊《詞綜》，並反省前人所編，增入元後詞家，以供閱讀者上下古今。該集選詞傾向鮮明，據沈德潛《清綺軒詞選序》云：「少陵論詩云：『別裁僞體親風雅』，見欲親風雅，必先去其與風雅爲仇者也，唯詞亦然。……意不外乎溫厚纏綿，語不外乎搴芳振藻，格不外乎循聲按節，要必清遠超妙，得言中之旨、言外之韻者，取焉。若夫美人香草之遺，而屑屑焉求工於穠麗，雖當時兒女子所盛稱，谷香咸在屛棄之列也。」發凡亦云：「詞雖宜於豔冶，亦不可流於穢褻。……是集所選，一以淡雅爲宗。」可知夏秉衡務求雅音，以周邦彥 20 首居冠，秦觀詞以 13 首，名列第二。該集所收秦詞，多爲溫婉之作，情意纏綿，詞藻清麗，確實爲秦詞之佳篇。

（5）許寶善《自怡軒詞選》

許寶善，字敩愚，號穆堂，爲乾隆年間進士。《自怡軒詞選》八卷，卷前有吳蔚光及許氏序言。許寶善自序云：「夫詞者，詩之餘，其爲抒寫性情，與詩無二。然詩不過四、五、七言而止；詞則自一言、二言，至八、九言，其中句斷意聯，盡而不盡，加以四聲五音，移宮換羽，陰陽輕重，清濁疾徐之別，其難更倍於詩。」〔註147〕明言詞

〔註146〕　〔清〕夏秉衡撰：《清綺軒詞選自序》，收錄於施蟄存編《詞籍序跋萃編》（北京：社會科學出版社，1994 年 12 月第一版），頁 763、764。今可見該集序言及發凡，如沈德潛《清綺軒詞選序》、夏秉衡《清綺軒詞選自序》、《清綺軒發凡》皆據此書，不再贅注。

〔註147〕　〔清〕許寶善撰：《自怡軒詞選序》，收錄於施蟄存編《詞籍序跋萃編》，頁 766～768。今可見該集序言及發凡，如吳蔚光《自怡軒詞選序》、許寶善《自怡軒詞選自序》、《自怡軒詞選凡例》皆據此書，不再贅注。

體地位獨特。後有凡例十則，論編選準則云：「是書之刻，只取詞之精粹者，調名不能全，備名家不入」、「集中以唐人為主，而南北宋人附之」、「是選以雅潔高妙為主，故東坡、清真、白石、玉田諸公之詞，較他家獨多，……而近於甜熟鄙俚者，概從削棄。」許寶善僅取精粹之詞，尤以風格雅潔高妙者為佳，宗法浙西詞風之意甚明。對於詞調聲律，許寶善云：「宋代名賢人知聲律，故其詞之流傳者，皆可付之歌喉。今已失傳，乃強作解事，而曰：『某詞入調、某詞不入調』，辨論盈紙，似屬不必。茲但取詞之佳者入選，不敢附會。」擇詞以選取佳篇為要，並不隨俗議論或妄加臆測。擇錄秦詞 10 闋，其下有評論話語，論及風格與筆法，如評〈阮郎歸〉（湘天風雨）云：「調本淒怨，詞更深婉，宜東坡三歎不置也」、評〈柳梢青〉（岸草平沙）云：「清麗芊綿，換頭第二句，須拗乃入調」、評〈鵲橋仙〉（纖雲弄巧）云：「高絕！七夕以此為最，以其本色耳」、評〈千秋歲〉（水邊沙外）云：「詞方悽愴，此乃少游垂死時之作也」、評〈夢揚州〉（晚雲收）云：「清麗芊綿，想見淮海風流絕世。詞中拗句，斷不可移易」、評〈滿庭芳〉（山抹微雲）云：「天生好語言」等，足見許寶善多以「清麗芊綿」來定義秦詞，且能深察秦詞纏綿悱惻之情。另〈菩薩蠻〉（池上春歸）、〈踏莎行〉（霧失樓臺）、〈八六子〉（倚危亭）、〈水龍吟〉（小樓連苑橫空）等作品，雖未有評論，亦皆婉約佳作，足見許寶善對秦詞深切予以肯定。

綜觀浙西詞派各詞選所收數量龐大，除許寶善《自怡軒詞譜》收391 闋外，其餘四部皆超過 600 首，《詞綜》更高達 2253 首，相較之下所擇錄秦詞僅佔寥寥之數，似乎不成比例，但就北宋詞人排名觀之，除《自怡軒詞譜》未達前五名之外，《古今詞選》、《清綺軒詞選》二部，秦詞數量皆名列一二，《詞潔》中位居第四，《詞綜》中亦名列第五；另參見附錄就其所擇詞調觀之，可知浙西詞派所擇皆為秦詞名篇，其中以〈滿庭芳〉（山抹微雲）最受青睞，五部詞選皆錄；其次為〈水龍吟〉（小樓連苑橫空）、〈八六子〉（倚危亭）、〈鵲橋仙〉（纖

雲弄巧）等，共有四部詞選收錄；另有〈江城子〉（西城楊柳弄春柔）、〈減字木蘭花〉（天涯舊恨）、〈千秋歲〉（水邊沙外）、〈踏莎行〉（霧失樓臺）、〈阮郎歸〉（湘天風雨破寒初）、〈如夢令〉（鶯嘴啄花紅溜）、〈畫堂春〉（東風吹柳日初長）等，共有三部詞選收錄。可知浙派標舉「清麗」、「醇雅」之作，故擇錄秦詞亦以此好尚為準則，專收婉約典雅之作。

2、常州詞派之詞選

　　徐珂《清代詞學概論》云：「浙派至乾嘉間而益蔽，張皋文起而改革之，其弟翰鳳和之，振北宋名家之緒，闡意內言外之旨，而常州詞派成。」〔註148〕常州詞派以張惠言為宗主，詞派的地域背景，包含今日常州、無錫、武進、江陽、宜興等地，其代表人物及其影響力，據孫克強《清代詞學批評史論》云：

> 嘉、道間張惠言倡「意內言外」之旨，常州詞人聞風響應，很快取浙西而代之，風靡天下。…常州派由董晉卿、周濟達到鼎盛，經譚獻、莊棫、陳廷焯以及王鵬運、況周頤等晚清四大家的承轉，影響幾乎整個清後期。〔註149〕

浙派朱彝尊等人標舉清華，別裁浮艷，欲革除自明代以來所形成的詞體弊病，力黜《草堂詩餘》遺風，康熙初年至嘉慶年間，始終居於領導地位。後因末流過分偏頗而形成弊病，常州詞派隨之而起，取代其領導地位。常州詞派之代表人物，以張惠言為宗主，其後有董毅、周濟、莊棫、譚獻、陳廷焯、宋翔鳳、蔣敦復、劉熙載、馮煦等人，持續發展深化，後有晚清四大家王鵬運、朱祖謀、鄭文焯、況周頤等，雖源出常州詞派而有所變化。〔註150〕常州詞派對於推尊詞體、確立

〔註148〕徐珂撰：《清代詞學概論》（臺北：廣文書局，1968年5月），頁6。
〔註149〕孫克強撰：《清代詞學批評史論》（上海：上海古籍出版社，2008年11月），頁235。
〔註150〕對於常州詞派代表人物的界定，學界多所討論，如龍榆生《論常州詞派》云：「常州派繼浙派而興，倡導於武進張皋文（惠言）、翰鳳（琦）兄弟，發揚於荊溪周止庵（濟，字保緒）氏，而極其致於清季臨桂王

詞體本質不遺餘力，對於編纂詞選亦甚為熱衷，今可見者有張惠言《詞選》及董毅《續詞選》、周濟《詞辨》、黃蘇《蓼園詞選》、陳廷焯《詞則》（包含〈大雅集〉、〈閑情集〉、〈別調集〉）等通代詞選；另有周濟《宋四家詞選》、馮煦《宋六十一家詞選》、端木埰《宋詞十九首》、朱祖謀《宋詞三百首》等斷代詞選，共計十一部，各具特色。茲就其編選概況略述如次：

（1）張惠言《詞選》與董毅《續詞選》

張惠言論詞重視「比興寄託」，並以此為選錄標準，詞選本之序言蘊含豐富詞學觀點，被視為常州詞派的理論基石。據施蟄存〈歷代詞選集敘錄〉云：

> 自《花間集》以來，詞之選本多矣！然未有以思想內容為選取標準，更未有以比興之有無為取舍者，此張氏《詞選》之所以獨異也。〔註151〕

《詞選》二卷，又稱《茗柯詞選》、《宛陵詞選》、《張氏詞選》。其編纂目的，原在提供其門下學子習詞所用，入選唐宋44家116首，收錄溫庭筠詞18首，最為繁多；宋詞部分，《詞選》收錄秦觀詞10首，數量居冠，其次為辛棄疾6首，蘇軾、周邦彥各以4首，位居第三。張惠言編選宋詞僅擇33家，共70首，秦觀入選10首，就選詞比例，亦可窺見張惠言對秦觀的喜愛。張惠言之後，董毅編《續詞選》，學界多主其為張惠言外甥或為曾甥，〔註152〕編選要旨據張綺〈續詞選序〉云：「《詞選》之刻，多有病其太嚴者，擬續選而未果。今夏外孫

半塘（鵬運，字幼霞），歸安朱彊村……」、姚蓉《明清詞派史論》云：「圍繞在張惠言周圍，還有一批常州詞人，如張琦、惲敬、錢季重、丁履恒、陸繼輅、左輔、李兆洛等，他們是前期常州詞派的中堅力量。」本文以孫克強著《清代詞學》一書為主。參見孫克強《清代詞學》（北京：中國社會科學出版社，2004年7月），頁251～270。

〔註151〕施蟄存：〈歷代詞選集敘錄〉，收錄於《詞學》（上海：華東師範大學出版社，1985年2月）第6輯，頁216。

〔註152〕方智範：〈周濟詞論發微〉，收錄於《詞學》，（上海：華東師範大學出版社，1987年2月）第3輯，頁129。

董毅子遠來署，攜有錄本，適愜我心，爰序而刊之，亦先兄之志也。」
〔註153〕《詞選》編選角度過於嚴格，故董毅續選唐宋詞人 52 家 122
首，分爲二卷，其中以張炎 23 首數量最多，爲南宋第一；增錄秦詞
8 首，爲北宋第一，又續選周邦彥、姜夔兩人作品各 7 首，分別位居
第二。董毅《續詞選》增錄秦詞部份爲〈如夢令〉6 首，及〈阮郎歸〉
（滿天風雨破寒初）、〈八六子〉（倚危亭）等，確屬秦觀之經典作品。
由張惠言《詞選》、董毅《續詞選》可見兩人特重宋人作品，其中又
以秦觀作品最爲符合擇錄標準，深具推崇之意。

（2）周濟《詞辨》

周濟輯《詞辨》，爲教授門下弟子學詞而編此書，該書原有十卷，
以卷一爲正體，列溫庭筠爲首；卷二爲變體，標舉南唐李煜，書稿未
刊載便落於水中，僅存前兩卷。《詞辨》爲周濟早年所編，〈序〉云：「既
予以少游多庸格，爲淺鈍者所易託。白石疏放，醞釀不深。而晉卿深
詆竹山粗鄙。牴牾又一年，予始薄竹山，然終不能好少游也。」〔註154〕
雖然序言明白道出周濟並不欣賞秦觀，但就兩大方向仍舊可窺見周濟
並不否定秦詞於詞史上的地位：其一、〈詞辨自序〉將秦觀與唐宋以來
的九家詞人並列，視爲正聲，云：「自溫庭筠、韋莊、歐陽脩、秦觀、
周邦彥、周密、吳文英、王沂孫、張炎之流，莫不蘊藉深厚，而才豔
思力，各騁一途，以極其致。」與南唐後主爲「正聲之次」有所差異；
其二、收錄秦詞雖僅有〈滿庭芳〉（山抹微雲）、〈望海潮〉（梅英疏淡）
2 首，然其收錄數量卻僅次於周邦彥 9 首，於北宋排名第二。足見周濟
有意透過詞選區別正變、分析源流，仍帶有客觀立場。

（3）黃蘇《蓼園詞選》

黃蘇，原名道溥，字蓼園，臨桂（今廣西）人。黃蘇編纂《蓼園

〔註153〕〔清〕張綺：〈續詞選序〉，收錄於施蟄存編《詞籍序跋萃編》，頁
　　　　800。
〔註154〕〔清〕周濟撰：〈詞辨自序〉，皆收錄於施蟄存編《詞籍序跋萃編》，
　　　　頁 781～782。以下所引皆同此出處，爲省篇幅不再贅注。

詞選》未分卷，各詞之下先擇名家詞話作箋，再以按語對詞家生平、
詞本事及詞旨大要進行評述。〈蓼園詞選序〉反省諸家選本之弊云：「綜
觀宋以前諸選本，《花間》未易遽學，《花庵》間涉標榜，弁陽翁《絕
妙好詞》，泰半同時儕輩之作，往往以詞存人。或此人別有佳構，翁
未及見，而遂闕如，烏在其為黃絹幼婦也。唯《草堂詩餘》、《樂府雅
詞》、《陽春白雪》，較為醇雅。以格調氣息言，似乎《草堂》尤勝。
中間十之一二，近俳近俚，為大醇之小疵。自餘名章俊語，選錄精審，
清雅朗潤，最便初學。」〔註155〕況周頤晚年更推崇《蓼園詞選》為
詞學必備的五種參考書之一，影響甚為深遠。黃蘇以明人顧從敬、沈
際飛評箋的《草堂詩餘正集》為底本，選錄唐五代及兩宋詞人 85 家，
詞 213 首，《草堂詩餘》擇錄秦詞數量名列前茅，《蓼園詞選》亦承此
緒，以周邦彥詞 23 首居冠，蘇軾 18 首次之，秦觀則以 17 首名列第
三；擇錄標準則有所差異，黃蘇論詞崇尚「思深而託興遠」，不以豪
放、婉約論詞體優劣，認為「士不得志而悲憫之懷難以顯言，託於閨
怨，往往如是。」〔註156〕秦詞多以男女之情暗陳己身遭遇，運用比
興寄託，深具言外之意，就黃蘇評論之語可知，黃氏多肯定秦詞韻味
深遠，語意含蓄，與沈際飛多著眼於秦詞筆法之評論有所差異。況周
頤〈蓼園詞選序〉亦云：「《蓼園詞選》取材於《草堂》而汰其近俳、
近俚諸作者也。每闋綴以小箋，意在引掖初學。……前人名句意境絕
佳者，皆載在是編者也。」〔註157〕黃蘇肯定《草堂詩餘》，故編選多
所參酌，《草堂詩餘》不乏俚俗俳諧之作，向有玉石混雜之譏，《蓼園
詞選》去其纖豔俚俗，專取清雅朗潤之作。就秦詞獲選篇目，可充分
展現黃蘇標舉婉惻詞風，肯定詞中蘊含深情之思考。

〔註155〕〔清〕黃蘇著：〈蓼園詞選序〉，見唐圭璋《詞話叢編》，冊 4，頁
3017。

〔註156〕〔清〕黃蘇著：《蓼園詞選》，見唐圭璋《詞話叢編》，冊 4，頁 3025
～3026。

〔註157〕〔清〕況周頤：〈蓼園詞選序〉，收錄於金啟華、張惠民等編《唐宋
詞集序跋匯編》，頁 433～434。

（4）陳廷焯《詞則》（包含〈大雅集〉、〈閑情集〉、〈別調集〉）

陳廷焯輯《詞則》二十四卷，共選 470 餘家，詞 2360 餘首，採用圈、點、眉批、註等多元形式，進行評點，可窺見其詞學觀點所在。〈詞則自序〉論及編選要旨云：「卓哉皋文，《詞選》一編，宗風賴以不滅，可謂獨具隻眼矣。惜篇幅狹隘，不足以見諸賢之面目。而去取未當者，十亦有二三。夫風會既衰，不必無一篇之偶合，而求之諸古作者，又不少靡曼之詞。衡鑒不精，貽誤匪淺。余竊不自揣，自唐迄今，擇其尤雅者五百餘闋，匯爲一集，名曰〈大雅〉。長吟短諷，覺南薰雅化，湘漢騷音，至今猶在人間也。顧境以地遷，才有偏至。執是以尋源，不能執是以窮變。〈大雅〉而外，爰取縱橫排戛、感激豪宕之作四百餘闋爲一集，名曰〈放歌〉。取盡態極妍哀感頑艷之作六百餘闋爲一集，名曰〈閑情〉。其一切清圓柔脆急奇鬥巧之作，別錄一集，得六百餘闋，名曰〈別調〉。〈大雅〉爲正，三集副之，而總名之曰《詞則》。求諸〈大雅〉固有餘師，即遁而之他，亦即可於〈放歌〉、〈閑情〉、〈別調〉中求大雅，不至入於歧趨。古樂雖亡，流風未閟，好古之士，庶幾得所宗焉！」〔註 158〕陳廷焯有感於張惠言《詞選》慧眼獨具，惜爲篇幅狹隘所囿，去取未精，故難以全面掌握前賢佳作，遂將《雲韶集》重新刪選，分爲〈大雅集〉、〈放歌〉、〈閑情〉、〈別調〉等四部份，合稱《詞則》。各集皆有擇錄旨要，其擇錄秦詞數量，共計 28 闋。其中以〈大雅集〉收 20 首，數量最夥，〈閑情集〉、〈別調集〉各收 4 首，〈放歌集〉則未見收錄，其原因在於該集擇選專錄「縱橫排戛」、「感激豪宕」之作，秦詞風格多屬婉約柔美，故與該集風格大不相侔。其餘三集各有擇錄標準，陳廷焯亦多所評點之語，茲分述如次：

甲、〈大雅集〉

〔註 158〕〔清〕陳廷焯輯：《詞則》（上海：上海古籍出版社，1984 年 5 月），頁 1～2。

〈大雅集〉六卷，收錄唐五代至清共 128 家 571 首詞。其序云：
「太白詩云：『大雅久不作，吾衰竟誰陳。』然詩教雖衰，然談詩者
猶得所祖禰。詞至兩宋而後，幾成絕響。古之爲詞者，志有所屬，而
故鬱其辭，情有所感，而或隱其義。其要皆本諸風騷，歸於忠厚。自
新聲競作，懷才之士，皆不免爲風氣所囿，務取悅人，不復求本源所
在。……皐文溯其源，蒿庵引其緒，兩宋宗風，一燈不滅。斯編之錄，
猶是志也。」〔註 159〕足見陳廷焯編選〈大雅集〉，標舉「風騷」、「忠
厚」，肯定詞體深蘊情感，與詩教關係密切。擇錄數量，收宋代 47 家
298 首，其中以王沂孫居冠，張炎 33 首居次，姜夔、秦觀分別以 23
首及 20 首，位居第三、第四，四人中僅秦觀爲北宋人，其餘三人皆
爲南宋人，足見陳廷焯對北宋秦觀最爲肯定。

乙、〈閑情集〉

〈閑情集〉六卷，收唐五代至清代 217 家 655 首。其序云：「〈閑
情〉一賦，白璧微瑕，昭明誤會其旨矣！淵明以名臣之後，際易代之
時，欲言難言，時時寄託。『閑情』云者，閑其情使不得逸也。是以歷
寫諸願，而終以所願必違。其不仕劉宋之心，言外可見。淺見者膠柱
鼓瑟，致使美人香草之遺意，等諸桑間濮上之淫聲，等昭明之過也。
茲篇之選，綺說邪思，皆所不免。然夫子刪詩，並存鄭衛，知所懲勸，
於義何傷。名以〈閑情〉，欲學者情有所閑，而求合於正，亦聖人思無
邪也。」〔註 160〕〈閑情集〉專收盡態極妍、哀感頑艷之作。錄北宋詞
人 55 家 148 首，其擇錄數量北宋以晏幾道詞 30 首居冠，歐陽脩 7 首
次之，周邦彥、晏殊、張先各以 5 首位居第三，秦觀 4 首名列第四。

丙、〈別調集〉

〈別調集〉六卷，收唐五代至清代 257 家 685 首詞。其序云：「人

〔註 159〕〔清〕陳廷焯輯：《詞則》（上海：上海古籍出版社，1984 年 5 月），
　　　　　頁 7。
〔註 160〕〔清〕陳廷焯輯：《詞則》（上海：上海古籍出版社，1984 年 5 月），
　　　　　頁 841。

情不能無所寄，而又不能使天下同出一途。大雅不多見，而繁聲於是乎作矣！猛起奮末，誠蘇、辛之罪人。盡態逞妍，亦周、姜之變調。外此則嘯傲風月，歌詠江山，規模物類，情有感而不深，義有託而不理。直抒所事，而比興之義亡。侈陳其盛，而怨慕之情失。辭極其工，意極其巧，而不可語於大雅，而亦不能進廢也。」〔註161〕

〈別調集〉收詞以清圓柔脆、急奇鬥巧爲主，錄北宋詞 82 家 207 首。以賀鑄詞 15 首居冠，其次爲李清照 11 首，蘇軾 8 首，歐陽脩、張先及周邦彥各 5 首，秦觀詞僅錄 4 首，名列第五名。

（5）常州詞派所編的六部斷代詞選

清人所編斷代詞選凡六部，分別爲周濟《宋四家詞選》、戈載《宋七家詞選》、馮煦《宋六十一家詞選》、端木埰《宋詞十九首》、朱祖謀《宋詞三百首》、顧春《宋詞選》等。除了戈載、顧春兩人所編，其餘皆屬常州詞派。周濟晚年編有《宋四家詞選》，象徵其詞學思想的成熟。〈宋四家詞選・序論〉云：「清眞，集大成者也。稼軒歛雄心，抗高調，變溫婉，成悲涼。碧山饜心切理，言近旨遠，聲容調度，一一可循。夢窗奇思壯采，騰天潛淵，返南宋之清泚，爲北宋之穠摯，是爲四家，領袖一代。」〔註162〕標舉周邦彥、辛棄疾、王沂孫、吳文英等人，四家之下附錄諸人。收周邦彥詞 26 首居冠，其下列有晏幾道、柳永、秦觀詞各 10 首，名列第二，並肯定秦詞最爲「和婉醇正」，「含蓄少重筆」；馮煦《宋六十一家詞選》，以明人毛晉《宋六十名家詞》（實爲六十一家）爲底本，篇帙不及原書十之二三，所收詞家皆同，但所錄詞篇數量不同，且未圈點及評注，所擇數量就北宋詞人而言，晏幾道 87 首、周邦彥 64 首、蘇軾 51 首分居前三名，秦觀則以 38 首，名列第四，馮煦選詞並不落入窠臼，而採

〔註161〕　〔清〕陳廷焯輯：《詞則》（上海：上海古籍出版社，1984 年 5 月），頁 531。

〔註162〕　〔清〕周濟撰：《宋四家詞選・序論》，收錄於《續修四庫全書》，集部，冊 1732，頁 592。

「就各家本色,擷精舍粗」〔註163〕之旨,對宋詞諸家特色予以尊重,與常州詞派一系皆力圖釐清詞體正、變,標舉比興寄託有所差異,更與當時選本開立宗派,尊南、北宋以標舉學詞門徑之法,大不相同。端木埰《宋詞十九首》(原名《宋詞賞心錄》),選錄宋詞家 17 人共 19 首詞,蘇軾、姜夔兩人皆入選 2 首,其餘詞人皆 1 首,秦詞入選〈滿庭芳〉(山抹微雲)一首。就其所選 19 首詞可知端木埰對沉摯悲涼、慷慨任氣的感懷之作,最為推崇。朱祖謀《宋詞三百首》,三易其稿而成,依時代先後排列人物,選詞以「渾成」為旨,入選周邦彥 22 首及吳文英 25 首最多,充分體現朱祖謀留意詞法,明辨格律之取向。所擇秦詞雖僅 7 首,但皆屬典範,如〈望海潮〉(梅英疏淡)、〈八六子〉(倚危亭)、〈滿庭芳〉(山抹微雲)、〈滿庭芳〉(曉色雲開)、〈減字木蘭花〉(天涯舊恨)、〈浣溪沙〉(漠漠輕寒上小樓)、〈阮郎歸〉(湘天風雨)等作品,皆為流傳久遠且膾炙人口之作,亦充分體現朱祖謀重視詞之比興託寓,以騷、雅為依歸之傾向。

　　常州詞派所編詞選,除馮煦《宋六十一家詞選》擇錄 1251 首外,其餘數量皆在千首之內,較之浙西詞派詞選,篇幅較為精簡,擇取意圖更加鮮明。就編選範圍論之,常州詞派標舉宋詞為典範,所編以宋為主之斷代詞選四部,誠屬特殊。就常州詞派擇錄北宋詞人之排名,可窺見此派對秦詞的推崇,如《詞選》、《續詞選》及《詞則‧大雅集》所收秦詞數量,為第一名;《詞辨》、《宋四家詞選》、《宋詞十九首》,秦詞獲選之數,皆為第二名;於《蓼園詞選》中亦名列第三,足見秦詞於常州詞派所編詞選中,除了《宋詞三百首》外,多能名列前茅。另就附錄可知,常州詞派最為推崇〈滿庭芳〉(山抹微雲)一詞,此觀點與浙西詞派相同,但獲選之緣由卻不相同,浙西詞派宗主朱彝尊〈詞綜‧發凡〉云:「山抹微雲秦學士、露華倒影柳屯田、……一句

〔註163〕〔清〕馮煦撰:《蒿菴論詞》,收錄於唐圭璋《詞話叢編》,冊 4,頁 3599。

之工，形諸口號。」〔註 164〕浙派多關注秦詞文藻清麗工巧及風格醇雅；而常州詞派諸家則多側重於秦觀的身世遭遇，與比興寄託、言外之意的呈現。〔註 165〕另外〈望海潮〉（梅英疏淡）、〈八六子〉（倚危亭）、〈滿庭芳〉（曉色雲開）有六部詞選收錄，名列第二。擇錄數量超過常州詞派十一部詞選半數者，僅此四闋作品，足見常州詞派選本選目較爲分歧，可知編纂者擇詞之主觀意識更加強烈，對於比興寄託及言外之意的體會，有所不同。

3、其他（官方所編、女性所編、未明派別者）

除了上述浙西、常州兩大詞派所編詞選之外，尚有官方所編，如《御選歷代詩餘》；女性所編，如梁令嫻《藝衡館詞選》、顧太清《宋詞選》兩部，及未明其詞派歸屬者（筆者恐妄加臆斷失其眞，姑列於此暫存）等三類，皆各具特色。茲就其特色分述如次：

（1）官方編纂：《御選歷代詩餘》

沈辰垣、王奕清等奉敕編纂《御選歷代詩餘》，成書於康熙四十六年，爲清代大型官書之一。前一百卷爲詞選，錄唐宋元明詞 9009首，按詞調字數多寡依序排列，共 1540 調，且一體有數名、名同體異、自撰新名者，皆於各調之下標明，以方便查知。後爲詞人姓氏十卷、詞話十卷，共計一百二十卷。對倚聲家之派別異同，博徵詳考，錄詞崇雅黜浮，搜羅宏富，別裁不苟。此選擇錄多以風華典麗，而不失於雅正者爲範式，而風格沉鬱排宕，寄托深遠，不涉綺靡，卓然名家者，尤多收錄。收錄秦詞 70 首，相較於辛棄疾 292 首、吳文英 238首、張炎 229 首、蘇軾 197 首、晏幾道 188 首、周邦彥 164 首、柳永

〔註 164〕 〔清〕朱彝尊《詞綜·發凡》（上海：上海古籍出版社，2008 年 3月第二次印刷），頁 13。

〔註 165〕 常州詞派關注秦詞，多重身世之感，如周濟《宋四家詞選》云：「將身世之感，打並入艷情，又是一法。」（《詞話叢編》，冊 2，頁 1652）；陳廷焯《白雨齋詞話》云：「少游《滿庭芳》諸闋，大半被放後作，戀戀故國，不勝熱衷。其用心不逮東坡之忠厚，而寄情之遠，措詞之工，則各有千秋。」《詞話叢編》，冊 4，卷 1，頁 3785。

149 首、歐陽脩 133 首、陳允平 126 首、晁補之 113 首、周密 105 首、晏殊 100 首、張先 96 首、史達祖 93 首、陸游 91 首、黃庭堅 87 首，數量難以相提並論。然就今日可見秦詞總數僅 70 首餘首，可窺見《御選歷代詩餘》廣蒐名家作品，秦詞雖僅錄 70 首，卻佔秦詞總數的九成以上，就此可知《御選歷代詩餘》以存詞爲首要考量。

（2）女性編纂：《藝衡館詞選》、《宋詞選》

今日所存女性所編纂的詞選，有梁令嫻《藝衡館詞選》，屬通代詞選；顧太清《宋詞選》，屬斷代詞選，兩者各有所重，足見閨閣女子亦編纂詞選，作爲學習揣摩之用。茲分述如次：

甲、梁令嫻《藝衡館詞選》

梁令嫻爲梁啓超長女，曾手抄各家詞兩千餘首，後刪訂而成《藝衡館詞選》。其編選目的，就《藝衡館詞選序》云：「近世朱竹垞氏網羅百代，泐爲《詞綜》，……然苦於浩瀚，使學子有望洋之嘆。若張皋文氏之《詞選》，……引繩批根，或病太嚴，……令嫻茲編，斟酌於繁簡之間。」〔註 166〕梁令嫻編選衡量於浙西詞派《詞綜》及常州詞派《詞選》之間，成書共計五卷，甲卷選唐五代詞 191 首，乙、丙、丁三卷錄有兩宋詞 320 首、清詞 167 首，戊卷則增補宋、清詞。擇錄秦詞共計 18 首，於北宋詞人的排名，僅次周邦彥，位居第二。

乙、顧春《宋詞選》

顧春，字梅仙，又字子春，道號太清，晚號雲槎外史。初適副貢生某，甲申春嫁奕繪爲側室，工於詞，著有《天遊閣集》、《東海漁歌》、《紅樓夢影》等，並於道光十五年間，輯成《宋詞選》三卷，收詞人52 家 148 闋。顧太清擇取兩宋詞，其中以辛棄疾 13 首居冠，另有吳文英、劉克莊、蔣捷等人作品，數量亦夥，足見顧太清以南宋爲宗的擇錄標準。北宋部分以黃庭堅詞 12 首，數量最多；其次周紫芝以 6

〔註 166〕〔清〕梁令嫻編：《藝衡館詞選》（臺北：中華書局，1970 年 10 月），頁 1。

首，名列第二；晏幾道、蘇軾、秦觀、周邦彥等人分別以 4 首，並列北宋第三。顧太清擇選並未受當時代浙西、常州兩大詞派所囿，其目的主要是想透過選錄精華詞篇，進行學習，重視字句精煉之作。就秦觀獲選的四首作品加以探析，〈望海潮〉（梅英疏淡）一詞，煉字琢句，精美絕倫，葉嘉瑩《靈谿詞說》云：「其開端之『梅英疏淡，冰澌融洩，東風暗換年華數句』，既在選詞用字之間，表現了他銳感的資質，而其結尾之『無奈歸心，暗隨流水到天涯』數句，則又在融情入景方面表現了他的柔婉的風格，較之詠廣陵及越州的兩首，實在更能代表秦觀詞的特色。」〔註167〕〈江城子〉（西城楊柳弄春柔）及（棗花金釧約柔荑），二首皆寫離愁別緒，情調淒婉，用語柔美。〈浣溪沙〉（漠漠輕寒上小樓）一詞，景中見情，吳梅《詞學通論》云：「〈浣溪沙〉云：『自在飛花輕似夢，無邊絲雨細如愁』，此等句皆思路沉著，極刻畫之工，非如蘇詞之縱橫直書也。」〔註168〕可窺見此四首作品，皆以筆法精湛聞名於世，且其柔美深婉、情意幽遠，更是備受稱揚，顧太清擇為學習範式，實乃頗具心思。

（3）未明派別歸屬者：《湘綺樓詞選》、《天籟軒詞選》

王闓運，字壬秋，號湘綺，有「學澹才高，一時無偶」之譽。畢生著作甚豐，門人輯為《湘綺樓全書》，其中有詞選三卷，擇詞觀點就〈湘綺樓詞選序〉云：「周官教禮，不屏野舞縵樂，人心既正，要必有閒情逸致，游思別趣。如徒端坐正襟，茅塞其心，以為誠正，此迂儒枯禪之所為，豈知道哉。……既作東洲，日短得長，六時中更無所為，爰取《詞綜》覽之，所選乃無可觀。姑就其本，更加點定。餘暇又自錄精華名篇，以示諸從學詩文者。俾知小道可觀，致遠不泥之道云。」〔註169〕王闓運充分肯定詞體價值所在，選錄五代至南宋詞人 55 家，共 76

〔註167〕葉嘉瑩撰：《靈谿詞說》（臺北：正中書局，1993 年 8 月），頁 265。

〔註168〕吳梅撰：《詞學通論》（上海：商務印書館，2006 年 4 月），頁 54。

〔註169〕〔清〕王闓運撰：〈湘綺樓詞選序〉，收錄於《詞話叢編》，冊 5，頁 4281。

首，其中以姜夔5首、蘇軾4首、李煜3首名列前茅，而秦觀、周邦彥、李清照、辛棄疾詞各錄2首，可見王闓運婉約、豪放二派兼收，擇詞非以彰顯詞學觀點爲要，此詞選篇幅短小，詞人名下不附小傳，詞牌下不列詞題、詞序，更可窺見其編纂目的乃在於貽養性情、自我娛樂所用，雖未具系統性，但詞下偶有評語，亦可窺見王闓運的擇選標準及審美愛好，其中亦包含對秦詞的評騭，如論〈滿庭芳〉（山抹微雲）云：「庶常散館，出京至黃村，齊聲一嘆」；評〈滿庭芳〉（曉色雲開）云：「與前調一段結句，一意一調，然不嫌再見。」〔註170〕另有葉申薌《天籟軒詞選》亦學派歸屬未明，置於下節與《天籟軒詞譜》合併討論。

龍沐勛〈選詞標準論〉云：「清初詞人未脫晚明舊習，自浙、常二派出，而詞學遂號中興，風氣轉移，乃在一二選本之力。選詞標準亦遂與前代殊途。伶工之詞，至是乃爲士大夫所擯斥，思欲興起絕學，不得不別樹標幟，先之以尊體，繼之以開宗，壁壘一新，而旗鼓重振。」〔註171〕清代詞選編纂，數量爲歷代之冠，理論架構、流派歸屬鮮明，欲使相近的審美主張及理論觀點有所彰顯，往往透過編纂詞選而爲依歸，或標榜詞人以建立特有風格。清代詞選編纂大行其道，數量絕不僅於此，筆者僅從今日可得見者進行歸納，就各派所擇秦詞數量及詞調，可窺見秦觀詞在清代之傳播接受概況，可得以下數端：

其一、秦詞醇雅清麗、比興寄託兼具：浙西詞派選詞觀點較爲統一，標舉風格雅正之作；常州詞派倡言比興寄託，重視言外之意，秦詞於二派所屬詞選中，多居於前五名，足見浙西詞派、常州詞派對秦詞的推崇，實乃有目共睹，更可得知秦詞風格醇雅清麗，深具言外之意。

其二、標舉秦詞爲宋詞之典範：就清代詞選體例論之，多數爲通

〔註170〕〔清〕王闓運撰：《湘綺樓詞評詞》，收錄於《詞話叢編》，冊5，頁4288

〔註171〕龍沐勛撰：〈選詞標準論〉，《詞學季刊》第1卷第2號（1933年8月），頁15。

代詞選，擇選範圍或大或小，皆以宋詞數量最夥，斷代詞選亦多見專擇宋詞者，與明朝斷代詞選無專錄宋代的情況，迥然不同，據此可深切體現清人採擷精審，以著名詞人及其佳作爲範式，以供後學或己身師法之意圖。而秦詞於獲選北宋詞數量中，多能名列前茅，更凸顯秦詞爲佳構中之典範。

（二）清代「譜體詞選」（格律譜）的編纂大要及秦詞入選概況

　　清代詞選最爲特出者，當屬譜類詞選，於明代周暎、張綖、程明善等人的開創下，反思其弊，進而深化，尤以萬樹《詞律》、王奕清《欽定詞譜》影響最爲卓著。順治、康熙年間，詞壇纂譜風氣盛行，充分展現此時期的重律傾向，今可得見者有吳綺《選聲集》、賴以邠《填詞圖譜》、郭鞏《詩餘譜式》、萬樹《詞律》、徐本立《詞律拾遺》、杜文瀾《詞律補遺》、王奕清奉敕編《欽定詞譜》、秦巘《詞繫》、葉申薌《天籟軒詞譜》、陳銳《詞比》、舒夢蘭《白香詞譜》等十一部。茲就其編纂特性及擇錄數量略述如次：

表 1-6　清編「譜體詞選」（格律譜部份）一覽表

	詞　選　名　稱	編選者	卷　數	編選年代	詞選屬性	秦詞數量
1	選聲集〔註172〕	吳綺	3卷	唐宋	譜體詞選	20
2	填詞圖譜〔註173〕	賴以邠	6卷、續集 3卷	唐至明代	譜體詞選	20
3	詩餘譜式〔註174〕	郭鞏	2卷	唐代至清代	譜體詞選	19
4	詞律〔註175〕	萬樹	20卷	唐代至清代	譜體詞選	21

〔註172〕　〔清〕吳綺輯：《選聲集》，收錄於《四庫全書存目叢書》，集部，冊424。

〔註173〕　〔清〕賴以邠輯：《填詞圖譜》，收錄於清・查培繼輯《詞學全書》（臺北：廣文書局，1971年4月），頁103～554。

〔註174〕　〔清〕郭鞏輯：《詩餘譜式》，收錄於《四庫未收書輯刊》，冊30。

5	詞律拾遺〔註176〕	徐本立	8 卷	唐代至清代	譜體詞選	10
6	詞律補遺〔註177〕	杜文瀾	不分卷	唐代至清代	譜體詞選	0
7	欽定詞譜〔註178〕	王奕清	40 卷	唐代至清代	譜體詞選	24
8	詞繫〔註179〕	秦巘	24 卷	唐代至清代	譜體詞選	27
9	天籟軒詞譜〔註180〕	葉申薌	5 卷	唐代至金元	譜體詞選	14
10	詞比〔註181〕	陳銳	3 卷	唐代至清代	譜體詞選	6
11	白香詞譜〔註182〕	舒夢蘭	不分卷	唐代至清代	譜體詞選	6

　　清代詞譜數量為各朝之冠，編纂者選錄作品頗費心思，袁志成云：
「選詞，是選者對歷代詞作的精心甄選，含有某種傾向性。作為詞譜，
選詞一般是選擇符合詞譜格律的詞作以供後世詞家愛好者反覆學習揣
摩。然而，符合詞譜格律之詞汗牛充棟，選者自然在甄選過程中將自
己的興趣偏好等融入進來。」〔註183〕詞譜擇錄除可樹立格律典範外，
亦可展現編選者的視野及愛好。清人編選則頗具匠心，此期將詞選及
譜式結合的譜體詞選，大為風行，茲將各家擇選要點，略述如次：

〔註175〕　〔清〕萬樹輯：《詞律》（上海：上海古籍出版社，2009 年 4 月）。
〔註176〕　〔清〕徐本立輯：《詞律拾遺》，收錄於萬樹輯《詞律》（上海：上
　　　　　海古籍出版社，2009 年 4 月）。
〔註177〕　〔清〕杜文瀾輯：《詞律補遺》，收錄於萬樹輯《詞律》（上海：上
　　　　　海古籍出版社，2009 年 4 月）。。
〔註178〕　〔清〕王奕清奉敕撰：《欽定詞譜》，收錄於《景印文淵閣四庫全書》，
　　　　　集部，冊 1495。
〔註179〕　〔清〕秦巘編著：鄧魁英、劉永泰校點：《詞繫》（北京：北京師範
　　　　　大學出版社，1996 年 9 月）。
〔註180〕　〔清〕葉申薌輯：《天籟軒詞譜》，清道光間刊本，現藏於國家圖書
　　　　　館。
〔註181〕　〔清〕陳銳撰：《詞比》，今藏於中國國家圖書館，1933 年龍沐勛主
　　　　　編《詞學季刊》創刊號在「遺著」欄目刊載此書，題「武陵陳銳伯
　　　　　發遺著」，分別於創刊號與一卷二號連載完畢，今筆者亦參見此處。
　　　　　龍沐勛主編：《詞學季刊》（上海：民智書局，1922 年）
〔註182〕　〔清〕舒夢蘭、謝朝徵箋：《白香詞譜箋》（臺北：世界書局，2006
　　　　　年 5 月）。
〔註183〕　袁志成撰：〈天籟軒詞譜研究〉，《廣西大學學報》（哲學社會科學版）
　　　　　第 30 卷第 5 期，2008 年 10 月，頁 102。

1、吳綺《選聲集》

　　吳綺於康熙初年編有《選聲集》，在體例上參照了當時代通行的詞譜，序言明白確立詞體特徵當為「調有定格，字有定數，韻有定聲」〔註184〕吳綺特重詞體規範，前人高妙處不易得，故初學之時亟需入門書籍，《選聲集》便是在此思考下，應運而生。據程洪〈記紅集序〉云：「詞故有《嘯餘譜》、《詩餘圖譜》諸篇，然《嘯餘》煩而寡要，《圖譜》略而不詳。聽翁先生因有《選聲》一集，考訂精密，為詞家之珍久矣！」〔註185〕可見《選聲集》深獲時人推重，然其間不免多有缺漏，因而後有《記紅集》詳加考訂，並擴大選調規模至 440 調。今筆者可寓目僅《選聲集》，其擇選標準，據凡例云：「是集專取音節協暢，可誦可歌以毋失樂府審音之旨，故凡一調有數體者，只取一體入譜，既法省而易協，毋復錯綜之莫定，抑調而盡致，不至律呂之相差，識者鑒之。」獲選數量以秦觀 20 首居冠，柳永 16 首居次，周邦彥 15 首位居第三，吳綺擇錄首重音律協暢，可誦可歌者，自序曾云：「夫纏綿悽豔，步柳、秦之柔情；磊落激揚，倣蘇、辛之豪舉。天實生才人，拈本色，此又詞非譜出，而譜不盡詞也。」肯定秦、柳詞柔美風格，亦不排斥蘇、柳豪放氣息，諸位天生詞才因能力傑出，實乃不易學習，故初學者步趨之時，不可缺少依譜填作，故吳綺試圖擇取典範之作以為後世取法。入選體製上，單調小令部分韋莊、辛棄疾皆 5 首，張先 4 首，歐陽脩、蘇軾各 3 首，遠遜於秦觀 14 首；中調部分，柳永 7 首，張先 6 首數量較多，秦觀僅獲選 2 首；長調部分，周邦彥入選 12 首，柳永、辛棄疾各 6 首，秦觀僅入選 4 首，足見秦詞以小令最受《選聲集》青睞。

〔註184〕　〔清〕吳綺：〈選聲集序〉，收錄於《四庫全書存目叢書》（臺南：莊嚴文化事業公司，1997 年），冊 424，頁 438。今可見《選聲集》序言及凡列皆據此出處，為免繁瑣，不再贅注。

〔註185〕　轉引自《明清詞譜史》（上海：上海古籍出版社，2008 年 5 月），頁86。

2、賴以邠《填詞圖譜》

《填詞圖譜》一書，由賴以邠所編，之後查繼超以個人所編校其異同，最終由王又華增輯而成。此書深受明末清初詞譜編纂體例所影響，選詞視野更加開闊，其凡例云：「古來才人多工於詞，近日詞家皆俎豆周柳，規模晏辛，其才華情致不讓古人。然陶資虛無而生於規矩，匠運智巧而不棄繩墨。詞調盈千，各具體格，能不事規矩繩墨哉？故每調先列圖，次列譜。按圖諧音，按譜命意，以是填詞思過半矣！」〔註186〕足見賴以邠重視詞體規範，編排方式多承繼明代《詩餘圖譜》、《嘯餘譜》二書，但此書在編纂上仍頗具特色，凡例云：「填詞宋雖後於唐，而詞以宋爲盛。每調之詞，宋不可得方取唐，唐不可得方及元、明。」每調例詞擇取以宋詞爲優先，並留意詞句讀斷各別，及一調具二體者，並依古譜圖圈之法，搜羅廣博，考訂精嚴。《填詞圖譜》所收以周邦彥 49 首，數量最夥；其次爲柳永 38 首，名列第二；辛棄疾則以 25 首位居第三。秦觀詞入選 20 首，就北宋獲選數量，僅次於周邦彥、柳永。較爲特殊處，乃《填詞圖譜》將〈如夢令〉（門外綠陰千頃）歸爲曹組所作、〈畫堂春〉（落紅鋪徑水平池）歸爲徐俯（字師川）所作，歷代選本就二詞之作者歸屬，多所爭議。前者顧從敬《類選箋釋草堂詩餘》、沈際飛《草堂詩餘》，視此詞爲秦觀所作，調下皆題「春景」，但曾慥《樂府雅詞》、黃昇《花菴詞選》、陳耀文《花草稡編》等皆視此爲曹組所作，足見賴以邠觀點與曾慥、黃昇、陳耀文等人較爲相近；〈畫堂春〉則因四印齋本陳鍾秀校刊《草堂詩餘》誤爲徐俯所作，故後世多所依循，賴以邠亦受此影響，未能察覺其誤謬。

3、郭鞏《詩餘譜式》

郭鞏，號可亭、東園子、文水道人、鐵樹道人、復初子。編《詩

〔註186〕〔清〕賴以邠輯：《填詞圖譜》，收錄於《四庫全書存目叢書》，冊426，頁 1。今可見《填詞圖譜》序言及凡列皆據此出處，爲免繁瑣，不再贅注。

餘譜式》二卷，宗法《嘯餘譜》，分類與收錄調數悉同，皆為二十五類，450 體，330 調，僅於卷次安排上略作調整。《嘯餘譜》浩繁駁雜，致使初學未明其門徑，郭鞏有鑑於此，乃取之釐訂，篇幅上有所刪減，擇錄詞調，定為譜式，故卷帙不繁，更利於初學者檢索。卷首有韓侯振《詩餘譜式敍》、鞏兄郭鵬《詩餘式序》，郭鞏自撰《譜說》、《引》、《譜例》。《譜說》論編選觀點云：「但各調為體甚繁，學者未免有考校之艱。余不揣狂瞽摘其調中之清新雋雅者，揭而出之，分作兩層，上則臚列古名公所撰；下則將其調之平仄圈以別之，其字數、句讀與其用韻之平仄，悉遵古本，不過增以虛實圈法，無非欲吟擅諸君子有一定之式耳！」〔註187〕編排體例有其準則，列舉前人佳作以為典範，且特喜風格「清新雋雅」者，擇取專以簡易之調為主，皆可窺見郭鞏選詞帶有個人主觀意見。編排方式列為兩層，下開宜平宜仄句法，上證以唐宋名作，上詞例下圖譜，更可方便對照。擇錄秦詞 19 調，多為秦詞名作，如〈滿庭芳〉（山抹微雲）、〈八六子〉（倚危亭）等。

　　上述吳綺《選聲集》、賴以邠《填詞圖譜》、郭鞏《詩餘譜式》等詞譜，大抵沿襲明代詞譜的編纂方式，體例雖略有變動，卻仍著重於簡明易於使用。直至萬樹《詞律》和王奕清《欽定詞譜》問世，為詞譜的編纂體例，建立了嚴密的系統性，可為後世學者所參酌。

4、萬樹《詞律》、徐本立《詞律拾遺》、杜文瀾《詞律補遺》

　　萬樹，字花農，一字紅友，別號山翁。《詞律》一書的編纂，可說是在清代詞壇創作的高度繁榮，及詞學復萌亟需詞體規範等浪潮合力沖激之下完成。譜體詞選自明代已具雛形，至清初各家繼作，或有所承，亦多所糾舉反省，仍未能完善，實難肩負引領入門之大任。萬樹有感於此，耗費十餘年，對於當時代所刊行者，如朱彝尊《詞綜》、吳綺《選聲集》、賴以邠《填詞圖譜》等，多所接觸，亦深獲啟發。

〔註187〕〔清〕郭鞏撰：《詩餘譜式》，收錄於《四庫未收書輯刊》，冊 30，頁 442。

萬樹訂譜意圖鮮明，〈詞律‧自序〉云：「且詞謂之塡，如坑穴在焉，以物實之而恰滿，如字可以易，則枘鑿背矣，即強納之而不安，況乎髭斷數莖，惟貴在推敲之確，否則揮毫百幅何難？」強調依循詞體規範，自能發揮不窮，且力求古詞法度，糾舉舊譜錯謬，針對《嘯餘譜》、《塡詞圖譜》以及諸家詞集之舛異，進行駁正，其訂譜意識更爲審愼精嚴。體例上詞調分類僅依字數多寡，並不細分小令、中調、長調，〈詞律‧發凡〉又云：「舊譜之最無義理者，是第一體、第二體等排次，既不論作者之先後，又不拘字數之多寡，強作鴈行……夫某調則某調矣，而必表其爲第幾。自唐及五代十國宋金元，時遠人多，誰爲之考其等第，而確不可移乎？」〔註188〕此乃針對舊譜處理同調異體、同調異名之作流於漫無法則之弊，進行反省，採行標明「又一體」之法，並對詞調分段及韻句標示等細節加以指明。萬氏特別重視詞體聲律，故發凡明言：「詞尤以諧聲爲主，倘平仄失調，則不可入調。……今雖音理失傳，而詞格具在，學者但宜仿舊作，字字恪遵，庶不失其中矩。」〔註189〕足見萬氏除了嚴密精審編排體例外，對於選詞爲範更有所堅持。除此之外，《詞律》收調數量遠勝諸家所作，共收六百餘調，一千一百八十多體，體例完善，對明詞譜以來所遺留的《草堂詩餘》有所突破，擇錄秦詞數量 21 闋。徐本立，字子堅，號誠庵，著有《荔園詞》，編纂《詞律拾遺》八卷。是書體例多與萬樹《詞律》相同，對韻法標注略有變更，俞樾《詞律拾遺序》：「徐君誠齋詞人也，廣搜博采，涉書獵史，成《詞律拾律》八卷。……徐君拾遺補闕，繩愆糾繆，又爲萬氏功臣，從此兩書並行，用示詞林正軌，俾後之論詞者知我。」〔註190〕此論肯定徐本立補遺之功，卷一至卷六，補《詞

〔註188〕〔清〕萬樹撰：《詞律》（上海：上海古籍出版社，2009 年 4 月），頁 9。

〔註189〕〔清〕萬樹撰：《詞律》（上海：上海古籍出版社，2009 年 4 月），頁 14

〔註190〕〔清〕徐本立撰：《詞律拾遺》，收錄《續修四庫全書》，冊 1736，頁 548。

律》所未備有二，一爲「補調」，錄原書未收之調；一爲「補體」，補原書已收而未盡者。卷七、卷八爲「補注」，以訂正《詞律》爲主，補入之調多從《御選歷代詩餘》及葉申薌《天籟軒詞譜》二集，此集另補秦詞 10 闋。

5、王奕清《欽定詞譜》

《詞律》的完成，對於後世詞選及詞譜的編訂，產生極大的影響。康熙十七年由王奕清等編纂成《欽定詞譜》一書，體製更加完善。王奕清，字幼芬，是《御選歷代詩餘》、《欽定詞譜》、《欽定曲譜》等書的主要編纂者。《欽定詞譜》編纂以《御選歷代詩餘》爲基礎，並有內府藏書可參考，較之萬氏一人之力，更加嚴密翔實。《欽定詞譜·凡例》云：「宋元人所撰詞譜流傳者少，明《嘯餘譜》諸書不無舛誤，近刻《詞律》時有發明，然亦得失並見。是譜翻閱群書，互相參訂，凡舊譜分調分段及句讀音韻之誤，悉據唐宋元詞校定。」〔註191〕足見《欽定詞譜》編纂參酌前人所作，與萬氏以唐宋元詞爲準繩，亦不擇明清之詞之舉相同，但萬氏以字數多寡排列先後順序，《欽定詞譜》頗不以爲然，故編排方式與《御選歷代詩餘》相同，皆以時代先後爲序，並著重以創始之人所作本詞爲正體，更有助於查明詞調首出之詞。除此之外，《欽定詞譜》爲官方文書，輯錄詞調 826 種，共 2306 體，數量遠勝前人所作，擇詞爲範式，有其標準云：「圖譜專主備體，非選詞也，然間有俚俗不成句法，並無別首可錄者，雖係宋詞，仍不採入。」〔註192〕擇詞考量句法、辭采，並不濫取，展現了摒俗俚的選詞傾向。

6、秦巘《詞繫》

秦巘，字玉笙，號綺園，道光元年中舉，考取景山官學教習，著《意園酬唱集》、《思秋吟館詩文詞集》、《詞旨叢說》、《官譜錄要》、《逸

〔註191〕 〔清〕王奕清等撰：《欽定詞譜》，收錄於《景印文淵閣四庫全書》，集部，冊 1495，頁 4。
〔註192〕 〔清〕王奕清等撰：《欽定詞譜》，收錄於《景印文淵閣四庫全書》，集部，冊 1495，頁 4。

調備考》、《詞繫》等書。其父爲秦恩復，家中藏書甚豐，秦巘取明代以來詞譜著作以資參照，並以萬樹《詞律》爲本，輯成《詞繫》一書，對詞譜規模有所開拓。〈詞繫‧凡例〉云：「古無詞譜，自沈天羽（際飛）《草堂詩餘箋》、張南湖綖《詩餘圖譜》、程明善《嘯餘譜》，遞相纂述。厥後朱竹垞（彝尊）《詞綜》、汪葵川（汲）《詞名集解》、許穆堂（寶善）《自怡軒詞譜》……戈順卿（載）《詞律訂》諸書，層見疊出，未可悉數。皆足以發明詞學，原無待於贅述。然講聲調者不稽格律，紀故實者或略宮商。各拘一格，未能兼備。伏讀《欽定詞譜》、《御選歷代詩餘》，搜羅該洽，論斷詳明，實集詞家之大成也。」〔註193〕秦巘歸納歷來詞譜編纂，多著重於講求聲律或紀錄故實二類，若能綜合，必能形成體例更加健全的詞譜類型，《詞繫》便是在此觀點下成型，但此書完成並未刊行，直至 1983 年，唐圭璋由《中國古籍善本書目》中錄得，今日方能得見。該書編纂多以《詞律》爲藍本，進行補闕拾遺，所錄時代由唐迄宋，共 24 卷，1029 調，2220 餘體。編排方式，據〈詞繫‧凡例〉云：「是編薈萃群書，專以時代爲次序。首列宮調，次考調名，次敘本事，次辨體裁，末附鄙見。非妄居作譜之名，聊自訂倚聲之準。」又云：「以自度原調爲經。其後字數增減，協韻多寡，體格參差，調名異同者，皆列又一體爲緯。不以字數爲等差，仍以時代爲次序。」〔註194〕以時代爲序，有意凸顯詞調源流及其遞嬗，且重視詞與樂府、元曲的關係，具有詞史概念。秦巘直陳《詞律》有四缺六失，故以拾遺補闕爲己任，設調備體，考證嚴謹，力求完善，在詞選、詞譜汗牛充棟的清代，深具貢獻。選錄秦詞部份，卷十五擇取 9 調，標示爲正體；又別錄 18 調爲又一體，爲詞調變體。其中最爲特殊者爲〈黃金縷〉（姜本橫塘）一詞，其按語云：「此首字

〔註193〕〔清〕秦巘編著；鄧魁英校點：《詞繫》（北京：北京師範大學出版社，1996 年 9 月），頁 1。

〔註194〕〔清〕秦巘編著；鄧魁英校點：《詞繫》（北京：北京師範大學出版社，1996 年 9 月），頁 1、2。

句同，原可不錄，然據《春渚紀聞》是蘇小小詞本半闋，名〈黃金縷〉，秦特足成，以合〈蝶戀花〉調。明媛張紅橋有半闋詞，或因此也，未免臆見，姑錄原詞以備辨論。」〔註195〕此乃有意追溯詞體源流變化；秦巘另錄〈品令〉（幸自得）、（掉又矑）二闋，《詞繫‧凡例》云：「詞有俳體，殊墮惡道。字句雖異，不必備載。但製曲倡始，如秦淮海〈品令〉，曹元寵之〈紅窗迥〉等類，不得不錄之為式。」〔註196〕秦巘明言詞體有雅俗之別，但亦肯定詞源自歌館樓臺，故錄詞重在備體，專考格律，以補《詞律》缺謬為首要目標。

7、葉申薌《天籟軒詞譜》

葉申薌，字維彧，一字其園，號小庚，為嘉慶年間進士，纂述甚豐，編有《小庚詞存》、《天籟軒詞韻》、《天籟軒詞譜》、《本事詞》、《閩詞鈔》等書籍。性情疏狂，又好書酒，自號「詞顛」。《天籟軒詞譜》五卷，前四卷收 617 調，詞 1028 首，卷五為補遺，補《詞律》未收之調，154 調 166 首。最初僅取萬樹《詞律》七百餘首，方便取攜，後道光十年返閩，增取《欽定詞譜》、《御選歷代詩餘》、《樂府雅詞》、《花菴詞選》等書及諸家詞集重新校補訛缺，規模因此大增。編纂體例上，據〈天籟軒詞譜‧凡例〉云：「一編調仍以字數多寡為序，不分小令、中長調名目，其同是一調而字數參差者，自應先列首製原詞，再依序分列各體。或但同調名而字數懸殊，體格迥異者，亦附列於後，以『另格』二字別之。」〔註197〕論選調標準又云：「本調字數編列以清眉目，再《詞律》博采羣書，有調必收，即缺落錯訛，無不畢列。茲譜擇其音調和雅，且無錯落者方收。」、「自以原製之詞及名人佳作為譜。」〔註198〕葉申薌選詞重源頭及尚佳篇，留心曲調風格，摒俗

〔註195〕〔清〕秦巘編著；鄧魁英校點：《詞繫》（北京：北京師範大學出版社，1996 年 9 月），頁 19。

〔註196〕〔清〕秦巘編著；鄧魁英校點：《詞繫》（北京：北京師範大學出版社，1996 年 9 月），頁 1、2。

〔註197〕〔清〕葉申薌撰：《天籟軒詞譜》，道光年間刊本，現藏於國家圖書館。

〔註198〕〔清〕葉申薌撰：《天籟軒詞譜》，道光年間刊本，現藏於國家圖書

錄雅，頗具個人思考。

　　辨韻方面，因萬樹《詞律》考訂精當，葉申薌大抵從之；對於句中用韻及句讀的標示，葉申薌的符號示意與萬樹以文字論述，則大不相同。葉申薌分句標準，主張「自以文理爲憑，並不拘於字數」，即透過詞句內容聯繫進行斷句，雖爲詞譜卻不以格律肆意強解，更有利於讀者對於作品內容、情意的掌握。透過《天籟軒詞譜》的擇錄方式，可窺見詞調源流及其發展歷程，以佳作爲例更確立詞體典範，可供初學者依循。《天籟軒詞譜》擇錄作品，重視詞體源流、詞調原創、音調和雅等面向，五卷中，共收 227 人，其中唐代 15 人、五代 22 人、宋代 174 人、金代 9 人、元代 19 人，另有閨媛 10 人，足見宋詞仍最受青睞，其中擇選柳永詞 101 首，周邦彥與張先分別以 75 首、45 首分居二、三名，可見葉申薌對三人創調之功予以肯定。

　　因受葉申薌擇錄以原創之詞爲重所影響，秦詞僅見 14 闋，數量未能名列前矛。但入選之調多爲溫婉柔和之作，其中 5 首小令，9 首慢詞，亦不乏名作。顧蒓〈天籟軒詞譜序〉云：「悉本萬紅友《詞律》，而編調、選詞、辨韻、分句則有《詞律》之精窮而無其拘，有《詞律》之博綜而刪其冗，誠藝苑之圭臬，而詞壇之矩矱也。」〔註 199〕葉申薌依循萬樹《詞律》，兼取《欽定詞譜》特長，編纂視野頗具思考，也爲後世學者校勘《詞律》及增補詞譜，提供參照。葉申薌另編有《天籟軒詞選》六卷，附錄於《天籟軒詞譜》、《天籟軒詞韻》之後，專收宋元詞人 90 家，詞 1411 首。是編未明言擇錄標準，入選數量以辛棄疾 82 首居冠，秦詞入選 14 首，或可窺見葉申薌擇詞婉約、豪放兼收，《天籟軒詞譜》與《天籟軒詞選》擇錄秦詞多所差異，僅〈千秋歲〉（水邊沙外）、〈水龍吟〉（小樓連苑橫空）兩闋相同，足見葉申薌編選詞譜重視合律，編纂詞選則較能表現個人愛好。

　　　　　　館。

〔註 199〕〔清〕葉申薌撰：《天籟軒詞譜》，道光年間刊本，現藏於國家圖書
　　　　　　館。

8、陳銳《詞比》

　　陳銳，字伯弢，編有《詞比》三卷，卷首有編纂者自序，是集分三章，以字句第一，韻協第二，律調第三，並徵引例句加以分析，就字數、句型、平仄、韻協、起結、律調等面向加以關注，所引例句多標明詞牌名及出處，尤以柳永、周邦彥、姜夔、吳文英之作最多，偶有評點。〈序〉云：「匪獨韻協律調，曲盡精微；即一字一句，咸確乎具有法度，份份其可考也。泛覽既多，隨手摘取，比而同之，間附鄙意。世競新學，獨此咬文嚼字，不敢輕蔑古人。」〔註200〕陳銳評柳永、周邦彥音律至精，堪稱大家，初學倚聲者必先知詞體規矩，是集首卷針對字句多所關注。如七言句，而有上三下四之分，陳銳標舉秦觀一字領部分，〈八六子〉「念柳外青驄別後，水邊紅袂分時」爲一字領六字偶句，〈沁園春〉「念小奩瑤鑑，重勻絳蠟；玉籠金斗，時熨沉香」爲一字領八字偶句，皆以「念」爲領字；二字領部分，爲〈八六子〉「那堪片片飛花弄晚，濛濛殘雨籠晴」，以「那堪」二字爲領；另擇柳永、周邦彥、姜夔、史達祖爲範。其次論韻協，多以周邦彥、柳永、蔣捷等人爲例，未提及秦詞。第三論律調，以秦觀〈促拍滿路花〉「露顆添花色，月彩投窗隙。春思如中酒，恨無力」爲起調四句同之例，〈一叢花〉「佳期誰料久參差，愁緒暗縈絲」爲過變三句同之例，〈八六子〉「又啼數聲」爲去平去平句之例。足見陳銳編選《詞比》以法度規矩爲要，與清代擇取整闋詞定爲範式之舉，有所不同。

9、舒夢蘭《白香詞譜》

　　舒夢蘭，字香叔，一字白香，晚號天香居士，工於詩文，卻屢試不第，嘉慶初被怡親王訥齋禮聘爲上客。舒夢蘭曾與魯邦詹合輯《香岩詞約》二卷，今存殘本藏於福建圖書館。《白香詞譜》流傳廣泛，《香

〔註200〕　〔清〕陳銳編：《詞比‧自序》，收錄於龍沐勛《詞學季刊》（上海：上海書店，1985 年 12 月）。

岩詞約》卻極為罕見，江合友就兩者目錄進行比較，重合者達六十五調，故可將《香岩詞約》所錄七十四調視為《白香詞譜》之雛形。《白香詞譜》規模精省，僅選常用詞調 100 類，一調一詞譜，製作參酌當時代通行的詞譜。訥齋〈白香詞譜序〉云：「余友舒白香，頗留意聲律之學。曾選佳詞一百篇，篇各異調。於其旁逐字訂譜，宜平宜仄，及可平可仄之辨，一望犁然。……白香曩贈予一編，輿中馬上，偶譜新聲，檢閱良便。」〔註 201〕清代之前，詞譜數量甚夥，或因卷帙浩繁，或因缺漏之弊，故難以普及通行，相較之下，《白香詞譜》的便利性及實用性，造就其深遠的影響。擇詞數量，秦觀及南唐後主李煜各以 6 首居冠，其次為朱彝尊 5 首，歐陽脩、蘇軾、張耒等人俱以 4 首位居第三。足見其所錄之詞，婉約、豪放兼收，以唐宋詞人為主，亦對清人予以肯定。《御定詞譜》、《詞律》二書，多以創調或早出者為範式，舒夢蘭不執著於此規範，故遴選空間更加寬闊，更可體現個人用心。《白香詞譜》擇選秦詞，厥有以下數種情況：其一為作者的爭議，如，《御定詞譜》、《詞律》將〈畫堂春〉（東風吹柳日初長）視為秦觀所作，《白香詞譜》則將它歸屬於黃庭堅之作；其二為擇取多依《詞律》一書，如〈鵲橋仙〉，《御定詞譜》認為此調多賦七夕，應以歐陽脩（月波清霽）為正體，其餘諸家所作俱從此偷聲、添字而成，《詞律》及《白香詞譜》則以秦觀（纖雲弄巧）為範，肯定此詞為吟詠七夕的經典作品。又如〈如夢令〉，原創為唐莊宗（曾宴桃源深洞），《御定詞譜》則此為範，但《詞律》及《白香詞譜》則選錄秦觀（鶯嘴啄花紅溜）；其三為選詞別具用心，如〈桃源憶故人〉，原創為張先所作，《詞律》選王之道（逢人借問春歸處），《御定詞譜》選歐陽脩（梅梢弄粉香猶嫩），《白香詞譜》選錄秦觀（玉樓深鎖多情種）。又如〈河傳〉，《御定詞譜》依原創選溫庭筠（湖上閒望）五十五字體，《詞律》選取張泌（渺莽雲水惆悵）五十一字體，《白香詞譜》選錄

〔註201〕〔清〕訥齋撰：《白香詞譜序》，舒夢蘭輯、謝朝徵箋：《白香詞譜箋》（臺北：世界書局，2006 年 5 月），頁 1。

秦觀（恨眉醉眼）六十一字體。又如〈滿庭芳〉，《御定詞譜》依原創選晏幾道（南苑吹花）九十五字體，《詞律》選黃公度（一徑义分）九十三字體，《白香詞譜》則選錄秦觀（曉色雲開）九十五字體。就上述擇錄秦詞概況，可窺見舒夢蘭編選《白香詞譜》不受原創所限，就其所錄秦詞 6 首進行審視，體製上小令占 4 首，慢詞僅 2 首；題材以香閨、春景、冬景、節令、贈妓、春遊爲主。舒夢蘭《古南餘話》云：「李後主、姜鄱陽、易安居士，一君一民一婦人，終始北宋，聲態絕嫵。秦七、黃九皆深於情者，語多入破。柳七雖擅騷名，未免俗艷。……善手雖眾，鮮能渡越諸賢者。」足見《白香詞譜》摒棄俗艷之作，擇詞多取清雅易傳誦者，且喜贈答之作，並肯定詞中所蘊含的男女情愛，擇錄秦詞亦不乏此類作品，

（三）清代「譜體詞選」（音樂譜）的編纂大要及秦詞入選概況

　　南宋以降，詞樂失傳，明人如張綖、程明善等人，試圖爲詞體製定格律化的規範，而造就詞譜的產生。而清人關注詞體格律，至萬樹《詞律》、王奕清《欽定詞譜》編纂，體例及編纂方式已告成熟，對於格律譜的重視，蔚然成風。但因過分執著格律規範，而對詞調音樂本質有所忽略，因而引發反思。江合友《明清詞譜史》對此轉折，曾予以闡釋云：

> 康熙中後期，《詞律》、《欽定詞譜》總結了格律譜的製作方法，並確立了以字聲平仄爲核心的詞體規範的正統地位。但其執著於格律譜語境，排斥或回避詞調的音樂體製的作法，造成一些失誤。因此後世詞家開始反思，並認爲應酌情考量將詞的音樂體製納入製譜的範圍，以此反撥格律譜的缺失。詞樂研究於是興起，清代中後期詞家比其前輩更熱衷於討論宮商音律的問題。更有甚者試圖恢復詞的歌唱體製，向曲譜取資，做了一些製譜試驗，許寶善、謝元淮堪稱代表。〔註202〕

─────────────

〔註202〕江合友撰：《明清詞譜史》（上海：上海古籍出版社，2008 年 5 月），

自乾隆初期，因《九宮大成南北詞宮譜》問世，使得音樂譜的概念漸漸激起思考，許寶善《自怡軒詞譜》及謝元淮《碎金詞譜》等繼之，別具觀點，可惜許氏所作未能寓目，故僅就《九宮大成南北詞宮譜》、《碎金詞譜》，略加分析如次。

表 1-7　清編「譜體詞選」（音樂譜及曲譜部分）

詞選名稱	編選者	卷數	編選的年代	秦詞數量	秦詞名次（北宋）
九宮大成南北詞宮譜〔註203〕	周祥鈺	82 卷	唐代至清代	2	未達前五
碎金詞譜〔註204〕	謝元淮	14 卷、續譜6 卷	唐代至清代	13	未達前五

1、周祥鈺、鄒金生《新定九宮大成南北詞宮譜》

　　《新定九宮大成南北詞宮譜》，習稱《九宮大成曲譜》，刊行於乾隆十一年，爲南北曲的格律和樂譜總集，此書對於樂譜歌詞的蒐羅整理及曲律的流行，貢獻卓著，被曲家視爲「律令」、「天下至寶」。當時和碩莊親王允祿奉旨成立律呂正義館，編成《律呂正義》一書，專收廟堂宮廷之雅樂，念及雅樂、燕樂相爲表裏，南北宮調未有全函，故召集周祥鈺等人廣採民間與內府所藏詞曲樂譜，與朝廷樂工相配合，力求「博戈群編，分宮別調，缺者補之，失者正之，參酌損益，務極精詳。」〔註205〕選錄範圍甚爲廣泛，大約自公元九世紀至十八世紀，近九百餘年的樂譜。此書專收金元之後的曲樂爲主，其中有詞樂樂譜172首，爲唐、五代、宋、元諸家所作。據校譯者劉崇德所云，兼收詞樂原因有二：一爲曲出於詞，故曲牌亦多本自詩餘，以詞譜摘

　　　　頁 156～157。
〔註203〕〔清〕周祥鈺《新定九宮大成序》，見劉崇德校譯《新定九宮大成南北詞宮譜校譯》（天津：天津古籍出版社，1998 年 7 月），冊 1～6。
〔註204〕〔清〕謝元淮撰：《碎金詞譜》，收錄於《續修四庫全書》，集部，冊 1737，頁 1～576。
〔註205〕〔清〕周祥鈺、劉崇德校譯《新定九宮大成南北詞宮譜校譯》，冊 6，頁 4998。

選，以便考證；一爲曲無宮調牌名者，選詞以補之。〔註206〕

　　就其擇錄詞人作品進行探討，以柳永作品數量最夥，如〈八聲甘州〉、〈西江月〉、〈祭天神〉、〈擊梧桐〉等，約二十餘首；另有韋莊、馮延巳、晏殊、歐陽脩、張先、蘇軾、黃庭堅、秦觀、晁補之、周邦彥、朱敦儒、周密、張炎等人之作，其中選錄秦詞〈柳梢青〉（岸草平沙）列於卷63「南詞・雙調正曲」，〈醉鄉春〉（喚起一聲人悄）列於卷77「南詞・羽調正曲」，數量雖僅二首，卻展現編者對秦詞樂音的歸屬；另有卷66〈少陽關〉一調，題爲「哭秦少游」，其詞爲「空沒亂怎措，手無發付滿懷憂。（你）有國難投，（我）有志難酬，（咱）好夫妻不到頭。」〔註207〕流傳於民間。《新定九宮大成南北詞宮譜》刊行後，不僅帶動樂曲及戲劇的創作，更因保有古代樂譜資料，而影響了後世對古代樂曲的研究。如許寶善將此書所收的詞樂樂譜輯出，另編《自怡軒詞譜》六卷，爲研究唐宋詞樂譜式之濫觴，今藏於中國國家圖書館，深惜未能寓目；後有謝元淮就《自怡軒詞譜》詞曲界限不清之弊，進行補輯，並逐步考訂各詞所屬宮調，編成《碎金詞譜》六卷。

2、謝元淮《碎金詞譜》

　　謝元淮，字默卿，又作墨卿，字鈞緒，編有《碎金詞譜》十四卷，續譜六卷、《碎金詞韻》四卷。卷首有許喬林〈碎金詞譜序〉、陳方海〈序〉及謝元淮自序及凡例。編排體例以宮調統詞牌，分六宮十八調，共收449調，詞558闋。《續譜》前五卷與正編體例大抵相同，收184調，詞224闋，卷六則專收唐代大曲〈清平調〉及宋代大曲〈調笑令〉，共8調，詞77闋，正編及續譜共收641調，詞859闋。謝元淮主張以崑腔爲主，工尺譜取法《九宮大成南北宮詞譜》，另又標注四聲句韻。《碎金詞譜・自序》論編選目的云：「自三百篇一變而爲古詩樂府，又遞變

〔註206〕〔清〕周祥鈺《新定九宮大成序》，劉崇德校譯《新定九宮大成南北詞宮譜校譯》，冊1，頁5。

〔註207〕〔清〕周祥鈺《新定九宮大成序》，劉崇德校譯《新定九宮大成南北詞宮譜校譯》，冊6，頁4052。

而爲近體、詞、曲。今之詞曲，即古之樂府，若誦其辭，而不能歌其聲，可乎？歌之而不能協於絲竹，則必究宮商，展轉以求其協，非有一定之譜，何所適從耶？嘗讀《南北九宮曲譜》，見有唐宋元人詩餘一百七十餘闋，雜隸各宮調下，知詞可入曲，其來已尚，於是復遵。」〔註208〕謝元淮對詩、詞、曲的音樂特質進行思考，就《南北九宮大成曲譜》中輯取音樂譜，融合《欽定詞譜》等格律譜，且取法曲譜而成。《碎金詞譜·凡例》則云：「是譜之刊，專爲率爾操觚，不諳宮調、不遵律呂者，導以軌則。……果有清詞麗句，妙合天然，亦不妨略事通融。」〔註209〕謝元淮以音樂譜爲編選要點，後世學者評價不一，但《碎金詞譜》考察宮調及收錄古代詞樂，有所貢獻，選調先求合乎宮調譜式，風格清新，字句綺麗者，亦深受謝元淮青睞。《碎金詞譜》正編擇錄秦詞13首，續譜另補3首，除依宮調歸屬之外，又標明該體入選之音，如〈雨中花慢〉（指點虛無）一詞，押平韻者始自蘇軾，押仄韻者則始自秦觀。〈醉鄉春〉（喚起一聲）一詞，按語則標明該調創自秦觀；續譜部份，〈夢揚州〉（晚雲收）一詞，指出該詞爲秦觀自製曲，取詞中結句爲名。

　　清代譜體詞選數量繁多，除上述所列之外，據王兆鵬《詞學史料學》所載，另有陸棻《雅坪詞譜》、孔傳鐸《紅萼軒詞牌》、吳綺《記紅集》、鄭元慶《三百圖譜》、林棲梧輯《詞鏡》、管澐輯《彈簫館詞譜》……等，多不勝數，惜未能得見。清代詞學重律之傾向，不僅展現於整理古樂及探求聲律上，亦在詞選編纂中具體彰顯此意識。以詞選作爲閱讀底本，並創造可供依循之格律譜式，堪稱清代詞選本之重要特質，對於詞體發展亦有推波助瀾之功。詞選本經由流通，發揮極大傳播效用，閱讀往往爲初學之入門要事，塡詞亦是如此，蔣兆蘭云：「作詞當以讀詞爲權輿。聲音之道，本乎天籟，協乎人心。詞本名樂府，可被

〔註208〕〔清〕謝元淮撰：《碎金詞譜·自序》，見《續修四庫全書》，集部，冊1737，頁6。

〔註209〕〔清〕謝元淮撰：《碎金詞譜·凡例》，見《續修四庫全書》，集部，冊1737，頁15。

管絃。今雖音律失傳，而善讀者，輒能鏘洋和韻，抑揚高下，極聲調
之美。……及至聲調熟極，操管自爲，即聲響隨文字流出，自然合拍。」
又云：「填詞之學，既始於讀詞，則所讀之選本宜審矣！」〔註210〕

　　況周頤《蕙風詞話》卷一亦云：「學塡詞，先學讀詞。抑揚頓挫，
心領神會。日久，胸次鬱勃，信手拈來，自然丰神皆邐矣！」〔註211〕
清人擇詞態度嚴謹，採擷精審，以著名詞人及其佳作爲範式，以供後
學師法，正所謂「範圍古人，以示來學」〔註212〕，並藉此推闡詞學
觀點、審美主張以形成宗派意識，更是清代詞選最爲重要之目的。

第三節　秦詞流傳過程中的特殊現象

　　〔明〕毛晉〈淮海集跋〉云：「少游性不耐聚稿，間有淫章醉句，
輒散落青帘紅袖間，雖流播舌眼，從無的本。」〔註213〕因秦觀己身之
性格及對詞體之態度，而使詞篇易散佚，且受歷代選本編纂影響，秦
詞流傳過程中，形成許多特殊現象：一爲互見，如〈蝶戀花〉（鐘送黃
昏雞報曉），爲王詵所作，又如〈柳梢青〉（岸草平沙）爲僧仲殊所作，
俱因《草堂詩餘》題爲秦詞，後世多承此緒而誤。選本擇錄作品，多
見誤題、誤收，因此眾說紛紜，爭議不休，孰是孰非，難辨其詳；二
爲經典之形成，歷代詞選編纂，擇錄觀點不一，愛好各有不同，故秦
詞獲選數量亦深受影響，而有所差異；三爲詞語之分歧，如〈夢揚州〉
（晚雲收）「透繡幃、花蜜香稠」，《詞譜》作「陰密」，《花庵詞選》、《詞
律》作「花密」。又如〈千秋歲〉「水邊沙外，城郭春寒退」，《詞譜》、

〔註210〕〔清〕蔣兆蘭撰：《詞說》，收錄於唐圭璋《詞話叢編》，冊 5，頁
　　　　4629、4631。

〔註211〕〔清〕況周頤撰：《蕙風詞話》，收錄於唐圭璋《詞話叢編》，冊5，
　　　　卷1，頁 4415。

〔註212〕龍沐勛撰：〈選詞標準論〉，《詞學季刊》第 1 卷第 2 號（1933 年 8
　　　　月），頁 24。

〔註213〕〔明〕毛晉撰：〈淮海集跋〉，收錄於《宋六十名家詞集》（臺北：
　　　　中華書局，1996 年《四部備要》本）。

《歷代詩餘》、《草堂詩餘》俱作「柳邊」，末句「飛紅萬點愁如海」，《詞譜》、《歷代詩餘》、《草堂詩餘》、《花庵詞選》皆作「落紅」。後者因版本流傳繁多且複雜，故難窺其詳，但確屬秦詞流傳過程之特殊現象。前兩大面向，則有其脈絡可循，故本節擬就此兩端，進行探討。

一、互見之情況

〔清〕朱彝尊〈詞綜・發凡〉云：「唐宋以來作者，長短句每別一編，不入集中，以是散佚最易。」〔註214〕唐宋時期長短句多不入文集，較易散失，且受歷代選本誤題、誤收影響，錯謬不在少數。據〈全宋詞・發凡〉云：「以《類編草堂詩餘》為例，誤題撰人不下七、八十處。清人失考，偽詞續有所增。」〔註215〕宋代已有此弊，明人所輯謬誤最甚，積非成是，難辨其詳。秦詞自宋以降，流傳至今，選本所列亦難避錯謬，多有互見，據歸納可知其現象有二：一者將秦觀詞誤題為他人所作；一者將他人所作誤收為秦詞。流傳久遠，各有所本，情況更顯複雜，茲就其概況，臚列簡表，並分述如次：

表1-8　互見一覽表

	詞調名及首四字	誤　題　之　處	誤題之作者名
1	〈如夢令〉 （樓外殘陽）	《草堂詩餘》卷1	晏幾道
		《御選歷代詩餘》卷2	晏殊
		《全宋詞》調下云：「楊金本《草堂詩餘》前集卷下，又誤作呂直夫詞」	呂直夫
2	〈桃源憶故人〉 （玉樓深鎖）	《全宋詞》調下云：「案此首《永樂大典》卷3005人字韻誤作晏幾道詞」	晏幾道
		《全宋詞》調下云：「《古今別腸詞選》卷二誤作唐裴度詞」	唐裴度
3	〈長相思〉 （鐵甕城高）	朱孝臧《彊村叢書》本賀鑄《東山詞》	賀鑄

〔註214〕〔清〕朱彝尊：《詞綜・發凡》（上海：上海古籍出版社，2008年3月第二次印刷），頁7。

〔註215〕唐圭璋編：《全宋詞》（北京：中華書局，1998年），冊1，頁14。

4	〈滿庭芳〉 （紅蓼花繁）	張先《安陸集》、《草堂詩餘》卷 3	張先
5	〈滿庭芳〉 （南來飛燕）	曾慥本《東坡詞拾遺》	蘇軾
6	〈畫堂春〉 （落紅鋪徑）	《草堂詩餘》卷 1、《花草粹編》卷 7（其下註明少游集有）、《詞律》卷 4	徐俯（師川）
7	〈醜奴兒〉 （夜來酒醒）	《山谷詞》、《御選歷代詩餘》卷 10	黃庭堅
		《永樂大典》卷 3006 人字韻	晏幾道
8	〈菩薩蠻〉 （漠漠輕寒）	毛晉《宋六十名家詞》云：「此首或刻歐陽永叔」	歐陽脩
9	〈菩薩蠻〉 （香靨凝羞）	毛晉《宋六十名家詞》云：「亦刻歐陽永叔」	歐陽脩
10	〈菩薩蠻〉 （腳上鞋兒）	《詞苑叢談》卷 7	黃庭堅
11	〈生查子〉 （眉黛遠山）	《古今詞選》卷 1	張孝祥
12	〈菩薩蠻〉 （錦帳重重）	《安陸集》、《草堂詩餘》卷 1、毛晉《宋六十名家詞》云：「或刻張子野」	張先
13	〈如夢令〉 （遙夜沉沉）	《全宋詞》調下云：「此首別誤作黃庭堅詞，見楊金本《草堂詩餘》前集卷下」	黃庭堅
14	〈如夢令〉 （池上春歸）	《草堂詩餘》卷 1	周邦彥
15	〈阮郎歸〉 （湘天風雨）	朱孝臧《彊村叢書》本張子野詞	張先
16	〈滿庭芳〉 （北苑研膏）	毛晉《宋六十名家詞》云：「詠茶，或刻黃山谷」、《能改齋漫錄》卷 17	黃庭堅
17	〈滿庭芳〉 （曉色雲開）	毛晉《宋六十名家詞》云：「向誤王觀」、《全宋詞》調下云：「案楊金本《草堂詩餘》後集卷下此首作王觀詞」	王觀
18	〈滿庭芳〉 （雅燕飛觴）	《全宋詞》調下云：「案此首別誤入米芾《寶晉英光集》卷五」	米芾
19	〈點絳唇〉 （醉漾輕舟）	毛晉《宋六十名家詞》云：「或刻蘇子瞻」	蘇軾
20	〈南歌子〉 （玉漏迢迢）	《全宋詞》調下云：「此首別又誤作僧仲殊詞，見《古今詞選》卷二」	僧仲殊
以下誤收他人之作為秦觀詞			

	詞調名及首四字	實際出處	作者勘誤
1	〈眼兒媚〉（樓上黃昏）	《惜香樂府》卷3、毛晉《宋六十名家詞》註明「舊刻趙長卿」	趙長卿
		《苕溪漁隱叢話》前集卷11、《花庵詞選》卷6	阮閱
		《花草粹編》卷7、《詞綜》卷12、《詞苑叢談》卷8、《御定詞譜》卷7	左譽（與言）
2	〈浣溪沙〉（青杏園林）	《元獻遺文》、《花草粹編》	晏殊
		《文忠集》卷133、《六一詞》、《樂府雅詞》卷上、《花庵詞選》卷2	歐陽脩
3	〈如夢令〉（鶯嘴啄花）	陳耀文《花草粹編》卷1	黃庭堅
4	〈御街行〉（銀燭生花）	《山谷詞》卷2	黃庭堅
5	〈畫堂春〉（東風吹柳）	《山谷詞》	黃庭堅
6	〈憶秦娥〉（暮雲碧）	《花草粹編》卷7	周紫芝
7	〈曲游春〉（臉薄難藏）	《張氏拙軒集》卷5	康與之
8	〈蝶戀花〉（鐘送黃昏）	《花庵詞選》卷3、《草堂詩餘》卷2、《御選歷代詩餘》卷39、《詞苑叢談》卷8	王詵
9	〈柳梢青〉（岸草平沙）	《花庵詞選》卷9、《詞綜》卷24	僧揮（仲殊）
10	〈憶王孫〉（萋萋芳草）	《花庵詞選》卷7、《草堂詩餘》卷1、《花草粹編》卷1、《御選歷代詩餘》卷2、《詞律》卷2	李甲（重元）
11	〈生查子〉（遠山眉黛）	《小山詞》	晏幾道
12	〈如夢令〉（門外綠陰）	《樂府雅詞》卷下、《花庵詞選》卷8、《花草粹編》卷1、《御選歷代詩餘》卷2	曹組（元寵）
13	〈西江月〉（愁黛顰成）	《小山詞》、《御選歷代詩餘》卷21	晏幾道
14	〈宴桃源〉（去歲迷藏）	《寶真齋法書贊》卷15	黃庭堅
15	〈南鄉子〉（萬籟寂無）	《散花菴詞》、《花庵詞選》續集卷10、《草堂詩餘》卷1、《花草粹編》卷11、《御選歷代詩餘》卷33	黃昇（叔暘）
16	〈失調名〉（缺月向人）	《東坡詞》、《御選歷代詩餘》	蘇軾

17	〈昭君怨〉 （隔葉乳鴉）	《惜香樂府》卷 2	趙長卿
18	〈卜算子〉 （春透水波）	《花菴詞選》卷 4、《草堂詩餘》卷 1、《花草粹編》卷 4、《歷代詩餘》卷 10、《詞苑叢談》卷 3	秦湛（處度）
19	〈怨王孫〉 （帝里春晚）	《草堂詩餘》卷 1、《漱玉詞》、《花草粹編》卷 10、《歷代詩餘》卷 25、《詞綜》卷 25、《欽定詞譜》卷 11	李清照
20	〈生查子〉 （去年元夜）	《樂府雅詞》卷上、《文忠集》卷 131、《六一詞》、《類選箋釋續選草堂詩餘》卷上	歐陽脩

　　據上列簡表歸納可知，秦詞與他人作品互見，共計有晏殊、歐陽脩、張先、蘇軾、黃庭堅、晏幾道、賀鑄、周邦彥、王觀、唐斐度、僧仲殊、周紫芝、康與之、王詵、李甲、曹組、趙長卿、阮閱、左譽、徐俯、張孝祥、呂直夫、黃昇、米芾、李清照、秦湛等二十餘人，作品亦多達數十闋，可見情況複雜且人數繁多。茲就誤題秦詞爲他人所作、誤收他人之作爲秦詞等兩大面向，舉例探討如次：

（一）誤題秦詞為他人所作

　　歷代以來，誤題秦詞爲黃庭堅所作之處，最爲繁多。如第一首〈醜奴兒〉（夜來酒醒清無夢）一詞，《花草粹編》卷四作秦觀詞，《歷代詩餘》卷十作黃庭堅詞，且《淮海詞》卷中及宋本《山谷琴趣外編》卷三亦載此詞，後者調下云：「此詞，或者爲秦少游所作，而公集中亦載，以是姑兩存之。」第二首〈浣溪沙〉（腳上鞋兒四寸羅），《藝苑雌黃》載其本事謂黃庭堅過爐，爐師命寵姬盼盼侑觴，魯直贈以〈浣溪沙〉云云，《青泥蓮花記》引《古今詞話》亦同此說，唐圭璋《宋詞四考》云：「惟又見秦觀《淮海集》，或流傳之誤也。」〔註216〕徐培均則舉宋乾道九年癸巳本《淮海集》，現存於日本內閣文庫，若僅依《古今詞話》、《藝苑雌黃》，恐不足據。且馬興榮、祝振玉校注《山谷詞》，以宋乾道刊《類編增廣黃先生大全文集》與《四部叢刊》影宋本《山谷琴趣

〔註216〕唐圭璋撰：《宋詞四考》（南京：江蘇文藝出版社，2009 年 2 月），頁 206。

外編》皆未收此詞，僅在補遺中據《古今詞話》收之，故視為黃庭堅
所作之說可疑，應為秦觀所作。第三首〈如夢令〉（遙夜沉沉如水），
因楊本《草堂詩餘》而誤題為黃庭堅所作。第四首〈滿庭芳〉（北苑研
膏），毛晉列於（碧水驚秋）之後，題下附注「或刻黃山谷」，此詞亦
頗具爭議，因吳曾《能改齋漫錄》云：「豫章先生少時嘗為茶詞，寄〈滿
庭芳〉云：『北苑龍團，…』其後增損其辭，止詠建茶云：『北苑研膏，…』
詞意益工也。」〔註217〕彊村本《山谷琴趣外編》亦收此詞，故唐圭璋
認為《淮海詞》收之，毛本《山谷詞》刪之，二舉皆誤，此詞當為黃
庭堅所作；徐培均則視此詞為秦觀所作云：「宋刊《山谷琴趣外編》卷
一有此首，所謂『小異』者：『北苑研膏』，作『北苑春風』；『香泉瀺
乳』，作『研膏瀺乳』；『賓有群賢』，作『賓友群賢』；『便扶起燈前』，
作『為扶起燈前』；『相對小粧殘』，作『相對小窗前』，餘均同此首。
山谷另有〈滿庭芳·茶詞〉，首句云：『北苑龍團』，餘如『萬里名動京
關』、『纖纖捧』、『金縷鷓鴣斑』、『相如方病酒』、『醉玉頹山』、『歸來
晚、文君未寢』等句，亦與秦詞相同。蓋因二首極類似，故誤秦詞為
黃詞耳！」〔註218〕唐圭璋、徐培均兩人之說各有所本，實難辨孰是孰
非，故兩存之。此外，尚見將秦詞經典作品誤題為他人所作，如〈菩
薩蠻〉（漠漠輕寒上小樓），此詞為秦詞小令中的名篇，毛晉《宋六十
名家詞》云：「此首或刻歐陽永叔」，可見謬誤之甚。

（二）誤收他人之作為秦詞

誤收黃庭堅詞為秦詞，亦甚為繁多，如〈如夢令〉（鶯嘴啄花紅溜）、
〈御街行〉（銀燭生花如紅豆）、〈畫堂春〉（東風吹柳日初長）、〈宴桃源〉
（去歲迷藏）等四首，皆為黃庭堅所作，流傳過程誤題為秦觀所作。此
外，作者歸屬極為分歧者，如〈浣溪沙〉（青杏園林煮酒香），《草堂詩
餘》、《類編箋釋草堂詩餘》、《古今詩餘醉》、《歷代詩餘》、《古今詞選》、

〔註217〕〔宋〕吳曾撰：《能改齋漫錄》，收錄於唐圭璋《詞話叢編》，冊1，
　　　　卷2，頁141。
〔註218〕〔宋〕秦觀撰、徐培均箋注：《淮海居士長短句箋注》，卷中，頁132。

《清綺軒詞選》俱作秦觀詞；另《花草粹編》題爲晏殊詞，見於《珠玉詞》中；《樂府雅詞》、《花庵詞選》則列爲歐陽脩所作，見於《文忠集》與《六一詞》中；又如〈柳梢青〉（岸草平沙）一詞，《草堂詩餘》、《古今詞統》、《草堂詩餘正集》、《歷代詩餘》、《詞律》、《蓼園詞選》、《弇州山人詞評》及《皺水軒詞筌》，均視此詞爲秦觀所作；《花菴詞選》、《詞品》則以爲僧仲殊所作，皆可見眾說紛紜。除上述作品與他人互見外，另有〈菩薩蠻〉（金風簌簌驚黃葉）、〈搗練子〉（心耿耿）、〈桃源憶故人〉（碧紗影弄東風曉）、〈海棠春〉（流鶯窗外啼聲巧）、〈金明池〉（瓊筵金池）、〈鷓鴣天〉（枝上流鶯和淚聞）、〈南歌子〉（夕露沾芳草）、〈南歌子〉（樓迥迷雲日）等，歷代選本或作無名氏詞，更增加複雜程度。誤收他人之作爲秦詞，謬誤最甚者，首推南宋書坊《增修箋注妙選群英草堂詩餘》，明代詞選多承其緒，進行評點，積非成是，後世難辨其詳。

二、經典之形成

　　詞選濫觴於唐宋，經金元短暫停滯，至明清兩朝，益加蓬勃發展，難以勝數。其編選目的不一，有作爲歌妓表演之歌唱底本，有作爲存人或存史之書面文獻，皆受編選眼光所影響，展現不同的詞學觀點及審美傾向。透過上述歸納整理，筆者匯集今日尚可得見之宋代詞選六部、金元詞選五部、明編詞選十三部、明編詞譜三部、清編詞選二十一部、清編格律譜十一部、清編音樂譜二部，共計六十一部。茲就擇錄秦詞數量，臚列簡表如次：

表 1-9　歷代秦詞入選數量一覽表

序號	詞調名及首四字	宋編詞選 6 部	金元詞選 6 部	明編詞選 12 部	明編詞譜 3 部	清編詞選 21 部	清編詞譜（格律譜）11 部	清編詞譜（音樂譜）2 部	擇錄秦詞總數
1	望海潮·星分牛斗	1	0	1	0	1	0	0	3
2	望海潮·秦峯蒼翠	0	0	2	0	1	1	0	4

3	望海潮・梅英疏淡	1	0	3	3	12	5	0	24
4	望海潮・奴如飛絮	0	0	2	0	0	0	0	2
5	沁園春・宿靄迷空	1	0	3	1	1	5	0	11
6	水龍吟・小樓連苑	2	0	5	3	9	4	0	23
7	八六子・倚危亭	1	0	5	2	12	7	0	27
8	風流子・東風吹碧	2	0	6	2	4	3	0	17
9	夢揚州・晚雲收	1	0	2	1	5	6	1	16
10	雨中花・指點虛無	0	0	0	0	1	5	1	7
11	一叢花・年時今夜	0	0	2	0	4	3	0	9
12	鼓笛慢・亂花叢裡	0	0	0	1	2	7	0	10
13	滿路花・露顆添花	0	0	2	1	1	5	1	10
14	長相思・鐵甕城高	0	0	4	0	1	2	1	8
15	滿庭芳・山抹微雲	2	0	7	2	17	3	1	32
16	滿庭芳・紅蓼花繁	0	0	1	0	3	0	0	4
17	滿庭芳・碧水驚秋	1	0	5	0	4	0	0	10
18	江城子・西城楊柳	2	0	6	3	8	1	0	20
19	江城子・南來飛燕	0	0	1	0	4	0	0	5
20	江城子・棗花金釧	0	0	1	0	2	0	0	3
21	滿園花・一向沉吟	0	0	4	1	0	3	0	8
22	迎春樂・菖蒲葉葉	0	0	4	1	1	6	0	12
23	鵲橋仙・纖雲弄巧	1	0	6	2	7	6	0	22
24	菩薩蠻・蟲聲泣露	2	0	6	1	3	0	0	12
25	木蘭花・天涯舊恨	0	0	3	0	8	0	0	11
26	木蘭花・秋容老盡	0	0	6	0	3	0	0	9
27	畫堂春・落紅鋪徑	1	0	3	0	3	2	1	10
28	千秋歲・水邊沙外	2	0	8	3	7	4	0	24
29	踏莎行・霧失樓臺	2	0	7	3	11	1	0	24
30	蝶戀花・曉日窺軒	0	0	4	0	2	0	0	6
31	一落索・楊花終日	0	0	1	0	1	4	0	6
32	醜奴兒・夜來酒醒	0	0	2	0	0	0	0	2
33	南鄉子・妙手寫徽	0	0	1	0	1	0	0	2
34	醉桃源・碧天如水	0	0	1	0	1	0	0	2
35	河傳・亂花飛絮	未錄							

36	河傳·恨眉醉眼	0	0	2	0	0	4	0	6
37	浣溪沙·漠漠輕寒	0	0	2	0	10	0	0	12
38	浣溪沙·香靨凝羞	0	0	2	0	0	0	0	2
39	浣溪沙·霜縞同心	未錄							
40	浣溪沙·腳上鞋兒	0	0	2	0	0	0	0	2
41	浣溪沙·錦帳重重	0	0	2	1	4	0	0	7
42	如夢令·門外鴉啼	1	0	6	1	7	2	0	17
43	如夢令·遙夜沉沉	0	0	4	0	7	1	1	13
44	如夢令·幽夢匆匆	0	0	5	0	4	0	0	9
45	如夢令·樓外殘陽	0	0	2	0	4	0	0	6
46	如夢令·池上春歸	0	0	2	0	7	0	0	9
47	阮郎歸·褪花新綠	1	0	6	0	4	0	0	11
48	阮郎歸·宮腰裊裊	0	0	3	0	1	0	0	4
49	阮郎歸·瀟湘門外	0	0	4	0	1	0	0	5
50	阮郎歸·湘天風雨	2	0	7	0	10	0	0	19
51	滿庭芳·北苑研膏	1	0	1	0	0	0	0	2
52	滿庭芳·曉色雲開	1	0	5	2	11	2	0	21
53	滿庭芳·雅燕飛觴	未錄							
54	桃源憶故人·玉樓	1	0	7	1	1	1	0	11
55	調笑令·回顧	0	0	2	0	0	0	0	2
56	調笑令·輦路	0	0	2	0	0	0	0	2
57	調笑令·翡翠	0	0	1	0	0	0	0	1
58	調笑令·相慕	0	0	1	0	0	0	0	1
59	調笑令·腸斷	0	0	2	1	0	2	0	5
60	調笑令·戀戀	0	0	1	1	0	0	0	2
61	調笑令·春夢	0	0	1	0	0	0	0	1
62	調笑令·柳岸	0	0	1	0	0	0	0	1
63	調笑令·眷戀	0	0	2	0	0	0	0	2
64	調笑令·心素	0	0	2	0	0	0	0	2
65	虞美人·高城望斷	0	0	0	0	5	1	0	6
66	虞美人·碧桃天上	0	0	4	0	2	0	0	6
67	虞美人·行行信馬	0	0	0	0	1	0	0	1
68	點絳唇·醉漾輕舟	0	0	1	0	2	0	0	3

69	點絳唇・月轉烏啼	0	0	1	0	0	0	0	1
70	品令・幸自得	0	0	0	0	0	2	0	2
71	品令・掉又	0	0	1	0	0	2	0	3
72	南歌子・玉漏迢迢	1	0	5	0	5	0	0	11
73	南歌子・愁鬢香雲	0	0	3	0	2	0	0	5
74	南歌子・香墨彎彎	1	0	4	0	0	0	0	5
75	臨江仙・千里瀟湘	0	0	1	0	2	1	0	4
76	臨江仙・髻子偎人	0	0	3	0	1	0	0	4
77	好事近・春路雨添	0	0	6	0	7	0	0	13
78	如夢令・鶯嘴啄花	1	0	5	1	9	1	0	17
79	木蘭花慢・過秦淮	1	0	0	0	0	0	0	1
80	醉蓬萊・見揚州獨	未錄							
81	御街行・銀燭生花	未錄							
82	阮郎歸・春風吹雨	1	0	5	0	2	1	0	9
83	滿江紅・越豔風流	0	0	1	0	0	0	0	1
84	畫堂春・東風吹柳	2	0	6	3	5	3	0	19
85	海棠春・曉鶯窗外	2	0	5	3	4	7	1	22
86	憶秦娥・暮雲碧	0	0	1	0	2	0	0	3
87	菩薩蠻・金風簌簌	1	0	5	1	4	0	0	11
88	金明池・瓊苑金池	1	0	4	2	4	8	1	20
89	夜游宮・何事東君	0	0	1	0	1	1	0	3
90	一斛珠・碧雲寥廓	0	0	2	0	1	0	0	3
91	青門飲・風起雲間	0	0	1	0	1	4	1	7
92	鷓鴣天・枝上流鶯	1	0	8	3	6	4	0	22
93	醉鄉春・喚起一聲	0	0	2	0	1	6	2	11
94	南歌子・靄靄凝春	0	0	1	0	0	1	0	2
95	南歌子・夕露霑芳	0	0	1	0	0	0	0	1
96	南歌子・樓迥迷雲	1	0	1	0	1	0	0	3
97	失調名・天若有情	未錄							
98	失調名・我曾從事	未錄							
99	失調名・粽團桃柳	未錄							
100	失調名・神仙須是	未錄							
101	曲游春・臉薄難藏	未錄							

102	蝶戀花・鐘送黃昏	1	0	4	2	1	0	0	8
103	柳梢青・岸草平沙	1	0	6	3	3	6	0	19
104	憶王孫・萋萋芳草	1	0	2	2	0	6	2	13
105	如夢令・傳與東坡	未錄							
106	搗練子・心耿耿	1	0	5	2	1	1	0	10
107	如夢令・門外綠陰	0	0	3	1	1	0	0	5
108	生查子・眉黛	0	0	4	0	7	0	0	11
109	桃源憶故人・碧紗	1	0	4	2	2	3	0	12
110	浣溪沙・青杏園林	1	0	4	1	3	0	0	9
111	眼兒媚・樓上黃昏	1	0	2	3	2	1	0	9
112	昭君怨・隔葉乳鴉	0	0	0	0	1	0	0	1
113	西江月・秋黛顰成	0	0	3	0	1	0	0	4
114	宴桃源・去歲迷藏	未錄							
115	南鄉子・萬籟寂無	未錄							
116	失調名・缺月向人	未錄							
117	木蘭花慢・蘸	0	0	1	0	0	0	0	1
118	畫堂春・淺春	0	0	1	1	0	0	0	2
119	昭君怨・蹴罷鞦韆	0	0	1	0	0	0	0	1
120	傾杯・覘南	0	0	1	0	0	0	0	1
121	如夢令・冬夜	0	0	2	0	0	0	0	2
122	錦堂春・一彈	0	0	1	0	0	0	0	1
123	卜算子・春透	0	0	0	1	0	2	0	3
124	蝶戀花・妾本	0	0	0	0	2	1	0	3
125	尾犯・客裏過重	0	0	0	0	1	1	0	2
126	解語花・窗涵月影	0	0	0	0	0	2	0	2
127	憶秦娥・灞橋雪	0	0	0	0	0	1	0	1
128	行香子・樹繞村莊	0	0	0	0	0	1	0	1
129	憶秦娥・曲江	0	0	0	0	0	1	0	1
130	蘭陵王・雨初	0	0	0	0	0	1	0	1
131	鷓鴣天・無一	0	0	0	0	0	1	0	1
	獲選詞調總數	39	0	101	37	78	55	11	

上述簡表所錄秦觀詞牌名及首句，俱以徐培鈞《淮海居士長短句

箋注》一書為主，歷代選本說法分歧，本處暫不討論。且歷代選本多有互見現象，凡有秦詞誤題為他人所作、誤收他人所作為秦詞等情況，俱以其所載詞人姓氏為主。綜觀上述簡表可知，詞選代有續增，至清蔚為大觀，編選面向甚為多元，就其擇錄數量，可窺見兩大面向：

（一）共時過程：各代愛好秦詞，多所差異

各就宋金元明清諸朝代所編詞選，秦詞獲選之數量，可知愛好秦詞之程度，並不相同。如宋代秦詞名列前茅者，分別為〈水龍吟〉（小樓連苑橫空）、〈風流子〉（東風吹碧草）、〈滿庭芳〉（山抹微雲）、〈江城子〉（西城楊柳弄春柔）、〈菩薩蠻〉（蟲聲泣露驚秋枕）、〈千秋歲〉（水邊沙外）、〈踏莎行〉（霧失樓台）、〈阮郎歸〉（湘天風雨破寒初）、〈畫堂春〉（東風吹柳日初長）、〈海棠春〉（曉鶯窗外啼聲巧）等，各二部詞選收錄，並列第一。明代則以〈千秋歲〉（水邊沙外）、〈鷓鴣天〉（枝上流鶯和淚聞）二詞，各八部詞選收錄，並列第一；其次為〈滿庭芳〉（山抹微雲）及〈踏莎行〉（霧失樓臺）、〈阮郎歸〉（湘天風雨破寒初）、〈桃源憶故人〉（玉樓深鎖薄情種）等，各七部詞選收錄，並列第二；第三名則以〈風流子〉（東風吹碧草）及〈江城子〉（西城楊柳弄春柔）、〈鵲橋仙〉（纖雲弄巧）、〈菩薩蠻〉（蟲聲泣露驚秋枕）、〈木蘭花〉（秋容老盡芙蓉院）、〈如夢令〉（門外鴉啼綠陰）、〈阮郎歸〉（褪花新綠漸團枝）、〈好事近〉（春路雨添花）、〈畫堂春〉（東風吹柳日初長）、〈柳梢青〉（岸草平沙），各六部詞選收錄。上述十六首作品，獲選數量皆超過明代十二部詞選的半數。清代以〈滿庭芳〉（山抹微雲）一首最受青睞，共 17 本詞選收錄；其次為〈望海潮〉（梅英疏淡）、〈八六子〉（倚危亭）二詞，各有十二本詞選收錄；第三名則為〈踏莎行〉（霧失樓臺）、〈滿庭芳〉（曉色雲開），各有十一本詞選收錄。足見各朝對秦詞篇章之喜愛，並不相同。

（二）歷時過程：〈滿庭芳〉（山抹微雲），最受青睞

此外，透過歷代詞選擇錄秦詞統計表，可窺見秦觀〈滿庭芳〉（山

抹微雲）一詞，歷代多達 32 部詞選收錄，名列第一；第二名則爲〈八六子〉（倚危亭），見錄於 27 部詞選中；名列第三者，爲〈望海潮〉（梅英疏淡）、〈千秋歲〉（水邊沙外）、〈踏莎行〉（霧失樓臺）等，共有 24 部詞選收錄；第四名，爲〈小龍吟〉（小樓連苑橫空），見於 23 本詞選中；名列第五者，爲〈鵲橋仙〉（纖雲弄巧）、〈海棠春〉（曉鶯窗外啼聲巧）、〈鷓鴣天〉（枝上流鶯和淚聞），共 22 部詞選收錄；第六名者，爲〈滿庭芳〉（曉色雲開），見於 21 部詞選；第七名，爲〈江城子〉（西城楊柳弄春柔）、〈金明池〉（瓊苑金池），見於 20 部詞選；名列第八者，爲〈阮郎歸〉（湘天風雨破寒初）、〈畫堂春〉（東風吹柳日初長）、〈柳梢青〉（岸草平沙），見於 19 部詞選；第九名，爲〈風流子〉（東風吹碧草）、〈如夢令〉（門外鴉啼楊柳）、〈如夢令〉（鶯嘴啄花紅溜），共 17 本詞選收錄；名列第十者，爲〈夢揚州〉（晚雲收），見於 16 本詞選中。藉由簡表統計，除可得見秦詞最受歡迎的前十名作品，亦可見〈滿庭芳〉（山抹微雲），最受選者青睞，堪稱秦觀代表作。

小　結

　　歷代秦詞流傳，就秦集版本刊刻及歷代詞選編纂，進行歸納及探討，可窺見秦詞傳播有其軌跡可尋，就此可知歷代秦詞傳播接受之情況，茲分述如次：

　　其一、宋代秦詞傳播根基初奠：宋代詞選編纂，如曾慥《樂府雅詞》、書坊編、何士信增修箋注《增修箋注妙選群英草堂詩餘》、黃昇《唐宋諸賢絕妙詞選》、趙聞禮《陽春白雪》等四部通代詞選皆收錄秦詞；黃大輿所編專題詞選《梅苑》、周密所編斷代詞選《絕妙好辭》，受選源、選域之影響，而未錄秦詞，足見宋代詞選收錄秦詞數量及排名，較爲兩極。但以書坊《增修箋注妙選群英草堂詩餘》之影響，最爲卓著，該集收錄秦詞數量甚夥，僅次周邦彥，名列北宋第二。而宋代秦觀文集刊刻盛行，不乏箋注者，亦可窺見此期秦詞傳播，已初奠

根基。

其二、金元秦詞傳播短暫停歇：金元時期，受俗文學及當代社會文化影響，而使詞體發展趨緩，而今日可見金元時期所編五部詞選，皆未錄秦詞，亦未見刊刻秦詞者，故秦詞傳播發展，短暫停滯於金元。

其三、明代秦詞傳播大爲風行：受明代詞選編纂風行，及《草堂詩餘》影響的一系列詞選，明代秦詞獲選數量，多能名列前茅。且在明代尚情風潮推波助瀾之下，明人特別愛好秦詞風格婉約柔美，情景交融之作，而三部譜體詞選，亦多以秦詞爲典範，故明代堪稱秦詞傳播之成熟期。

其四、清代秦詞傳播蔚爲鼎盛：清代詞學中興，直承兩宋，對詞體之態度，多能予以正面肯定。且受清人欲透過詞選編纂，樹立依循之範式，用以教導初學，或藉此建構學派理論之影響，清代詞選編纂臻於高峰，亦直接反映於清人對秦詞的接受態度上，故清代堪稱秦詞傳播之鼎盛期。

第三章　歷代秦觀詞的評騭接受
(一) 宋金元詞論

　　詞話與論詩、文之語相同，皆隨創作繁盛而產生，形式、內容逐漸完備充實。詞話不僅以專著形式存在，更大量散見於唐宋以來諸家筆記、詞選集、詞總集、詞別集、序跋、題辭，甚至於史書與類書之中，難以勝數。歷代諸家有感於資料收錄不易，價值獨具，故苦心輯錄彙整，更顯彌足珍貴。論及詞話內容，王熙元之闡釋，頗為真切翔實：

> 凡是話詞、論詞的詞話，其內容當然是以詞為中心，所涉及的問題相當廣泛，或探討詞學的源流正變，或研究詞中的音韻格律，或品評詞的優劣得失，或記載詞林的軼聞瑣事，或分析詞中的句法作法，或辨正前人傳鈔、傳聞的訛誤，或考溯詞調調名的緣起，或摘錄詞人的佳篇雋句，或蒐輯散佚的斷章佚句，或折衷前人論詞的異同，或為詞人辨明誣妄，或泛論詞中旨趣，或評述詞集、詞選的優長與缺失。〔註1〕

歷代評論家就作品創作之源頭、要旨、審美鑑賞、風格流派，進行探索，帶有個人觀點，隱含接受態度，評論觀點亦隨時代各異其趣，故

〔註1〕　王熙元〈歷代詞話的論詞特色〉，收錄於中央研究院中國文哲研究所編委會主編《第一屆詞學國際研討會論文集》（臺北：中研院文哲所，1994 年 11 月），頁 83。

考察歷代詞論對秦觀的評價，必須掌握各時代詞話發展脈絡及詞學思潮變遷。宋代詞話發展，據〔清〕杜文瀾《憩園詞話》云：「說詞之書，宋世至爲繁富，類皆散見於雜著之中。」〔註2〕宋詞發展鼎盛，但論詞專著寥寥可數，如王灼《碧雞漫志》、張炎《詞源》及沈義父《樂府指迷》……等；而絕多數則散見於詩話、筆記、詞籍序跋、書信之中，必須廣泛蒐羅。幸賴近人唐圭璋戮力輯成《詞話叢編》一書，堪稱篳路藍縷，奠定初基；後有張璋、職承讓等編《歷代詞話》、鄧子勉輯《宋金元詞話全編》〔註3〕，內容更加豐富；另有金啓華、張惠民等編纂《唐宋詞籍序跋匯編》、張惠民編《宋代詞學資料匯編》、施蟄存主編《詞籍序跋萃編》〔註4〕，蒐羅諸家序跋資料，亦可提供研究者取材，故欲探求秦詞被接受之情況，必先由上述專著入手，再參酌散見資料。秦觀身處宋代學風鼎盛時期，與蘇軾及其門生故舊熟識，形成相互影響的元祐文人群體，彼此來往，互有評騭，所論話語最爲深刻、直接，故本章特別著重此面向之探討。另就理學家及歌妓對秦詞的接受態度，及宋金元人評論秦觀之話語，歸納析論，以求更貼近時人之思考。

第一節　論秦觀之才學創作

　　〔清〕焦循《易餘籥錄》云：「夫一代有一代之所勝，捨其所勝以就其不勝，皆寄人籬下者耳。余嘗欲自楚騷以下至明八股，撰爲一

〔註2〕　〔清〕杜文瀾撰：《憩園詞話》，收錄於唐圭璋《詞話叢編》（北京：中華書局，2005 年 10 月第 2 版），冊 3，頁 2851。

〔註3〕　本論文所用詞話以唐圭璋編：《詞話叢編》（北京：中華書局，2005年 10 月第 2 版）；張璋、職承讓等編：《歷代詞話》（鄭州：大象出版社，2002 年 3 月）、鄧子勉編：《宋金元詞話全編》（南京：鳳凰出版社，2008 年 12 月）爲主。

〔註4〕　本論文所用序跋資料，以金啓華、張惠民等合編：《唐宋詞籍序跋匯編》（臺北：臺灣商務印書館，1993 年 2 月）、張惠民編：《宋代詞學資料匯編》（廣州：汕頭大學出版社，1993 年 11 月）、施蟄存主編：《詞籍序跋萃編》（北京：中國社會科學出版社，1994 年 12 月）爲主。

集，漢則專取其賦，魏晉六朝至隋則專錄其五言詩，唐則專錄其律詩，宋專錄其詞，元專錄其曲，明專錄其八股，一代還其一代之所勝。」〔註5〕王國維《宋元戲曲考》亦云：「凡一代有一代之文學：楚之騷，漢之賦，六代之駢語，唐之詩，宋之詞，元之曲，皆所謂一代之文學，而後世莫能繼焉者也。」〔註6〕二者皆高度肯定，宋詞為一代奇葩。宋代詞體創作數量，據《全宋詞》輯錄，共收一千三百餘家，近兩萬首，孔凡禮《全宋詞補輯》又增收百家，補四百多首，可見宋代確屬詞體發展的輝煌時期。而宋代文學的整體發展，據孫望《宋代文學史》云：

> 宋代文學承先啟後，又具有鮮明的獨特風貌，無論就其總
> 體成就，還是各體文學的實績而言，都足以與唐代文學後
> 先輝映。後人言及我國文學，總是唐宋並稱，詩、文、詞
> 皆如此。〔註7〕

欲查考宋人對秦觀之接受，時代特質不可略而不談。宋繼漢唐鼎盛，文風別開生面，思想獨樹一幟，文學體式多見變革，詩歌別具滋味，賦體趨於散化，詞體蓬勃發展；思想方面，提倡通經致用，標榜義理，開啟哲學新勢；應用科技方面，科學、天文、醫藥發展，亦見纍纍碩果。受當代政治情勢影響，知識分子憂患意識遽燃，迫切要求改革，間涉黨爭問題，多進策陳述個人懷抱，抨擊時弊，文章內容透闢、氣勢充沛，以古鑑今，意味深遠，故政論文章，充分體現兩宋文人心繫時政、憂國憂民之情。秦觀為北宋名家，後世多激賞其詞，然時人肯定秦觀才學，非僅限於詞體，評論觀點甚為全面。今據宋代刻本所流傳之《淮海集》前、後集，共四十九卷，進行查考，僅有三卷是詞，其餘為賦一卷、挽詞一卷、詩十四卷、文三十卷，顯然詩文為秦觀創作之大宗，且受當時代視

〔註5〕〔清〕焦循撰：《易餘籥錄》，收錄於徐德明、吳平主編《清代學術筆記叢刊》（北京：學苑出版社，2005 年 9 月），冊 37，卷 15，頁 88。
〔註6〕王國維撰：《宋元戲曲考》（臺北：藝文印書館，1957 年 4 月），頁 1。
〔註7〕孫望、常國武主編：《宋代文學史》（北京：人民文學出版社，2006年 6 月），頁 1。

詞爲小道、艷科等觀點所圍，宋人雖多所創作，卻難以正面肯定詞體存在，其心態極爲矛盾。在此背景之下，宋人對秦觀之評騭，多以肯定詩篇、書法、散文、賦體特出爲主，且因宋人對詞體特質已有自覺，故亦見辨析詩詞異趣者，故本節特就此兩端，析論如次：

一、詩文兼擅，關懷時政

北宋時期，熱衷評論秦觀者，首推蘇軾及其門生故舊。秦觀與黃庭堅、晁補之、張耒等人，並稱「蘇門四學士」；又與李之儀、陳師道、李廌、趙令畤等人，交遊往來，極爲密切，形成頗具影響力之文人群體。受當代視詞爲小道之影響，時人關注秦觀，多側重其他文體及其才學，面向甚爲多元，茲就諸家所評，探析如次：

（一）蘇軾、王安石

蘇軾（1036～1101），字子瞻，眉州（今四川）人。蘇門四學士中，蘇軾與秦觀最爲親近。秦觀辭世，蘇軾沉痛至極，曾於寄予他人書信中提及：「哀哉少游，痛哉少游，遂喪此傑耶！」〔註8〕又云：「少游遂死於道中，哀哉！痛哉！世豈復有斯人乎？」〔註9〕秦觀一生際遇，與蘇軾福禍與共，二人性情相契，惺惺相惜。蘇軾推重秦觀，曾向王安石大力薦舉云：

> 向屢言高郵進士秦觀太虛，公亦粗知其人，今得其詩文數
> 十首，拜呈。詞格高下，故無以逃於左右，獨其行義修飭，
> 才敏過人，有志於忠義者，某請以身任之。此外，博綜史
> 傳，通曉佛書，講習醫藥，明練法律，若此類，未易以一
> 二數也。才難之歎，古今共之，如觀等輩，實不易得。願
> 公少借齒牙，使增重於世，其他無所望也。〔註10〕

〔註8〕 〔宋〕蘇軾〈與范元長〉，收錄於《東坡全集》（北京：商務印書館，《文津閣四庫全書》，2005年），集部，冊370，卷85，頁400。

〔註9〕 〔宋〕蘇軾〈與李之儀〉，收錄於《東坡全集》（北京：商務印書館，《文津閣四庫全書》，2005年），集部，冊370，卷78，頁363。

〔註10〕 〔宋〕蘇軾撰：〈上荊公書〉，收錄於《東坡全集》（北京：商務印書館，《文津閣四庫全書》，2005年），集部，冊370，卷75，頁349。

　　此處言「詞格高下」，所指應是詩文而言，非專指詞篇。蘇軾先慨嘆賢才難得，欲引發王安石共鳴，再進行薦舉。首先肯定秦觀詩文，且對其人格操守、博學廣識等諸多面向，予以讚許。王安石如何回應？其〈答蘇內翰薦秦太虛書〉云：

　　得秦君詩，適葉致遠一見，亦謂清新嫵麗，鮑、謝似之。

　　公奇秦君，口之而不置：我得其詩，手之而不釋。〔註11〕

王安石（1021～1086），字介甫，晚號半山，撫州臨川（今江西）人，工詩文，亦能詞。王安石評秦觀詩篇「清新嫵麗」，風格頗似鮑照、謝朓；「手之而不釋」更可見其喜愛之情。王、蘇二人政治立場雖分歧，但肯定秦觀詩歌精妙，卻是有志一同。蘇軾論秦觀人品、才學之語，最爲直接深刻，數量繁多，難以勝數，如：〈和秦太虛梅花〉云：「西湖處士骨應槁，只有此詩君壓倒。東坡先生心已灰，爲愛君詩被花惱。……」〔註12〕秦觀〈和黃法曹憶建溪梅花〉一詩聞名於時，不僅蘇軾稱揚此作壓倒西湖處士林逋，黃庭堅、蘇轍亦均有和作；而〈辯賈易彈奏待罪札子〉亦云：「秦觀自少年從臣學文，詞采絢發，議論鋒起，臣實愛重其人，與之密熟。」〔註13〕可知蘇、秦二人交遊匪淺，「詞采絢發」應指文辭，非專指詞篇，此處肯定秦觀文章議論縱橫，詞采出眾；另〈太虛以黃樓賦見寄作詩爲謝〉云：「……夫子獨何妙，雨雹散雷椎。雄辭雜今古，中有屈宋姿。……」〔註14〕此論專評秦觀賦篇，賦體發展至宋，漸趨散文化，但秦觀多承漢魏，保有古風；〈跋秦少游草書〉則云：「少游近日草書，便有東晉風味，作詩增奇麗。

〔註11〕〔宋〕王安石撰：〈答蘇內翰薦秦太虛書〉，收錄於周義敢、周雷編《秦觀資料匯編》，頁1。

〔註12〕〔宋〕蘇軾撰：〈和秦太虛梅花〉，收錄於《東坡全集》（北京：商務印書館，《文津閣四庫全書》，2005年），冊370，卷13，頁70。

〔註13〕〔宋〕蘇軾撰：〈辯賈易彈奏待罪札子〉，收錄於《東坡全集》（北京：商務印書館，《文津閣四庫全書》，2005年），冊370，冊370，卷60，頁281。

〔註14〕〔宋〕蘇軾撰：〈太虛以黃樓賦見寄作詩爲謝〉，收錄於《東坡全集》（北京：商務印書館，《文淵閣四庫全書》，2005年），冊370，卷10，頁54。

乃知此人不可使閑，遂兼百技矣，技進而道不進，則不可，少游乃技道兩進也。」〔註15〕此論可見蘇軾對於秦觀才學，關注甚爲全面；另〈太息送秦少章〉云：「張文潛、秦少游此兩人者，士之超越絕塵者，非獨吾云爾，二三子亦自以爲莫及也。」〔註16〕此處高度肯定張耒、秦觀二人。王應麟《困學紀聞》「評文」云：「秦少游、張文潛學於東坡，東坡以爲『秦得吾工，張得吾易』。」〔註17〕指出張耒、秦觀二人文章師法蘇軾，二人各得其中一面向。透過上述所論，可窺見蘇軾關注秦觀，面向甚爲多元，舉凡人格、才學、詩歌、書法、賦篇、散文等，皆予高評，無怪乎蘇軾與秦觀往來密切、唱和酬答甚繁，甚乃讚揚秦觀爲「異代之寶」。〔註18〕

（二）蘇軾門生及故舊：黃庭堅、張耒、李之儀、李廌

《宋史・蘇軾傳》云：「一時文人，如黃庭堅、晁補之、秦觀、張耒、陳師道，舉世未之識，軾待之如友儔，未嘗以師資自予也。」〔註19〕蘇軾亦師亦友，與黃庭堅、晁補之、張耒、陳師道等人，來往密切；另有李之儀、李廌等，皆爲博學能文之士，重視文學創作，多有詩文唱酬、交相評論之語，因而蘇門學士對秦觀才學之接受，最爲深刻直接。茲就黃庭堅、張耒、李之儀、李廌等人所評，略述如次：

1、黃庭堅：秦觀「筆力回萬牛」

黃庭堅（1045～1105），字魯直，號山谷道人，又號涪翁，洪州分寧（今江西）人，幼警悟，讀書數過輒成誦。《宋史・文苑傳》云：

〔註15〕〔宋〕蘇軾撰：〈跋秦少游草書〉，收錄於《六藝之一錄》（北京：商務印書館，《文津閣四庫全書》，2005 年），冊 276，卷 345，頁 527。。

〔註16〕〔宋〕蘇軾撰：〈太息送秦少章〉，收錄於《東坡全集》（北京：商務印書館，《文津閣四庫全書》，2005 年），冊 370，卷 100，頁 472。

〔註17〕〔宋〕王應麟撰：《困學紀聞》，收錄於《文津閣四庫全書》，子部，冊 282，卷 17，頁 491。

〔註18〕〔宋〕蘇軾〈與范元長十三首〉，收錄於周義敢、周雷編《秦觀資料彙編》，頁 7。

〔註19〕〔元〕托克托撰：《宋史》，收錄於《文津閣四庫全書》，史部，冊 98，卷 338，頁 852。

「與張耒、晁補之、秦觀、俱游蘇軾門，天下稱爲『四學士』。而庭堅於文章尤長於詩。」〔註20〕黃庭堅爲北宋著名文人，以詩名聞世，爲江西詩派三宗之一，影響宋代詩壇深遠。黃庭堅與秦觀、張耒、晁補之、陳師道等人往來，曾評諸家云：「秦少游、張文潛、晁无咎、陳無己，方駕於翰墨之場，亦望而可畏者也。」〔註21〕充分肯定諸家才學不凡，論秦觀策論文章則云：

　　少游五十策，其言明且清。筆墨深關鍵，開闔見日星。〔註22〕

黃庭堅指出秦觀策論文，能掌握事物要點，言語曉暢，觀點清晰；「筆墨深關鍵」指文章結構嚴整，條理井然；「開闔見日星」指文章結構鋪展、收合等筆法精湛；另〈與王觀復書三首〉云：「文章蓋自建安以來，好作奇語，故其氣衰爾，其病至今猶在。唯陳伯玉、韓退之、李習之，近世歐陽永叔、王介甫、蘇子瞻、秦少游，乃無此病耳。」〔註23〕此論針對建安以來「好作奇語」導致氣衰之弊，進行反省，並指出唐代陳子昂、韓愈、李翱等三人，及宋代歐陽脩、王安石、蘇軾、秦觀等四人，無此弊端，帶有肯定之意。另〈送少章從翰林蘇公餘杭〉云：

　　東南淮海惟揚州，國士無雙秦少游。欲攀天關守九虎，但
　　有筆力回萬牛。文學綜橫乃如此，故應當家有季子。〔註24〕

透過上述評論，可見秦觀關心時局，策論文章結構嚴整、觀點清晰。

〔註20〕〔元〕托克托撰：《宋史》，收錄於《文津閣四庫全書》，史部，冊99，卷444，頁415。

〔註21〕〔宋〕黃庭堅撰：〈題蘇子由黃樓賦草〉，收錄於《山谷集‧別集》（北京：商務印書館，《文津閣四庫全書》，2005年），集部，冊372，卷10，頁372。

〔註22〕〔宋〕黃庭堅撰：〈晚泊長沙示秦處度、范元實，用寄明略和父韻五首〉之四，收錄於《山谷集》（北京：商務印書館，《文津閣四庫全書》，2005年），集部，冊372，卷8，頁185。

〔註23〕〔宋〕黃庭堅撰：〈與王觀復書三首〉，收錄於《山谷集》（北京：商務印書館，《文津閣四庫全書》，2005年），冊372，卷19，頁225。

〔註24〕〔宋〕黃庭堅撰：〈送少章從翰林蘇公餘杭〉，收錄於《山谷集》（北京：商務印書館，《文津閣四庫全書》，2005年），冊372，卷4，頁176。

黃庭堅將秦文與唐宋諸名家並提，亦帶有褒揚之意。「欲攀天關守九虎」、「但有筆力回萬牛」二句，可見秦文豪氣萬丈，健筆凌雲；「文學縱橫」，當指風格雄健奔放。

2、李之儀：秦觀書法「行筆秀氣」

李之儀（1048～1128），字端叔，自號姑溪居士，滄州無棣（今山東）人，從蘇軾於定州幕府，撰《姑溪居士文集》前集五十卷、後集二十卷，另有《姑溪詞》。李之儀對秦觀之評價不多，最為特殊者，厥為〈跋蘇黃眾賢帖〉一文：

> 東坡帖乃其子邁所作，亦自可喜，……少游自以書名，行
> 筆有秀氣。……〔註25〕

李之儀將蘇邁、秦觀等人相提並論，陳述諸家書法特性。秦觀對書法之態度，後世多有記載，如南〔宋〕陸游〈跋秦少游書〉論秦觀己身對書體之態度云：「黃豫章、秦淮海皆學顏平原眞行，豫章晚尤自稱許，淮海則退避不肯以書自名，亦各行其志也。」〔註26〕卞永譽《式古堂書畫彙考》亦載：「《書畫舫》云：『秦少游盛年學書，人多好之，唯錢穆父以為俗，後秦聞其語，遂改度稍去俗氣，漸趨平淡。』」〔註27〕「眞行」指行書而兼有眞書筆意的書體，黃、秦二人皆擅長此體，但秦觀欲避此名，故後世多未能知曉。透過李之儀的說法，得知秦觀書法頗為雅致，深具靈秀之氣。

3、張耒：秦文「倩藻舒桃李」

張耒（1054～1114），字文潛，號柯山，人稱宛丘先生，祖籍亳州譙縣（今安徽）人，有《張右史文集》。張耒交遊廣闊，〈感春〉一詩云：「昔我東南交，藹藹賢簪紳。朝晡不相捨，談笑夜達晨。……

〔註25〕〔宋〕李之儀撰：《姑溪居士前集》，收錄於《文津閣四庫全書》，集部，冊374，卷38，頁494。

〔註26〕〔宋〕陸游撰：〈跋秦淮海書〉，收錄於周義敢、周雷編《秦觀資料彙編》，頁99。

〔註27〕〔清〕卞永譽撰：《式古堂書畫彙考》（上海：上海古籍出版社，1991年8月），卷12，頁588。

南士多文章，最愛蔡與秦，吳僧參寥者，瀟灑出埃塵。」〔註28〕張耒
明言最愛秦文，已有激賞之意。又如〈贈李德載二首〉云：

> 長翁波濤萬頃陂，少翁巉秀千尋麓。黃郎蕭蕭日下鶴，陳
> 子峭峭霜中竹，秦文倩藻舒桃李，晁論崢嶸走金玉。六公
> 文字滿人間，君欲高飛附鴻鵠。〔註29〕

此處將蘇軾、蘇轍、黃庭堅、陳師道、秦觀、晁補之等六人作品並論，
諸家各有所長。又如〈寄參寥五首〉之三云：「秦子我所愛，詞若秋風
清。蕭蕭吹毛髮，肅肅爽我情。精工造奧妙，寶鐵鏤瑤瓊。我雖見之晚，
披豁見平生。……」〔註30〕此處「詞若秋風清」，就其風格觀之，非專
指詞篇，當泛指爲詩、文、詞等各類創作。「精工造奧妙，寶鐵鏤瑤瓊」，
則關注秦觀辭藻華麗巧妙，「披豁」一句，意指批覽之餘，能豁然知其
平生志趣。此外，張耒又云：「少游平生爲文不多，而一二精好可傳。
在嶺外亦時爲文。臨歿自爲〈挽詩〉一章，殊可悲也。」〔註31〕秦觀所
作〈挽詩〉，使好友張耒讀之，感同身受而悲從中來。綜觀張耒所評，
側重於秦觀詩、文辭藻，兼留意其內容，體察入微。

4、李廌：秦文「事備意高」

李廌（1059～1109），字方叔，號濟南先生，華州（今陝西）人，
爲蘇門六君子之一，撰《濟南先生師友談記》一卷，論及秦觀賦篇云：
「秦少游論賦至悉，曲盡其妙，蓋少時用心於賦，甚勤而專，常記前
人所作一、二篇，至今不忘也。」〔註32〕又云：「少游言：『賦之說雖

〔註28〕〔宋〕張耒撰：〈感春〉，收錄於周義敢、周雷編《秦觀資料彙編》，
頁34。

〔註29〕〔宋〕張耒撰《柯山集》，收錄於《文津閣四庫全書》，冊 372，卷
10，頁805。

〔註30〕〔宋〕張耒撰：《柯山集》，收錄於《文津閣四庫全書》，集部，冊372，
卷9，頁802。

〔註31〕〔宋〕張耒撰：《柯山集》，收錄於《文津閣四庫全書》，集部，冊372，
卷45，頁905。

〔註32〕〔宋〕李廌撰：《師友談記》，收錄於《文津閣四庫全書》，子部，冊
285，頁668。

工巧如此，要之是何等文字？』鷹曰：『觀少游之說，作賦正如塡歌曲爾。』少游曰：『誠然，夫作曲，雖文章卓越而不協於律，其聲不和。作賦何用好文章，只以智巧餖飣爲偶麗而已，若論爲文，非可同日語也。朝廷用此格以取人，而士欲合其格，不可奈何爾。』」〔註33〕此處李鷹肯定秦觀賦篇高妙，亦隱約可見秦觀對於賦、詞、文等文體之看法。又評秦文特質云：

> 人之文章，遼遠者失之太疏，謹嚴者失之太弱。少游之文，
> 辭雖華而氣古，事備而意高，如鐘鼎然，其體質規矩，資
> 重而簡易，其刻畫篆文，則後之鑄師莫彷彿。宜乎東坡稱
> 之爲天下奇作也，非過言矣。〔註34〕

李鷹評論文章帶有主觀意識，以此衡量秦文，其辭采華麗而氣韻古樸，敘事詳盡卻意境高遠，並以鐘鼎爲喻，言其體製宏大卻主旨精要；末引蘇軾之評爲佐證，足見李鷹認同其說，兩人皆肯定秦文爲「天下奇作」。

秦觀因詞篇深蘊含蓄婉約、幽怨悱惻之情，撼動歷代多少讀者內心深處，後世學者多以詞體風格定位秦觀才學，但多未能兼顧他類作品。筆者就此觀點思考，蘇門學士及故舊與秦觀來往密切，接觸較爲全面，評論話語最爲直接。綜觀上述蘇軾及蘇門文士之評，多肯定秦觀詩、文、賦、書法等面向之成就，展現彼此互動之熱絡與肯定之態度，不僅彰顯情誼深厚，更可確切體現其關注面向，對於標榜秦觀才學，可謂不遺餘力。

（三）其他（宋代）

宋代評秦觀者，除蘇軾及其門人故舊之外，另有諸多散見資料，筆者爲求更加貼近宋金元時人對於秦觀才學之接觸面向，故本小節擬就論及文體風格、稱揚秦觀人格、關注文體筆法等三大面向，略加探索。

〔註33〕〔宋〕李鷹撰：《師友談記》，收錄於《文津閣四庫全書》，子部，冊285，頁668。

〔註34〕〔宋〕李鷹撰：《師友談記》，收錄於《文津閣四庫全書》，子部，冊285，頁668。

1、論及文體風格者：道潛、蘇籀、蔡正孫……等人

道潛、蘇籀、蔡正孫、李綱、晁公武、劉克莊、李沆等人，分別針對秦觀詩文特性，進行評論，隨順各家與秦觀交遊之深淺，論述側重面向有所差異，然肯定秦觀才學之意，大抵相同，茲就各家所言，略述如次：

（1）道潛：秦文「論高氣盛」

道潛（生卒年不詳），號參寥子，賜號妙總大師，能詩善賦。據晁公武《郡齋讀書志》云：「皇朝僧道潛，自號參寥子，與蘇子瞻、秦少游爲詩友，其詩清麗，不類浮屠語。」〔註35〕參寥子與蘇軾、秦觀往來，性情契合，曾評秦觀才學云：

> 念子少年日，豪氣吞九州。讀書知突奧，游刃無全牛。當
> 時所獻策，考致第一流。論高追賈誼，氣盛凌馬周。勝理
> 非空文，灼可資廟謀。……平生所著書，字字鏗琳球。子
> 道決不泯，千載傳芳猷。〔註36〕

此乃參寥子〈哭少游學士〉詩，由中可見參寥子與秦觀情誼深厚。參寥子雖爲方外之士，卻與當代文人往來頻繁，亦多所創作。此詩以秦觀少時豪氣滿盈，讀書勤奮，進而肯定其策論爲當時第一流；再細就其議論追步漢代賈誼〈治安策〉，見解高明，而才華則凌越唐人馬周〔註37〕，參寥子以兩位賢者爲喻，更可凸顯秦文出類拔萃；「字字鏗

〔註35〕〔宋〕晁公武撰：《郡齋讀書志》，收錄於《文津閣四庫全書》，集部，冊224，卷4下之上，頁611。

〔註36〕〔宋〕釋道潛撰：《參寥子詩集》，收錄於《文津閣四庫全書》，集部，冊373，卷10，頁155。

〔註37〕唐人馬周之生平，參據《舊唐書·馬周傳》云：「馬周，字賓王，清河茌平人也。少孤貧好學，尤精詩傳，落拓不爲州里所敬。……至京師舍於中郎將常何之家。貞觀五年，太宗令百寮上書言得失，何以武吏，不涉經學，周乃爲何陳便宜二十餘事。令奏之事皆合旨，太宗怪其能，問何，何答曰：『此非臣所能，家客馬周具草也』。」馬周學識淵博，援筆立成，太宗曾賜予「神筆」封號。宋·劉煦撰：《舊唐書·馬周傳》，收錄於《文津閣四庫全書》，史部，冊93，卷74，頁671。

琳球」，「琳球」亦作「琳璆」，本指美玉或為玉器碰撞所發出之聲響，但此處用以表示文辭優美，或言字字鏗鏘，擲地有聲。足見參寥子肯定秦文，不僅著重於內容，亦關注詞藻精巧與否。

（2）蘇轍：秦觀為「文士冠冕」

蘇轍（1039～1112），字子由，號潁濱遺老；為蘇軾之弟，兩人同年登第。蘇轍曾針對秦文加以評論，記載於蘇籀所撰《欒城遺言》中。蘇籀為蘇轍之孫，據《四庫全書提要》云：「籀年十餘歲，時侍轍於潁昌，首尾九載，未嘗去側。因錄其所聞，可追記者若干語，以示子孫，故曰『遺言』。中間辨論文章流別，古今人是非得失，最為詳晰，頗能見轍作文宗旨。其精言奧義，亦多足以啟發來學！」《欒城遺言》為蘇轍論文之主張，及對他人文章之品評，此中論及秦觀云：

> 張十二之文，波瀾有餘，而出入整理骨骼不足。秦七波瀾不及張，而出入徑健簡捷過之。要知二人，後來文士之冠冕也。〔註38〕

「張十二」為張耒，「秦七」則為秦觀，兩人風格多所差異，各有所長。「波瀾」指文章迭宕起伏，張耒較為出色，但文章的主體內容和基本結構，較不健全，實為弊病；而秦文整體結構完備，相形之下更顯簡要直截，但起伏迭宕稍有不足。張、秦雖各有弊病，但蘇轍肯定兩人皆為「文士冠冕」。此外，蘇轍〈高郵別秦觀〉三首之二亦云：「筆端大字鴉棲壁，袖裏新詩句琢冰。送我扁舟六十里，不嫌罪垢汙交朋。」〔註39〕詩中陳述與秦觀來往之情況，亦對其創作予以肯定。

（3）蔡正孫：秦觀「文麗思深」

蔡正孫（生卒年不詳），字粹然，自號蒙齋野逸。編有《詩林廣記》，除記載蘇軾以秦觀詩文數十篇呈予王安石欲薦舉之事外，亦論

〔註38〕〔宋〕蘇籀撰：《欒城遺言》，收錄於《文津閣四庫全書》，集部，冊286，卷9，頁204。

〔註39〕〔宋〕蘇轍撰：《欒城集》，收錄於《文津閣四庫全書》，集部，冊371，卷10，頁757。

及秦文特色云：

> 少游名觀，蘇子瞻以賢良薦於哲宗，除博士，遷正字。紹聖
> 坐黨，編置郴州。長於議論，文麗而思深，當世重之。〔註40〕

此論肯定秦觀文采華麗精巧，思慮精深，與上述道潛、蘇籀諸家之論，
相去不遠。較為特殊處，係蔡正孫指出秦文為當世所重，可呈顯宋人
對於秦文甚為推崇，並可窺見秦觀非僅以詞篇名聞兩宋。

（4）晁公武：秦觀自言「華麗為愧」

晁公武（1105～1180），字子正，號昭德先生，鉅野（今山東）
人，著《郡齋讀書志》，載秦觀為文集三十卷。嘗論秦觀云：「皇朝秦
觀少游，高郵人。登進士第，元祐初除校勘書籍。紹聖初除名，編隸
橫州。遇赦北歸，至藤州卒。蘇子瞻嘗謂李廌曰：『少游之文，如美
玉無瑕』又『琢磨之功，殆未有出其右者』少游亦自言其文銖兩不差，
但以華麗為愧耳。」〔註41〕晁公武論秦觀才學，多引述前人說法，可
見認同前人之意鮮明，視秦文如美玉，筆法精巧琢磨，亦引秦觀自述
「華麗為愧」，指明其文體缺失之處。

（5）劉克莊：秦文「精確可傳」

劉克莊（1187～1269），字潛夫，號後村，莆田（今福建）人。
其文辭工巧，史學尤精，著有《後村集》、《後村詩話》。曾評宋人才
學云：

> 本朝如晏叔原、賀方回、柳耆卿、周美成輩，小詞膾炙人
> 口，他論著世十分罕見，豈為詞所掩歟？抑材有所局歟？
> 惟秦、晁二公詞既流麗，他文亦皆精確可傳。〔註42〕

文中指出晏幾道、賀鑄、柳永、周邦彥等人，詞篇為眾人所喜愛，但

〔註40〕〔宋〕蔡正孫編：《詩林廣記》，收錄於《文津閣四庫全書》，集部，
　　　　冊 496，後集卷 8，頁 68。
〔註41〕〔宋〕晁公武撰：《郡齋讀書志》，收錄於《文津閣四庫全書》，史部，
　　　　冊 224，卷 4 下之上，頁 610。
〔註42〕〔宋〕劉克莊撰：《後村集》，收錄於鄧子勉編《宋金元詞話全編》，
　　　　中冊，卷 111，頁 1183。

它類文體較之詞篇，則相形失色，惟獨秦觀、晁補之兩人諸體兼擅。此論特殊之處在於，南宋時期劉氏對秦觀詩、文仍多所推崇。

（6）吳沆：秦詩「筆法巧妙」

吳沆（生卒年不詳），字德遠，號無莫居士，生卒年不詳。博通經史，《環溪詩話》一卷，不著撰人名氏，皆品評吳沆之詩，及載錄沆論詩之語。其卷下云：

> 秦少游詩云：「北客念家渾不睡，荒山一夜雨吹風」，此直
> 說客中而有思家之情，乃賦中之興也。〔註43〕

吳沆引秦觀〈題郴陽道中一古寺壁二絕〉末二句，就其筆法進行評述。劉勰《文心雕龍》論「比興」之要意云：「故比者，附也；興者，起也。附理者，切類以指事；起情者，依微以擬議。」〔註44〕秦詩作法雖屬平鋪直述之賦筆，但其中隱含觸景傷情之興筆，甚為巧妙。

2、論及秦觀人格者：曾肇、陳振孫、鄒浩、樓鑰

後世評論秦觀人格特質，多受秦詞風格影響，將他歸類為含蓄幽怨、哀傷抑鬱，彷彿女子形象，格外柔弱哀傷。但就宋人所評，多能兼及秦觀積極進取、慷慨豪雋等面向。茲就諸家所論，略述如次：

（1）曾肇：秦觀「兼通世務」

曾肇（1047～1107），字子開，為曾鞏之弟，撰《曲阜集》四卷。曾肇於元祐八年十月（1092），曾上呈文書，薦舉秦觀，當時秦觀四十五歲。據〈薦章處厚、呂南公、秦觀狀〉云：

> 蔡州學秦觀，文辭瑰麗，固其所長，而守正不回，兼通世
> 務。自熙寧中識之，知其為人實有可用。〔註45〕

曾肇向上級推薦秦觀之文書，所舉優點有三：一為「文辭瑰麗」，強

〔註43〕〔宋〕吳沆撰：《環溪詩話》，收錄於周義敢、周雷編《秦觀資料彙編》，頁114。

〔註44〕〔梁〕劉勰著、范文瀾注：《文心雕龍注》（北京：人民文學出版社，2006年1月第四次印刷），601。

〔註45〕〔宋〕曾肇撰：《曲阜集》，收錄於《文津閣四庫全書》，集部，冊368，卷2，頁117。

調秦觀辭采華麗，標舉其才能學問；二為「守正不回」，彰顯秦觀固守正道，不屈從權貴，讚揚其道德高潔；三為「兼通世務」，通曉為國謀劃治理之道，堪稱為棟樑賢才。曾肇以秦觀具有上述三大傑出之面向，試圖進行舉薦。兩人交遊甚久，元豐五年秋冬秦觀作〈謝曾子開書〉，隔年春曾肇答之，書中稱許秦觀詩文「瓌瑋閎麗，言近旨遠」，文采精妙如「靈蛇之珠，荊山之璞」，可見曾肇與秦觀交情之深厚，推崇之意甚明。

（2）陳振孫：秦觀「疏蕩不檢」

陳振孫（？～1261），字伯玉，號直齋，安吉（今浙江）人。博通今古，為浙西提舉，著《直齋書錄解題》。曾評秦觀為人云：

> 《淮海集》四十卷、《後集》六卷、《長短句》三卷。秘書省正字高郵秦觀少游撰，一字太虛。觀才極俊，嘗應制舉不得召，終以疏蕩不檢，見薄於世，後亦不免貶死。〔註46〕

陳振孫評秦觀才能卓越，但因屢次科考不第，心緒消沉，終究因放達不羈，未能約束己身行為，後為世俗所輕視。陳氏將秦觀身世遭遇皆歸咎於性格，或許失之於武斷，但直言肯定秦觀才能出眾，則為確論。取之與同為藏書家的晁公武比較，晁氏提及《淮海集》有三十卷；至於論秦觀之意見，則有分歧（詳見前節）。

（3）鄒浩：秦觀乃「維揚第一」

鄒浩（1060～1111），字志完，常州晉陵（今江蘇）人，官至直龍圖閣贈寶文閣學士，著《道鄉集》四十卷。曾以七律一首論秦觀身世遭遇，題為〈夢秦少游〉，詩云：

> 淮海維揚第一流，三關齊透萬緣休。真心豈復隨灰劫，遺骨終然寄橘州。專為流通深歎賞，莫相純置豁愁憂。覺來欲語無人聽，屋角熒熒空斗牛。〔註47〕

〔註46〕〔宋〕陳振孫撰：《直齋書錄解題》，收錄於《文津閣四庫全書》，史部，冊224，卷17，頁788。

〔註47〕〔宋〕鄒浩撰：《道鄉集》，收錄於《文津閣四庫全書》，集部，冊374，卷10，頁629。

「維揚」是揚州的別稱,為秦觀之故鄉,此詩推舉秦觀為該地第一等人物。第三、四句論及秦觀身世遭遇,歷經政治風暴,謫死異鄉,不免使人遺憾不捨。鄒浩曾為揚州教授,人生遭遇多舛,曾謫居永州、昭州等地,心境不免多受影響,故其〈夢秦少游〉一詩,或可視為「借他人酒杯,澆胸中塊壘」。

(4)樓鑰:秦觀「懷抱百憂」

樓鑰(1137~1213),字大防,自號攻媿,鄞縣(今浙江)人,著《攻媿集》。〈黃太史書少游海康詩〉云:「祭酒芮公賦〈鶯花亭詩〉,其中一絕云:『人言多技亦多窮,隨意文章要底工?淮海秦郎天下士,一生懷抱百憂中』嘗誦而悲之,醉臥古藤,誠可深惜,宜人者宜於人,竟亦不免,哀哉!」〔註48〕此為題跋之語,前人對秦觀才學技藝精湛,多所著墨,而樓鑰則重視其人生遭遇,深深寄予同情。

3、關注文體筆法者:呂本中、陳善、朱弁

宋人除關注秦觀文風及其人格等面向外,亦針對其創作筆法加以評述。秦觀向以詞風婉約,筆意含蓄,聞名於世。今日研究者多承此說,而定位其人,所論是否公允?或可由宋人評論略見梗概,亦可由中窺知,秦觀創作筆法之特殊展現。茲就諸家所論,探析如次:

(1)呂本中:秦文上宗西漢,可謂善學

呂本中(1084~1145),初名大中,字居仁,號紫微,人稱東萊先生,壽州(今安徽)人,撰《軒渠錄》一卷。《童蒙詩訓》評秦觀文章云:「文章有首有尾,無一亂說,觀少游五十策可見。」〔註49〕此論肯定秦觀文章層次井然,立論翔實;又如:

> 文章大要須以西漢為宗,此人所可及也。至於上面一等,
> 則須審己才分,不可勉強作也。如秦少游之才,終身從東

〔註48〕〔宋〕樓鑰:〈定海縣淮海樓記〉,《攻媿集》(臺北:臺灣商務印書館,1967年,《四部叢刊初編》),卷55,頁514~515。

〔註49〕〔宋〕呂本中撰:《童蒙詩訓》,收錄於周義敢、周雷編《秦觀資料彙編》,頁58。

坡步驟次第，上宗西漢，可謂善學矣。〔註50〕

呂本中認爲秦觀文章師法蘇軾，可上宗西漢，論其文章作法有所本。呂本中除了關注秦文之外，亦留意其詩風變化，《童蒙詩訓》云：「少游過嶺後詩，嚴重高古，自成一家，與舊作不同。」〔註51〕秦觀少年時期，慷慨激昂，理想高遠，但因遠謫遷徙，心境丕變，詩文作品深具寄託之意，就此觀點審視呂本中之評，仍具肯定之意。

（2）陳善：秦觀「論策刻露」

陳善，字敬甫，又字子謙，號秋塘，又號潮溪先生，福州羅源（今福建）人，撰《捫蝨新話》十五卷。陳善《捫蝨新話》曾與呂本中採相反論調云：

> 呂居休嘗言：「少游從東坡游，而其文字乃自學西漢。」以余觀之，少游文字格似正，此所進論策辭句頗若刻露，不甚含蓄。若比坡，不覺望洋而歎也，然亦自成一家。〔註52〕

陳善針對呂本中評論秦觀之語進行思考。「文字格似正」指文章能匡正時弊，但又評詞句明白直截，太過直露，欠缺含蓄委婉。陳善又將秦觀與蘇軾相較，「望洋而嘆」一語，則肯定蘇軾文章較爲高妙，但仍肯定秦文可自成一家，非專守蘇軾之路，又云：「東坡亦不得不收秦少游、魯直之輩。少游歌詞當在坡上，少游不遇東坡，當絕自立，必不在人下也。然提獎成就，坡力爲多。」〔註53〕陳善直言秦詞高妙勝過蘇軾，讚揚秦觀才學，亦肯定蘇軾提拔之功。

（3）朱弁：秦觀「下筆精悍」

朱弁（1085～1144）字少章，自號觀如居士，婺源（今江西）人。

〔註50〕〔宋〕呂本中撰：《童蒙詩訓》，收錄於周義敢、周雷編《秦觀資料彙編》，頁58。

〔註51〕〔宋〕呂本中撰：《童蒙詩訓》，收錄於周義敢、周雷編《秦觀資料彙編》，頁58。

〔註52〕〔宋〕陳善撰：《捫蝨新話》，收錄於鄧子勉編《宋金元詞話全編》，上冊，頁609。

〔註53〕〔宋〕陳善撰：《捫蝨新話》，收錄於鄧子勉編《宋金元詞話全編》，上冊，頁609。

高宗建炎使金，被拘十九年，守節不屈。著《曲洧舊聞》十卷、《續骫骳說》一卷、《風月堂詩話》二卷。朱弁評秦觀，著重於秦文筆法，嘗云：

> 東坡嘗語子過曰：「秦少游、張文潛，才識學問，爲當世第一，無能優劣二人者。」少游下筆精悍，心所默識，而口不能傳者，能以筆傳之。然而氣韻雄拔，疏通秀朗，當推文潛。〔註54〕

朱弁引蘇軾教導其子蘇過之言，肯定秦觀、張耒才識最爲特出。進而針對二人文體性質深入說明，評秦文「下筆精悍」，與張耒「氣韻雄拔」、「疏通秀朗」有所不同。

（四）金元人對秦觀才學的接受

金、元皆爲外族，身處蠻荒，生存環境險惡，多尚武功，文學發展較爲積弱不振。金元時人對秦觀之接受，如趙秉文、王惲、陳基等人，多陳述追思之情；另有托克托以史傳角度紀錄秦觀，各有關注面向。

1、趙秉文、王惲、陳基：皆以詩歌遙寄追思之情

趙秉文（1159～1232），字周臣，自號閑閑道人，磁州滏陽（今河北）人，《金史》讚爲「文士巨擘」，著有《閑閑老人滏水文集》。趙秉文〈題扇頭〉七絕曾云：

> 魏三句裏數聲檜，秦七詞中萬點鴉。好在團團明月底，一灣流水幾人家。〔註55〕

王惲《秋澗集》卷13亦云：

> 湖浸通淮水，盂城隱楚防。百年勞士卒，一擲失金湯。陸走無關禁，舟行半海商。此邦多秀彥，國士說秦郎。〔註56〕

〔註54〕〔宋〕朱弁：《曲洧舊聞》，收錄於《文津閣四庫全書》，集部，冊285，卷5，頁718。

〔註55〕〔金〕趙秉文撰：《閑閑老人滏水文集》，收錄於鄧子勉編《宋金元詞話全編》，下冊，頁1795。

〔註56〕〔金〕王惲撰：《秋澗集》，收錄於《文津閣四庫全書》，集部，冊401，卷13，頁52。

王惲（1227～1304）字仲謀，號秋澗，汲縣（今河南）人，著《秋澗集》、《玉堂嘉話》等，極富才學，元世祖早期所下詔令，多出自其手。趙秉文、王惲二人詩歌皆論及秦觀，前者乃標舉秦觀〈滿庭芳〉（山抹微雲）詞末句「寒鴉萬點，流水繞孤村」；後者則因地理因素，思及高郵秀彥之士，關注面向雖有不同，但皆遙寄追思之意。陳基（1314～1370），字敬初，臨海（今浙江）人。受業黃溍之門，所作詩文操縱馳騁，自有雍容揖讓之度，不失其師傳。陳基追思秦觀，展現於〈高郵〉一詩云：

> 秦郵水爲國，層城高鬱鬱。三面阻重湖，深湟中蕩潏。
> 常憐秦太虛，材兼文武術。慷慨談孫吳，議論每奇崛。
> 邀遊二蘇間，文采尤駿發。平生英邁風，想像見彷彿。
> 顧余亦何知，僶俛從戰伐。承晚過其鄉，徘徊爲終日。
> 憶昔元祐際，中國久寧謐。西北獨猖狂，公心常憤切。
> 中原屬塗炭，四野多白骨。使公當此時，豈惜焦毛髮。
> 秋風吹淮甸，征騎四馳突。九原不可作，悲歌暮蕭瑟。
> 〔註57〕

此爲五言古詩，先描述高郵地理位置及山水景致，進而遙想當地名人秦觀，帶有悲憫之情。陳基評秦觀「材兼文武術」、「議論每奇崛」、「文采尤駿發」，皆爲肯定秦文之辭；「平生英邁風」則提及秦觀豪氣慷慨、天資英邁；「公心常憤切」則指秦觀關切時局，憂心國政，末句則帶有不捨之情。

2、元代托克托：秦觀「文麗思深」

托克托（生卒年不詳），字大用，幼時聰慧，異於常兒，後爲著名史學家，撰《宋史》、《遼史》、《金史》等書。《宋史·秦觀傳》所載事蹟甚爲詳盡：

> 秦觀字少游，一字太虛，揚州高郵人。少豪雋，慷慨溢於
> 文詞，舉進士不中。強志盛氣，好大而見奇，讀兵家書與

〔註57〕〔元〕陳基撰：《夷白齋稿》，收錄於周義敢、周雷編《秦觀資料匯編》，頁 154～155。

己意合。見蘇軾於徐，爲賦黃樓，軾以爲有屈、宋才。又
介其詩於王安石，安石亦謂清新似鮑、謝。…至藤州，出
游華光亭，爲客道夢中長短句，索水欲飲，水至，笑視之
而卒。先自作〈挽詞〉，其語哀甚，讀者悲傷之，年五十三，
有文集四十卷。觀長於議論，文麗而思深。及死，軾聞之
歎曰：「哀哉！世豈復有斯人乎！」〔註58〕

托克托撰寫史書，搜羅資料頗費心思，對秦觀之了解，多取自前人舊
說。論少時豪氣騰空，喜讀兵書，且對秦觀生平經歷多所關注，如謫
遷郴州、雷州、橫州諸地，心境淒苦，後卒於藤州之事，頗具傳奇色
彩，托克托皆一併收錄。文末言秦觀長於議論，文麗思深，肯定其文
采華麗，思慮精深。然托克托論及秦詞，僅言其語悲淒，考察宋金元
時期詞話，秦觀詞名已顯，托克托卻未著力彰顯秦詞特長，甚可怪矣！

二、詩詞異趣，姿態有別

　　詞體萌芽於唐五代，宋人對於詞體特質之確立，已有思考，首先
展現於明辨詩、詞二體上。詩之體式整齊平穩，語言莊重矜持，風格
清新自然、雄壯健勁；詞體式長短變化，語言多涉綺艷，風格婉轉柔
美、言情抒感。詩詞體式、風格皆殊多差異，較之政論散文，筆力有
別。孫望《宋代文學史》論詞體特性云：「上層文人以詩文言志議政
寄託經國宏猷，而把感性人欲、風流艷情、遊冶享樂，傾灑於詞體之
中。」〔註59〕足見詞篇較之詩文，更貼近人情世俗。宋人對秦詞之接
受態度，亦展現於其他文體之比較上，其中尤以詩歌爲夥，藉此更能
凸顯秦詞特性。

（一）蘇軾及其門生故舊

　　蘇軾及其門生故舊，對秦觀人格才學素極標榜，論及詩歌多肯定

〔註58〕〔元〕托克托撰：《宋史》，收錄於《文津閣四庫全書》，史部，冊99，
　　　　卷444，頁415。
〔註59〕孫望、常國武主編：《宋代文學史》（北京：人民文學出版社，2006
　　　　年6月第3次印刷），頁38。

其文采華麗，論及文章則多關心時政、氣勢凌雲，書法亦秀美可觀，但對秦詞之看法如何？茲就諸家所評，略述如次：

1、蘇 軾

蘇軾對秦觀人格才學多所標榜，就其詩文長處，進行評論。相較之下，論及秦詞僅寥寥數語，且僅見〈書秦少游詞後〉一文，其言云：「少游昔在虔州，嘗夢中作詞云：『山路雨添花，花動一山春色。行到小溪深處，有黃鸝千百。……』供奉官儂君沔居湖南，喜從遷客游，尤爲呂元鈞所稱，又能誦少游事甚詳，爲余道此詞，至流涕，乃錄本使藏之。建中靖國元年三月二十一日。」〔註60〕其餘多由後人所編詞話記載，未能直接由蘇軾文集中得見，是否屬實則有待商榷。如釋惠洪《冷齋夜話》云：

> 少游到郴州，作長短句云：「霧失樓臺，月迷津渡。……郴江幸自繞郴山，爲誰流下瀟湘去。」東坡絕愛其尾兩句，自書於扇曰：「少游已矣，雖萬人何贖。」〔註61〕

又云：

> 少游在黃州，飲於海橋。橋南北多海棠，有老書生家海棠叢間，少游醉宿於此。明日題其柱云：『喚起一聲人悄，衾暖夢寒窗曉。……急投床，醉鄉廣大人間小。』東坡愛其句，恨不得其腔，當有知者。〔註62〕

上述兩則詞話，記載蘇軾對秦觀詞句之喜愛，流傳甚爲廣泛。前者爲〈踏莎行〉（霧失樓臺）末句「郴江幸自繞郴山，爲誰流下瀟湘去」；後者爲〈醉鄉春〉（喚起一聲人悄），除了記錄蘇軾絕愛秦詞語句，亦展現蘇軾對秦觀辭世之不捨。蘇軾曾並論秦、柳二人，據黃昇《花菴

〔註60〕〔宋〕蘇軾撰：《書秦少游詞後》，收錄於鄧子勉《宋金元詞話全編》，上冊，頁99。

〔註61〕〔宋〕胡仔纂集、廖德明校點：《苕溪漁隱叢話》（臺北：木鐸出版社，1982年8月），前集卷50，頁339。

〔註62〕〔宋〕釋惠洪撰：《冷齋夜話》，收錄於胡仔纂集、廖德明校點：《苕溪漁隱叢話》，前集卷50，頁340。

詞選》卷二，蘇軾〈永遇樂〉詞下注云：「秦少游（觀）自會稽入京，見東坡（蘇軾）。坡曰：『久別當作文甚勝，都下盛唱公山抹微雲之詞。』秦遜謝。坡遽云：『不意別後，公卻學柳七（永）作詞。』秦答曰：『某雖無識，亦不至是。先生之言，無乃過乎？』坡云：『銷魂當此際，非柳詞乎？』秦慚服。然已流傳，不復可改矣！」〔註63〕黃昇以蘇、秦對話，記載蘇軾糾舉秦詞風格近似柳詞之事。〔清〕沈雄《古今詞話‧詞話》上卷亦云：「蘇東坡曰：『山抹微雲秦學士，露花倒影柳屯田，微以氣格為病。』」〔註64〕此語標舉柳永、秦觀二人皆有名句傳世，但蘇軾明言兩人俱以氣格為病。綜觀歷代詞話所載蘇軾對秦詞之態度，就《冷齋夜話》可知，蘇軾對秦詞仍多所推崇，而《花菴詞選》、《古今詞話》所載，卻多見貶抑之語，孰是孰非？仍有待商榷。

2、黃庭堅

黃庭堅詩、詞兼擅，常與秦觀並稱「秦七黃九」。黃庭堅對自我才學之定位，據〈論作詩文〉云：「余嘗對人言，作詩在東坡下，文潛、少游上。至於雜文，與无咎等耳。」〔註65〕黃庭堅自評詩歌優於張耒及秦觀，可查知對秦觀詩歌之接受態度。論及秦詞，黃庭堅多以絕句述感，如〈病起荊州亭即事十首〉之八云：

閉門覓句陳無己，對客揮毫秦少游。正字不知溫飽未？西風吹淚古藤州。〔註66〕

陳無己為陳師道，「閉門覓句」，指作詩時冥想苦思，未能下筆立成，而秦觀「對客揮毫」，才思敏捷，陳師道以兩人相對比，論其創作之

〔註63〕〔宋〕黃昇輯：《花菴詞選》，收錄於唐圭璋等人校點《唐宋人選唐宋詞》（上海：上海古籍出版社，2004年10月），卷2，頁601。

〔註64〕〔清〕沈雄撰：《古今詞話》，收錄於唐圭璋《詞話叢編》，冊1，頁765。

〔註65〕〔宋〕黃庭堅撰：〈論作詩文〉，收錄於《山谷集‧別集》（北京：商務印書館，《文津閣四庫全書》，2005年），集部，冊372，卷6，頁358。

〔註66〕〔宋〕黃庭堅撰：〈病起荊州亭即事十首〉之八，收錄於《山谷集》（北京：商務印書館，《文津閣四庫全書》，2005年），集部，冊372，卷7，頁182。

遲速。羅大經針對此說表達個人意見云：「余謂文章要在理意深長，辭語明粹，足以傳世覺後，豈但誇多鬥速於一時哉！山谷云：『閉門覓句陳無己，對客揮毫秦少游。』世傳無己每有詩興，擁被臥床，呻吟累日，乃能成章。少游則盃觴流行，篇詠錯出，略不經意。然少游特流連光景之詞，而無己意高詞古，直欲追蹤《騷》、《雅》，正自不可同年語也。」〔註67〕羅大經細膩體察兩人作品之別，主張優劣非在於創作之遲速，應就內容進行探討，羅氏稱揚陳師道「意高詞古」，視秦詞爲「流連光景」之作，可窺見對兩人作品之接受態度，與黃庭堅並不相同。「正字」爲官名，陳師道坐黨廢錮，既而自棣學除秘書省正字，而少游自雷州貶所北歸，作〈好事近〉（春路雨添花）一詞，題序云：「夢中作」，下片末句有「醉臥古藤陰下，了不知南北」之語。秦觀至藤州卒於光化亭上，後人多視該詞爲讖語，帶有神祕色彩。黃庭堅論兩人才學，並提及秦觀遭遇，表達對故舊之同情及懷念。又如〈寄賀方回〉一詩云：

> 少游醉臥古藤下，誰與愁眉唱一盃。解作江南斷腸句，只
> 今唯有賀方回。〔註68〕

賀鑄，字方回，工文詞，尤長於樂府，有《慶湖遺老集》二十卷。魏慶之《詩人玉屑》曾云：「賀方回，妙於小詞，吐語皆蟬蛻塵埃之表。……山谷嘗手寫所作〈青玉案〉者，置之几研間，時玩味。」〔註69〕可見黃庭堅極度肯定賀鑄詞。此處並論秦觀、賀鑄二人，秦觀有〈好事近〉（春路雨添花）詞，賀鑄有〈青玉案〉詞，又名〈橫塘路〉，詞云：「凌波不過橫塘路。但目送、芳塵去。錦瑟華年誰與度。月橋仙館，瑣窗朱戶。唯有春知處。　　飛雲冉冉衡臯暮。彩筆新題斷腸句。試問閑

〔註67〕〔宋〕羅大經撰：《鶴林玉露》，收錄於《文津閣四庫全書》，子部，冊286，卷16，頁556。

〔註68〕〔宋〕黃庭堅：〈寄賀方回〉，收錄於《山谷集》（北京：商務印書館，《文津閣四庫全書》，2005年），集部，冊372，卷11，頁192。

〔註69〕〔宋〕魏慶之撰：《詩人玉屑》（臺北：世界書局，2005年5月七版），卷20，頁472。

愁知幾許。一川煙草，滿城風絮。梅子黃時雨。」（《全宋詞》，冊一，頁 513）針對黃氏之評，吳子良《荊溪林下偶談》云：「張祐有句云：『故國三千里，深宮二十年』，以此得名，故杜牧云：『可憐故國三千里，虛唱宮詞滿後宮』，鄭谷亦云『張生有國三千里，知者惟應杜紫微』。秦少游有詞云：『醉臥古藤陰下』，故山谷云：『少游醉臥古藤下，誰與愁眉唱一杯。解作江南斷腸句，只今惟有賀方回』，正與杜、鄭語意同。」〔註70〕以杜牧體會張祐名句為喻，不僅肯定秦、賀詞之善，亦指賀鑄頗能契合秦詞妙處。黃庭堅另評〈踏莎行〉（霧失樓臺）一詞云：「少游發郴州回橫州多顧有所屬而作，語意極似劉夢得楚蜀間詩也。」〔註71〕此就秦觀仕途遭遇及其所感，論其語意與劉禹錫貶謫時所作之詩，頗為近似。針對黃庭堅所云，楊萬里《誠齋集》卷二十七則云：「斷腸浪說賀方回，未抵秦郎窮水才。欲向湖邊問遺唱，鴛鴦鸚鵡兩相推。」〔註72〕「浪說」意即妄說，此絕句帶有評論高下之意味，認為秦觀詞優於賀鑄。

3、陳師道

陳師道（1053～1101），字無己，一字履常，號後山居士，彭城（今江蘇）人，為蘇門六君子之一，著有《後山集》、《後山詞》、《後山談叢》、《後山詩話》等，共三十卷。陳師道論詞體本色云：

> 退之以文為詩，子瞻以詩為詞，如教坊雷大使之舞，雖極天下之工，要非本色。今代詞手，惟秦七、黃九爾，唐諸人不逮也。〔註73〕

陳師道對於文體之別，已有思考，此論涉及詞體本色，堪稱後世論詞

〔註70〕〔宋〕吳子良撰：《荊溪林下偶談》，收錄於鄧子勉編《宋金元詞話全編》，中冊，頁 1303。

〔註71〕〔宋〕黃庭堅撰：〈跋秦少游〈踏莎行〉〉，收錄於鄧子勉編《宋金元詞話全編》，上冊，頁 119。

〔註72〕〔宋〕楊萬里：〈湖天暮景〉之五，收錄於《誠齋集》（臺北：臺灣商務印書館，1967 年，《四部叢刊初編》），卷 27，頁 256。

〔註73〕〔宋〕陳師道撰：《後山詩話》，收錄於鄧子勉編《宋金元詞話全編》，上冊，頁 213。

體風格、正變之濫觴。蘇軾致力新變，有意識革新詞風，一洗綺羅香澤之態，指出向上一路，但終究「要非本色」。此處論及詞體「本色」，產生深遠影響，使後世論詞體者，就詞之內容題材、風格境界等面向，加以探討。陳師道標榜詞體本色，並評秦觀爲「今之詞手」，又作〈漁家傲〉（一舸姑蘇風雨疾），詞云：「青入柳條初著色，溪梅已露春消息。擬作新詞酬帝力。輕落筆。黃秦去後無強敵。」（《全宋詞》，冊一，頁 590）此乃標舉黃庭堅、秦觀詞極爲出色，並自詡兩人之後，已無敵手可較量。王稱《書舟詞序》曾對陳師道評秦詞之態度，加以解說：「昔晏叔原以大臣子，處富貴之極，爲靡麗之詞，……蓋叔原獨以詞名爾，他文則未傳也。至少游、魯直則兼之，故陳無己之作，自云不減秦七黃九，是亦尊其詞爾！」〔註74〕王稱評論晏幾道、秦觀、黃庭堅三人，晏以詞聞名於世，他類文體並未兼擅，而秦觀與黃庭堅則能兼之。

4、晁補之

晁補之（1053～1110），字无咎，濟州鉅野（今山東）人。〈同蘇翰林先生次韻追和陶淵明〉之二十云：「黃子似淵明，城市亦復眞。陳君有道舉，化行閭井淳。張侯公瑾流，英思春泉新。高才更難及，淮海一髯秦。」〔註75〕秦觀多鬚，人以「髯秦」戲稱之，此處言秦觀才學人所難及。陳師道論韓愈「以文爲詩」、蘇軾「以詩爲詞」，雖工巧卻「要非本色」，唯有黃庭堅、秦觀兩人，深得詞體本色。而晁補之論黃庭堅詞亦云：「黃魯直閒爲小詞，固高妙，然不是當行家語，乃著腔子唱好詩也。」〔註76〕晁氏言「不是當行家語」與陳師道提及「要非本色」，相互呼應，顯然兩人對詞體本質已有相當程度之認知。

〔註74〕〔宋〕王稱撰：《書舟詞序》，收錄於鄧子勉編《宋金元詞話全編》，上冊，頁 614～615。

〔註75〕〔宋〕晁補之撰：《雞肋集》，收錄於《文津閣四庫全書》，集部，冊 373，卷 4，頁 765。

〔註76〕〔宋〕趙令畤撰：《侯鯖錄》，收錄於鄧子勉編《宋金元詞話全編》，上冊，頁 245。

晁補之評秦詩觀點爲何？據《王直方詩話》云：「東坡嘗以所作小詞示无咎、文潛曰：『何如少游？』二人皆對曰：『少游詩似小詞，先生小詞似詩。』」〔註77〕此論可見蘇軾獨挑秦詞爲比較對象，實乃視秦觀爲詞中能手；此外，亦可窺見晁補之視秦詩如詞之態度。另《復齋漫錄》評論〈滿庭芳〉（山抹微雲）一詞云：

> 近世以來作者皆不及秦少游，如「斜陽外，寒鴉萬點，流水繞孤村。」雖不識字人，亦知是天生好言語。〔註78〕

此論流傳甚廣，明清時期多徵引其說以品評秦觀。斜陽、寒鴉、流水等景物，看似尋常，但經由秦觀詞筆揮灑，景色淒迷蒼茫，孤寂之感頓生，用語自然，格調不俗，毫無矯揉造作之弊，故晁氏讚揚秦詞爲「天生好語」。

5、趙令畤

趙令畤（1061～1134），字德麟。與蘇軾交游甚厚，入元祐黨籍，撰《侯鯖錄》八卷，該書多記載所遊之處，並採錄故事、詩話，頗爲精要。《侯鯖錄》中論及秦觀之處有二，其一載其軼事云：

> 東坡在徐州送鄭彥能還都下，問其所遊，因作詞云：「十五年前，我是風流帥。花枝缺處留名字。」記坐中人語，嘗題於壁。後秦少游薄遊京師，見此詞，遂和之，其中有「我曾從事風流府」，公聞而笑之。〔註79〕

此處記載蘇軾及秦觀兩人來往，以詞唱和之事爲主，饒富趣味。其次論秦觀詞名云：

> 秦少游、賀方回相繼以歌詞知名，少游有詞云「醉臥古藤陰下，了不知南北。」其後遷謫，卒於藤州光華亭上。方回亦有詞云：「當年曾到王陵鋪，鼓角秋風，千歲遼東，回

〔註77〕　〔宋〕王直方撰：《王直方詩話》，收錄於郭紹虞《宋詩話輯佚》（臺北：華正書局，1981年），頁93。

〔註78〕　〔宋〕晁補之撰：《無咎詞·提要》，見於吳曾《能改齋漫錄》，收錄於唐圭璋《詞話叢編》，冊1，卷16，頁125。

〔註79〕　〔宋〕趙令畤撰：《侯鯖錄》，收錄於鄧子勉編《宋金元詞話全編》，上冊，頁236。

首人間萬事空。」後卒於北門，門外有王陵鋪。〔註80〕

此處將秦觀、賀鑄兩人詞句與其人生遭遇相連繫，隱含詞讖之意。究竟詞中讖語是否成眞？或爲後人穿鑿附會之說，今日已難確切查考，但就此資料實可窺見秦觀、賀鑄二人於當代相繼以詞聞名。

（二）其他（宋代）

〔清〕先著、程洪《詞潔輯評》云：「予嘗取宋人之詩與詞反覆觀之，有若相反然者，詞則窮巧極妍，而趨於新；詩則神槁物隔，而終於敝。宋人之詩，不詞若也。」〔註81〕就此言可知宋代詩、詞有別，成就亦不相同。宋人評論秦觀詩、詞之觀點，有以下數端：

1、論秦詩特質

（1）葉適、陳應行、費袞

葉適（1150～1223），字正則，自號水心居士，溫州永嘉（今浙江）人，著《水心集》。其〈題陳壽老文集後〉云：「元祐初，黃、秦、晁、張，各擅筆墨，待價而顯。」〔註82〕標舉元祐年間，蘇門學士黃庭堅、秦觀、晁補之、張耒等人，皆有文學及長才，等待良機而欲有所發揮。葉適又論及各家所長云：

> 昔人謂「蘇明允不工於詩，歐陽永叔不工於賦，曾子固短於韻語，黃魯直短於散句，蘇子瞻詞如詩，秦少游詩如詞。」此數公者，皆以文字顯名於世，而人猶得以非之，信矣！作文之難也。〔註83〕

葉適所謂昔人，應爲陳應行，據〈于湖詞原序〉云：「蘇明允不工於

〔註80〕〔宋〕趙令畤撰：《侯鯖錄》，收錄於鄧子勉編《宋金元詞話全編》，上冊，頁243。

〔註81〕〔清〕先著、程洪撰：胡念貽輯：《詞潔輯評》，收錄於唐圭璋《詞話叢編》，冊2，頁1327。

〔註82〕〔宋〕葉適撰：《水心集》，收錄於《文津閣四庫全書》，集部，冊389，卷29，頁171。

〔註83〕〔宋〕葉適撰：《水心集》，收錄於《文津閣四庫全書》，集部，冊389，卷12，頁84。

詩，歐陽永叔不工於賦，曾子固短於韻語，黃魯直短於散語，蘇子瞻
詞如詩，秦少游詩如詞，才之難全也，豈前輩猶不免耶！」〔註84〕葉
適引用其語，言蘇明允爲蘇軾之父蘇洵，其詩未能工巧，歐陽脩之賦、
曾鞏之詩、詞及黃庭堅之散文，皆不出色，藉此慨嘆創作之難；又論
及蘇軾「詞如詩」，秦觀「詩如詞」，說明兼顧詩、詞二體，極爲困難。
費袞（生卒年不詳），字補之，撰《梁谿漫志》十卷，曾試圖推論秦
詩如詞之因云：「作詩當以學，不當以才。詩非文比，若不曾學，則
終不近詩。古人或以文名一世而不工者，皆以才爲詩故也。退之一出
『餘事作詩人』之語，後人至謂其詩爲押韻之文。後山謂曾子固不能
詩、秦少游詩如詞者，亦皆以其才爲之也。故雖有華言巧語，要非本
色。」〔註85〕費氏明言詩文作法不同，標榜作詩當以學識爲之，不宜
以才氣，而秦詩如詞之因，乃在於此。

（2）黃徹、魏慶之、嚴有翼、敖陶孫、吳可、曾慥

宋人除了評論秦觀才學之面向甚爲豐富外，對其詩歌亦多所關
注，據筆者查考，黃徹、嚴有翼、敖陶孫、吳可、曾慥、魏慶之等人
皆曾對秦詩提出評論，然其觀點卻多所差異，亦可間接得知宋人對秦
觀詩、詞接受態度之差異處。黃徹（生卒年不詳），字常明，仙游（今
福建）人，曾忤權貴而棄官，居於興化碧溪，撰《䂖溪詩話》十卷，
其卷三云：

> 鍾嶸稱張茂先，惜其「兒女情多，風雲氣少」。喻鳧嘗謁杜紫
> 微，不遇，乃曰：「我詩無綺羅鉛粉，宜不售也。」淮海詩亦
> 然，人戲謂可入小石調，然率多美句，但綺麗太勝爾。〔註86〕

黃徹引鍾嶸評張華之言，及喻鳧謁見杜牧之事，評論秦詩遣詞用字華

〔註84〕〔宋〕陳應行撰：〈于湖詞原序〉，收錄於鄧子勉《宋金元詞話全編》，
　　　　中冊，頁 919。
〔註85〕〔宋〕費袞撰：《梁谿漫志》，收錄於鄧子勉編《宋金元詞話全編》，
　　　　中冊，頁 946。
〔註86〕〔宋〕黃徹撰：《䂖溪詩話》，收錄於《文津閣四庫全書》，集部，冊
　　　　494，卷 3，頁 751。

美，但風格流於豔麗。魏慶之《詩人玉屑》亦云：「少游詩甚麗，如『翡翠側身窺綠醑，蜻蜓偷眼避紅粧』，又『海棠花發麝香眠』，又『青蟲相對吐秋絲』之句是也。」〔註87〕而對秦詩綺麗之評，不以為然者，則有嚴有翼、吳可兩人。嚴有翼，撰《藝苑雌黃》，《直齋書錄解題》稱此書專辨正訛誤，故名「雌黃」。《藝苑雌黃》云：「吟詩喜作豪句，須不畔於理方善……如秦少游〈秋日絕句〉云：『連卷雌蜺挂四樓，逐雨追晴意未休；安得萬粧相向舞，酒酣聊把作纏頭』，此語亦豪而工矣！〔註88〕」嚴氏評論秦詩，舉〈秋日絕句〉為例，著重於風格面之關注，言其豪工，與魏慶之觀注視野不同；吳可《藏海詩話》，評秦詩筆法云：「秦少游詩：『十年逋欠僧房睡，準擬如今處處還』。又晏叔原詞『唱得紅梅字字香』，如『處處還』、『字字香』，下得巧。」〔註89〕此論提及秦觀〈赴杭倅至汴上作〉詩末二句，及晏幾道〈浣溪沙〉（唱得紅梅字字香）詞首句，吳可肯定秦、晏運用疊字十分巧妙。肯定秦詩者，尚有曾慥，其所編《類說》云：「西池唱和：元祐中，秘閣上巳日集西池，王仲至有詩，張文潛和最工，云：『萃浪有聲黃織動，卷風無力彩旌垂。』秦少游云：『簾幙千家錦繡垂』，仲至笑曰：『又待入〈小石調〉也。』然少游有『已煩逸少書陳迹，更屬相如賦上林。』人所難及。」〔註90〕足見宋代關注秦詩者不在少數，對絕句、律詩皆進行評論，亦多見肯定之論。

2、論秦詞價值

（1）釋惠洪：秦觀「小詞奇麗」

釋惠洪（1071～1128），原名德洪，字覺範，筠州（今江西）人。

〔註87〕〔宋〕魏慶之撰：《詩人玉屑》（臺北：世界書局，2005 年 5 月七版），卷 18，頁 398。

〔註88〕〔宋〕嚴有翼《藝苑雌黃》，見於元·陶宗儀撰《說郛》，收錄於《文津閣四庫全書》，子部，冊 290，卷 8，頁 608。

〔註89〕〔宋〕吳可撰：《藏海詩話》，收錄於張惠民編《宋代詞學資料匯編》（汕頭：汕頭大學出版社，1993 年 11 月），頁 6。

〔註90〕〔宋〕曾慥編：《類說》，收錄於《文津閣四庫全書》，子部，冊 289，卷 57，頁 466。

十四歲父母雙亡，入寺爲童子，工於詩文，與蘇軾及蘇門子弟往來密切。撰《冷齋夜話》十卷，記載秦觀事蹟甚詳，此中載蘇、秦兩人相識云：「東坡初未識秦少游，少游知其將復過維揚，作坡筆語題壁於一山寺中。東坡果不能辨，大驚。及見孫莘老，出少游詩詞數百篇，讀之，乃歎曰：「向書寺壁者，豈即此郎耶？」〔註91〕不僅生動描繪蘇、秦兩人相識過程，亦可窺見秦觀創作之精湛及蘇軾鑑賞之眼光。《冷齋夜話》論及秦觀，多記載軼事及其交游，如論〈雨中花〉一詞云：「少游元豐初夢中作長短句曰：『指點虛無征路，醉乘班虬，遠訪西極。……任青天碧海，一枝難遇，占取春色。』既覺，使侍兒歌之，蓋〈雨中花〉也。」〔註92〕〈雨中花〉（指點虛無征路）一詞，描繪神仙居處，漫遊空中，境界虛無縹緲，記載此詞爲秦觀夢中所作，帶有些許傳奇色彩。另又論秦詞風格云：「少游小詞奇麗，咏歌之，想見其神情在絳闕道山之間。」〔註93〕足見釋氏關注秦詞用語新奇巧妙所形成之華美風格。

（2）蘇籀：秦詞「落盡畦畛」

蘇籀（1090～？），字仲滋，眉山（今四川）人，爲蘇轍之孫，撰《雙溪集》。〈書三學士長短句新集後〉一文云：

> 黃太史，纖穠精穩，體趣天出，簡切流美，能中之能，投棄錡斧，有佩玉之雍容；秦校理，落盡畦畛，天心月脅，逸格超絕，妙中之妙，議者謂前無倫後無繼；晁南宮，平處言近，文緩高處，新規勝致，朱絃三歎，斐麗音旨，自成一種姿致。繄考其才識，皆內重而外物輕，淳至曠達，學無所遺。水鏡萬象，謝遣勢利，湔袚陳俚，發爲新雅，

〔註91〕〔宋〕釋惠洪撰：《冷齋夜話》，收錄於鄧子勉編《宋金元詞話全編》，上冊，卷1，頁255。

〔註92〕〔宋〕釋惠洪撰：《冷齋夜話》，收錄於胡仔纂集、廖德明校點：《苕溪漁隱叢話》，後集卷50，頁340。

〔註93〕〔宋〕釋惠洪撰：《冷齋夜話》，收錄於魏慶之《詩人玉屑》，卷21，頁473。

有謂寓言，罕能名之。三公同明，相照並駕，而馳聲稱彰，
灼於天下，斯文經緯乎一世。〔註94〕

黃太史爲黃庭堅，蘇籀評其詞風「纖穠精穩」，指文藝風格拿捏恰到
好處，趣味自然流露，語言簡要確實，丟棄刻意雕琢之痕跡，具有雍
容氣度；秦校理指秦觀，「畦畛」指格套、規範，此處稱揚秦觀不落
入窠臼，「天心月脅」一詞，據《類說》載皇浦湜所云：「詩文之奇，
曰『穿天心出月脅』。」〔註95〕此處則用以形容秦詞別出心裁；論秦
詞佳處則言「逸格超絕，妙中之妙」，並引評論者「前無倫後無繼」
之說，讚揚之情，表露無遺。

（3）方岳：秦詞爲「極摯」

方岳（1199～1262），字巨山，號秋崖，新安祁門（今安徽）人，
著《秋崖集》。卷三十八云：「詞自歐、晏爲一節，長短句也，不絲不
簧，自成音調，語意到處，律呂相忘；晏叔原諸人爲一節，樂府也，
風流蘊藉，如王、謝家子弟，情致宛轉，動蕩人心；而極其摯者秦淮
海。山谷非無詞，而詩掩詞；淮海非無詩，而詞掩詩。」〔註96〕方岳
此說，將歐陽脩、晏殊兩人歸屬爲一類，肯定兩人皆以自然之筆填作，
不受音律所限，且情感婉轉細膩，用語精巧細緻，而自成一格；晏幾
道詞多描寫聚散離合之感，詞風婉麗纏綿，情感曲折深沉，〔清〕陳
廷焯《白雨齋詞話》亦評之云：「北宋晏小山工於言情，出元獻、文
忠之右，然不免思涉於邪，有失風人之致。而措詞婉妙，則一時獨步。」
〔註97〕雖多記歡遊生活，但夢殘酒醒，意緒無限淒涼。秦觀實乃兼具
前述歐陽脩、晏氏父子之長而有所發展，故方岳稱揚秦詞爲「極摯」，

〔註94〕〔宋〕蘇籀撰：《雙溪集》，收錄於鄧子勉編《宋金元詞話全編》上
　　　　冊，卷11，頁331。
〔註95〕〔宋〕曾慥編：《類說》，收錄於《文津閣四庫全書》，子部，冊289，
　　　　卷60，頁482。
〔註96〕〔宋〕方岳撰：《秋崖集》，收錄於鄧子勉編《宋金元詞話全編》，中
　　　　冊，頁1315～1316。
〔註97〕〔清〕陳廷焯撰：《白雨齋詞話》，收錄於唐圭璋《詞話叢編》，冊4，
　　　　卷1，頁3782。

並藉此說明秦觀詩名不傳，實乃爲詞名所掩。

（三）金元時期對秦觀之評騭

金元時期詞體發展較爲衰颯，〔清〕陳廷焯《白雨齋詞話》云：「詞興於唐，盛於宋，衰於元，亡於明。」〔註98〕金元詞體發展停滯，除卻自身本質因素外，更因俗文學及曲藝盛行，造就審美趣味轉變，影響詞體發展，故不免多見有曲無詞之說。金元時期詞體發展衰頹，但未停滯，亦非孤立封閉，且與南宋交流頻繁，故金元時期實爲研究歷代秦觀接受史，緊密銜接之重要環節，絕不可略。金元詞創作雖不及宋詞繁盛，但詞學觀點則別有思考，對秦觀之評價，亦充分展現此特性。

1、元好問：秦詩為「女郎詩」

元好問（1190～1257），字裕之，太原秀容（今山西）人。爲唐代詩人元結後裔，曾居遺山，故自號遺山山人，世稱元遺山，著《遺山集》四十卷，另編金人詩爲《中州集》。元好問是中國文學史上的重要文學家及評論家，工於詩、詞、散文，歷經國破家亡，心有憾恨，故風格較爲悲壯蒼涼，其論詩絕句三十首，對中國詩歌批評產生極大影響力。第二十四首論秦觀云：

> 有情芍藥含春淚，無力薔薇臥曉枝。拈出退之山石句，始
> 知渠是女郎詩。〔註99〕

此詩前二句爲秦觀〈春日〉五首之二，「一夕輕雷落萬絲，霽光浮瓦碧差差。有情芍藥含春淚，無力薔薇臥曉枝。」元好問論詩多肯定慷慨豪放之音，亦喜淡雅古風。《詩林廣記》載宋人敖陶孫之說云：「秦少游如時女步春，終傷婉弱。」〔註100〕與元好問評秦觀所爲乃「女郎詩」，觀點相近，二者皆認爲秦詩風格秀麗柔弱。元好問以韓愈〈山

〔註98〕〔清〕陳廷焯撰：《白雨齋詞話》，收錄於唐圭璋《詞話叢編》，冊4，卷1，頁3775。

〔註99〕〔金〕元好問撰：《遺山集》，收錄於《文津閣四庫全書》，集部，冊398，卷11，頁41。

〔註100〕〔宋〕蔡正孫編：《詩林廣記》，收錄於《文津閣四庫全書》，集部，冊496，後集卷8，頁68。

石〉詩相對照〔註 101〕，對纖弱浮豔氣息深表不滿，評價秦詩未能予以正面肯定。可惜元好問並未針對秦詞風格加以品評，故無法確切得知其評論觀點是否立足於詩、詞二體本質之別，或純粹以個人眼光單純對秦詩進行評價。

2、王義山、程鉅夫、劉壎、方回：秦詩如詞

王義山（1214～1287），字元高，豐城（今江西）人，著《稼村類藁》。其〈跋楊中齋詩詞集〉論及秦詞云：「少游詞如詩，二者皆逼真。」〔註 102〕此語乃針對秦詞特色進行評論，歷來多言秦詩如詞，有婉弱之弊，但王義山卻言秦詞如詩，進而肯定秦觀詩、詞二體皆出色。又云：

> 後山云：「子瞻詞如詩，少游詩如詞」，二先生，大手筆也，
> 而則猶病於一偏，兼之之難如此。〔註 103〕

王義山以陳師道評蘇軾、秦觀兩人詩、詞特色之語，進行討論。其要點在於論述縱使文豪亦不免才有所偏，難以兼擅。劉壎、程鉅夫亦採此觀點云：

> 世言杜子美長於詩，其無韻者輒不可讀；曾子固長於文，
> 其有韻者輒不工；東坡詞如詩，少游詩如詞。此數公者皆
> 名儒大才，俱不免有偏處。〔註 104〕

〔註 101〕〔唐〕韓愈〈山石〉詩：「山石犖确行徑微，黃昏到寺蝙蝠飛。昇堂坐階新雨足，芭蕉葉大支子肥。僧言古壁佛畫好，以火來照所見稀。鋪床拂席置羹飯，疏糲亦足飽我饑。夜深靜臥百蟲絕，清月出嶺光入扉。天明獨去無道路，出入高下窮煙霏。山紅澗碧紛爛漫，時見松櫪皆十圍。當流赤足蹋澗石，水聲激激風吹衣。人生如此自可樂，豈必局束為人鞿。嗟哉吾黨二三子，安得至老不更歸。」《御定全唐詩》，收錄於《文津閣四庫全書》，集部，卷 338。

〔註 102〕〔金〕王義山撰：《稼村類藁》，收錄於鄧子勉編《宋金元詞話全編》，下冊，頁 1880。

〔註 103〕〔金〕王義山撰：《稼村類藁》，收錄於鄧子勉編《宋金元詞話全編》，下冊，頁 1880。

〔註 104〕〔元〕劉壎撰：《隱居通議》，收錄於鄧子勉編《宋金元詞話全編》，下冊，頁 1925。

程鉅夫〈題晴川樂府〉亦云：

> 蘇詞如詩，秦詩如詞，此蓋意習所遣，自不覺耳。要之，
> 情吾情，味吾味，雖不必同人，亦不必彊人之同。〔註105〕

劉壎（1240～1319），字起潛，號水雲村，或作水村，南豐（今江西）人。學識廣博，工於詩文，橫跨宋元二朝，宋亡隱居二十年，著《隱居通議》三十一卷、《水雲村藁》十五卷。劉壎客觀評斷杜甫、曾鞏、蘇軾、秦觀等人，才難兼擅，帶有實事求是的態度，並不受大家之名所累。程鉅夫（1249～1318），初名文海，號雪樓，建昌人，著《雪樓集》。程鉅夫進一步陳述其原因乃「意習所遣」，人各有情性，故不必強而爲之；方回《桐江續集》亦云：「元祐中西池上巳之會也，文潛詩爲一時冠，三、四，實佳句。秦少游有云：『簾幙千家錦繡垂』，王仲至嘲謂：『又待入《小石調》。』以秦詩近詞故也。」〔註106〕方回（1227～1307），字萬里，號虛谷居士，宋亡後降元，著《桐江集》與《桐江續集》，編有《瀛奎律髓》四十九卷。方氏舉前人話語評論秦詩風格近詞，《桐江集》亦針對秦觀詩文云：

> 少游詩文自謂秤停，輕重銖兩不差，故其古詩多學三謝，而流麗之中有澹泊；律詩亦敲點勻淨，無偏枯突兀生澀之態。然以其善作詞也，多有句近乎詞，此詩下「淒斷」、「小圓」字，亦三謝餘味。別有《秋日絕句》三首，尾句云「菰蒲深處疑無地，忽有人家笑語聲」、「風定小軒無落葉，青蟲相對吐秋絲」、「安得萬粧相向舞，酒酣聊把作纏頭」，此謂「虹霓」，皆極怪麗。〔註107〕

此處以秦觀自云詩文有其法度，古詩取法爲謝靈運、謝惠連、謝朓等人，故秦詩風格流暢華美，卻帶有清淡樸實之氣；律詩則純淨不堆垛，

〔註105〕〔元〕程鉅夫撰：《雪樓集》，收錄於鄧子勉編《宋金元詞話全編》，下冊，頁1958。

〔註106〕〔元〕方回撰：《桐江續集》，收錄於鄧子勉編《宋金元詞話全編》，下冊，頁1850。

〔註107〕〔元〕方回撰：《桐江集》，收錄於鄧子勉編《宋金元詞話全編》，下冊，頁1849。

不流於偏頗而顯得突兀，足見方回甚為肯定秦觀詩文佳處，但亦不否定秦詩風格近詞。

3、王禮：秦詞深具本色

王禮（1314～1386），字子尚，更字子讓，廬陵（今江西）人。人稱麟原先生，著有《麟原文集》。其〈胡澗翁樂府序〉云：「文語不可以入詩，而詞語又自與詩別。曾蒼山嘗謂：『詞曲必詞語婉變曲折，乃與名體稱。世欲暢意者，氣使豪放語直，俳伶輩飾婦衣作社舞耳。其不苟句者，刻鏤綴簇求字工，殆宮粧木偶人，形存而神不運。』余深以為知言。自《花間集》後，雅而不俚，麗而不浮，閣中有開急處，能緩用事而不為事用，敘實而不至塞滯，惟清真為然，少游、小晏次之，宋季諸賢至斯事爭所詣尤至。」〔註108〕王禮指出文體各自有別，周邦彥、秦觀、晏幾道等人皆對詞體特質，有精確之掌握。秦觀風格婉美，不流於俗俚，語言秀麗，卻不浮艷，堪稱名家。

就宋金元時期，各家評論秦觀之言予以考察，多能兼及交遊往來、人格操守、詩文風格、文體筆法等面向，充分展現當時代評論秦觀，觀點較為全面，且就上述諸家所評，更可窺見秦觀實為當代傑出文士。另就宋人品評秦觀詩、詞之論查考，論詩之觀點，評價不一，或言其婉弱，或言其豪工，論者各有所好；論詞則一致予以佳評，多肯定其風格奇麗，別出心裁，韻味超絕，確屬傑作，可見宋人推崇秦詞之意，甚為鮮明，稱揚秦詞之論，時有承繼，既詳且繁；相較之下，秦觀詩、文、賦、書法諸體，漸受冷落，至南宋已被詞名所掩，亦為不爭之事實。

第二節　論秦詞之風格特質

宋詞發展背景多元而複雜，李澤厚《美的歷程》言：「時代精神

〔註108〕〔元〕王禮撰：《麟原文集》，收錄於鄧子勉編《宋金元詞話全編》，下冊，頁2211。

已不在馬上，而在閨房；不在世間，而在心境。」〔註109〕晚唐五代後，盛唐詩歌中策馬沙場，建功立業之豪壯氣息，轉而被閨房情思、女子閑愁所取代，蔚爲時代之音。中國文學重視文體特質之認識，自魏晉時期已有自覺，如曹丕《典論·論文》云：「蓋奏議宜雅，書論宜理，銘誄尚實，詩賦欲麗」〔註110〕、陸機〈文賦〉則云：「詩緣情而綺靡，賦體物而瀏亮。……」〔註111〕而宋人對於詞體特質亦有所思考，品評秦詞亦充分展露無遺。本節著重探析宋金元時人關注秦詞特質之面向，茲就各家所評要點，略述如次：

一、葉夢得：秦詞「語工入律」

　　南渡詞人葉夢得（1077～1148），字少蘊，號肖翁，又號石林居士，蘇州吳縣（今江蘇）人。著述豐贍，撰《春秋傳》、《春秋考》、《春秋讞》、《石林燕語》、《避暑錄話》、《巖下放言》；另有文集《建康集》，學識淵博，詩文堪稱兩宋大家。《避暑錄話》卷下論秦觀云：

> 秦觀少游亦善爲樂府，語工而入律，知樂者謂之作家歌。元豐間，盛行於淮楚：『寒鴉萬點，流水繞孤村』，本隋煬帝詩也，少游取以爲〈滿庭芳〉辭，而首言『山抹微雲，天粘衰草』，尤爲當時所傳。蘇子瞻於四學士中最善少游，故他文未嘗不極口稱善，豈特樂府？然猶以氣格爲病，故常戲云：『山抹微雲秦學士，露花倒影柳屯田。』露花倒影，柳永〈破陣子〉語也。〔註112〕

葉夢得記載蘇軾與秦觀之情誼，兩人最爲密熟，可知蘇軾對秦觀才學之欣賞，並不拘限於詞篇。葉夢得另就秦詞特質進行論述，著重探討

〔註109〕　李澤厚撰：《美的歷程》（臺北：三民書局，1996年7月），頁171。

〔註110〕　〔魏〕曹丕撰：《典論·論文》，收錄於梁·蕭統編、唐·李善注《文選》（臺北：臺灣商務印書館，《文津閣四庫全書》），集部，冊444，卷52，頁394。

〔註111〕　〔晉〕陸機撰、張少康集釋：《文賦集釋》（北京：人民文學出版社，2006年6月），頁99。

〔註112〕　〔宋〕葉夢得撰：《避暑錄話》，收錄於鄧子勉編《宋金元詞話全編》，上冊，頁268。

藝術層面。「作家歌」指行家所作之樂府詩歌，此處應指詞體。秦詞
之所以可歸類爲行家所作，實乃因「語工入律」，詞藻精緻秀美，重
視格律規範，符合詞之嚴格定義；且如〈滿庭芳〉首二句「山抹微雲，
天連衰草」，匠心獨具；末三句「斜陽外，寒鴉萬點，流水繞孤村」，
雖化用隋煬帝詩，卻自然靈動，故能廣爲流傳。透過葉夢得所云，可
見蘇軾將柳永、秦觀兩人並論，實乃針對秦詞氣韻及風格兩層面觀之。

二、王灼：秦詞「俊逸精妙」

　　王灼（1081～1136），字晦叔，號頤堂，遂寧（今四川）人。著
有《頤堂集》五卷、《碧雞漫志》五卷、《頤堂詞》一卷、《糖霜譜》
一卷、佚文十二篇。〔註113〕《碧雞漫志》內容大抵可分爲三大部分：
卷一考察歷代歌曲起源及其變遷；卷二著重品評自唐五代以降之重要
詞人；卷三至卷五則專門考述詞調源流。該書已初具詞學理論系統，
揭示許多日後詞壇所重視之課題，堪稱宋代第一部有理論系統的詞學
專著。王灼曾對北宋以來作家進行精湛評論，採綜合比較之法，開詞
話審美風格論之先河。論及秦觀僅一處：

> 王荊公長短句不多，合繩墨處，自雍容奇特。晏元獻公、
> 歐陽文忠公，風流醞藉，一時莫及，而溫潤秀潔，亦無其
> 比。……張子野、秦少游俊逸精妙，少游屢困京洛，故疏
> 蕩之風不除。……〔註114〕

王灼試圖勾勒北宋詞體的發展輪廓，針對名家予以評價，有其洞見。論
張先、秦觀二人皆有名作傳世，前者以〈天仙子〉（水調數聲持酒聽）
享有盛名，如〔明〕沈際飛《草堂詩餘正集》評之云：「心與景會，落
筆即是，著意即非，故當膾炙。」〔註115〕王國維《人間詞話》亦評之

〔註113〕關於王灼著作，可參見謝桃坊《王灼著述考略》，《成都文物》1989
　　　　年第 1 期。
〔註114〕〔宋〕王灼撰：《碧雞漫志》，收錄於唐圭璋編《詞話叢編》，冊 1，
　　　　頁 82。
〔註115〕〔明〕沈際飛《草堂詩餘正集》，收錄於《歷代詞話》，上冊，卷 2，
　　　　頁 526。

曰：「『雲破月來花弄影』，著一『弄』字而境界全出矣！」〔註116〕兩者
皆評其筆法精妙；秦觀則以〈滿庭芳〉（山抹微雲）名滿都下，情境幽
絕，字詞凝鍊。故「俊逸精妙」應指兩人風格超逸拔俗、語句精緻秀美。
而末二句王灼側重秦觀之人生遭遇，較之張先位居要職，秦觀屢逢貶
謫，心境深受影響，故詞篇難免流露情緒，足見王灼重視詞人遭遇及其
性情爲創作之動機，並以審美鑑賞角度衡量詞體藝術美感之所在。

三、李清照：秦詞「專主情致」

　　李清照（1084～1151？），自號易安居士，章丘（今山東）人，
爲李格非之女，趙明誠之妻。好學能文，尤工於詞，堪稱名家，有詞
集《漱玉詞》傳世。詞篇風格有前後期之別，前期清麗婉約，風流蘊
藉；後期飽嚐身世飄零，傷悲沉痛。另有〈詞論〉一文，載於胡仔《茗
溪漁隱叢話》卷三三，爲最早系統性探討詞體本質之文字，此中論及
秦觀云：

> 王介甫、曾子固文章似西漢，若作一小歌詞，則人必絕倒，
> 不可讀也！乃知別是一家，知之者少。後晏叔原、賀方回、
> 秦少游、黃魯直出，始能知之。又晏苦無鋪敘，賀苦少典
> 重，秦即專主情致，而少故實。譬如貧家美女，雖極妍麗
> 豐逸，而終乏富貴態。黃即尚故實，而多疵病。譬如良玉
> 有瑕，價自減半矣！〔註117〕

此論針對北宋諸多詞家進行批評，藉此強調詞體「別是一家」，其觀
點是否正確？標準是否合宜？暫且不論。但後世就詞之風格境界、筆
法律調等面向思考，多受此論影響。李清照提出詞體應重視高雅秀
美、音律協合、筆法鋪敘、典重厚實等面向，且主張詞中應有情致、
故實，足見蘇軾「破體」之行動與李清照「辨體」之意識，皆帶有推
尊詞體之意味。李清照評秦詞「專主情致」，此論深切掌握秦詞特性，
《漱玉詞》中亦以呈現情感爲要事，足見李清照並不否認詞應蘊含情

〔註116〕王國維：《人間詞話》，收錄於唐圭璋《詞話叢編》，冊5，頁4240。
〔註117〕〔宋〕李清照〈詞論〉，收錄於張璋《歷代詞話》，上冊，頁13。

意，故此評應有讚揚意味存在；但評秦詞「少故實」，有如貧家女，
缺乏富貴態，則帶有貶抑意味。「故實」指典故或借鑒有意義之舊事，
考察秦詞援引故實之處不少，其中多涉歷史人物及前人創作，如〈望
海潮〉（星分牛斗）提及隋煬帝錦緞製帆、明珠濺雨等豪奢之況；〈望
海潮〉（秦峰蒼翠）上片「泛五湖煙月，西子同遊」，用范蠡、西施泛
湖而去之典。下片「梅市舊書，蘭亭古墨」指梅福、王羲之。「狂客
鑑湖頭」、「最好金龜換酒，相與醉滄州」，寫賀知章、李白，足見此
詞用典繁複；〈浣溪沙〉（腳上鞋兒四寸羅）「料得有心憐宋玉，只應
無奈楚襄何」，化用李商隱「料得也應憐宋玉，一生唯事楚襄王」二
句，寫楚襄王與神女相會；〈調笑令〉十首，寫王昭君、樂昌公主、
崔徽、無雙、灼灼、盼盼、鶯鶯⋯⋯等女子，足見李氏所評秦詞「少
故實」，洵非公允之論。

四、張炎：秦詞「清麗淡雅」

　　張炎（1248～1320？），字叔夏，號玉田，別號樂笑翁，臨安（今
浙江）人，著《山中白雲詞》及《詞源》，堪稱宋元之際最著名的詞
人及詞論家。張炎填詞宗法姜夔、史達祖、吳文英等人，逐步確立己
身風格，主張「詞要清空，不要質實，清空則古雅峭拔，質實則凝澀
晦昧」，亦為其詞論之中心思想。「清空」、「雅正」為張炎評詞之標準，
且對「意趣」、「律調」、「句法」、「字面」有所講求，並充分肯定詞體
用於陶寫性情，足見張炎對於詞體本質，已有定見。《詞源》卷下論
宋詞名家云：

> 舊有刊本《六十家詞》，可歌可誦者，指不多屈。中間如秦
> 少游、高竹屋、姜白石、史邦卿、吳夢窗。此數家格調不
> 伴，句法挺異，俱能特立清新之意，刪削靡曼之詞，自成
> 一家，各名於世。〔註118〕

〔註118〕　〔宋〕張炎撰：《詞源》，收錄於唐圭璋編《詞話叢編》，冊1，卷下，
　　　　　頁255。

　　〔清〕彭孫遹《金粟詞話》云：「宋人張玉田論詞，極推少游、竹屋、白石、梅谿。夢窗諸家，而稍詘美成。」〔註119〕張炎標舉秦觀諸家，藝術風格皆有清新意味，可符合「清空」之標準，且各家詞句格外出色，別具姿態，此論充分彰顯張炎「詞以意趣爲主，要不蹈襲前人語意」之觀點。張炎關注秦詞之處，可就以下諸面向，略加以考察：

　　　　詞與辭字通用，《釋文》云：『意內而言外也。』意生言，

　　　　言生聲，聲多律，律生調，故曲生焉。《花間》以前無集譜，

　　　　秦、周以後無雅聲，源遠而派別也。〔註120〕

張炎論詞主「清空騷雅」，「質實」與之相對，指辭藻、典故過分堆垛，而顯得凝重板滯。因此必須透過藝術筆法之變化，意趣方能靈動，而不流於凝澀晦昧，若能持守「清空」要旨，則能達到「古雅峭拔」之境。張炎評秦觀、周邦彥兩人爲雅正之音，乃就其風格面予以肯定。秦詞深婉，描寫情感往往曲折纏綿，如〈滿庭芳〉（山抹微雲）一詞，以描寫多景，渲染詞人心境淒苦，實筆寫景，虛筆寄情，跌宕往返，故能細膩動人。張炎更針對秦詞體製加以評論云：

　　　　秦少游詞，體製淡雅，氣骨不衰。清麗中不斷意脈，咀嚼

　　　　無滓，久而知味。〔註121〕

張炎論秦詞「淡雅」，指其清淡高雅，爲風格面；「意脈」可爲文章體製，亦可爲文思脈絡。張炎論「不斷意脈」，與〔宋〕嚴羽《滄浪詩話》所云：「盛唐諸人，惟在興趣。羚羊掛角，無迹可求。故其妙處，透徹玲瓏，不可湊泊，如空中之音，相中之色，水中之月，境中之象。言有盡而意無窮。」〔註122〕有異曲同工之妙。嚴羽論

〔註119〕〔清〕彭孫遹撰：《金粟詞話》，收錄於唐圭璋《詞話叢編》，冊1，頁721。

〔註120〕〔宋〕張炎撰：《詞源》，收錄於唐圭璋編《詞話叢編》，冊1，卷下，頁267。

〔註121〕〔宋〕張炎撰：《詞源》，收錄於唐圭璋編《詞話叢編》，冊1，卷下，頁267。

〔註122〕〔宋〕嚴羽撰、郭紹虞校釋：《滄浪詩話》（北京：人民文學出版社，2006年6月第四次印刷），頁26。

詩佳妙處，非在典故堆砌，而在於意境深遠，超乎言語所侷限，反覆閱讀，方能細膩體會其韻味，而秦詞之佳處亦是如此。又如〔宋〕陳模《懷古錄》云：

> 作詩作詞，雖曰殊體，然作詞亦須要不黏皮著骨方高。秦少游詞好者，如「郴江幸自繞郴山，爲誰留下瀟湘去」，自是有一唱三歎之味，何必語意必着，而後足以寫此情？然作詞亦須要豔麗之語，觀此，詩之高者，須要刮去脂粉方是，此則其不同也。〔註123〕

陳氏論作詞之法，強調不可「黏皮著骨」，標榜秦詞具有「一唱三歎之味」，其妙處便在餘韻無窮，恰可與張炎之說相呼應。秦詞向以深婉蘊藉聞名於世，透過寫實、象徵筆法相互運用，情感、景致巧妙交融，意境深厚，耐人尋味。

另有王博文、林景熙亦就秦詞風格加以探討。王博文（1223～1288），字子勉，自稱西溪老人，東魯（今山東）人。〈天籟集序〉云：「樂府始於漢，著於唐，盛於宋。大概以情致爲主，秦、晁、賀、晏，雖得其體，然哇淫靡曼之聲勝。東坡、稼軒矯之以雄詞英氣，天下之趨向始明。」〔註124〕林景熙（1242～1310），字德陽，號霽山，溫州平陽（今浙江）人，著《霽山文集》。卷五論詞體云：「樂府，詩之變也。詩發乎情，止乎禮義，美化厚俗，胥此焉寄？豈一變爲樂府，乃遽與詩異哉！宋秦、晁、周、柳輩，各據其壘，風流醞藉，固一洗唐陋，而猶未也。」〔註125〕前者言「哇淫靡曼」意即詞風淫靡華麗，並與雄詞英氣相較，雖隱約帶有二分風格之趨勢；後者視秦詞爲「風流醞藉」，當指其風雅瀟灑，含蓄有味。綜觀宋金元人所評，仍未以

〔註123〕〔宋〕陳模撰：《懷古錄》，收錄於鄧子勉編《宋金元詞話全編》，中冊，頁1450。

〔註124〕〔元〕王博文撰：《天籟集》，收錄於鄧子勉編《宋金元詞話全編》，下冊，頁1891。

〔註125〕〔元〕林景熙撰：《霽山文集》（臺北：臺灣商務印書館，出版年月不詳），卷5，頁3。

「婉約」二字定位秦詞，且就情感、體製、風格、詞藻、格律等面向加以討論，視野較爲開闊，且多能正面肯定秦詞特質。

第三節　論秦詞之藝術美感

　　詞之創作，深受作者主體性格及身世遭遇所影響，而有性情之呈現；且透過精鍊詞語及筆法修飾，而達「辭情相稱」之境界。據唐圭璋《唐宋詞簡釋》評〈滿庭芳〉（山抹微雲）曰：「此首寫別情，纏綿悽惋。『山抹』兩句，寫別時所見景色，已是堪傷。『畫角』一句，寫別時所聞，愈加腸斷。……『高城』兩句，以景結，回應『譙門』，傷情無限。」〔註126〕秦觀擅長透過意象，寄寓情感，足見筆法及情感兩大面向，實乃探析秦詞藝術美感所不可或缺之要素，茲探析如次：

一、秦詞筆法

　　宋人除關注秦詞風格特質之外，亦對筆法多所評騭，所論面向有二：一爲遣詞用字，涉及此觀點有蘇軾、范溫、張侃、項安世、張端義、王楙、俞文豹、沈義父等人；二爲承襲借鑒，探討者更多不勝數，茲分述諸家觀點如次：

（一）遣詞用字

　　范溫、張侃、項安世、張端義、王楙等人，關注〈踏莎行〉（霧失樓臺）上片末句「杜鵑聲裡斜陽暮」；蘇軾、張炎等人，則著重探討〈水龍吟〉首二句「小樓連苑橫空，下臨繡轂雕鞍驟」；俞文豹、沈義父兩人，評〈曲游春〉「臉薄難藏淚」一詞。其間涉及用字、句法、句意等面向，論者各秉己見，觀點不一。

1、〈踏莎行〉（霧失樓臺）：「杜鵑聲裏斜陽暮」

　　〈踏莎行〉（霧失樓臺）上片末句「杜鵑聲裏斜陽暮」，歷來多

〔註126〕唐圭璋撰：《唐宋詞簡釋》（臺北：木鐸出版社，1982 年 3 月），頁 102～103。

針對此句末三字進行討論。「斜陽」指傍晚日光西斜，「暮」則指傍晚，二詞意近，是否有重出之弊？宋人多所關注。茲就諸家所論略述如次：

（1）范溫、張侃：句法不當重疊

范溫（生卒年不詳），字元實，號潛齋，華陽（今四川）人。詩學黃庭堅，撰《潛齋詩眼》（又名《詩眼》），專論作詩之法。〔清〕葉申薌《本事詞》卷上曾論其人格形象云：「范元實為人凝重，每在歌筵舞席，可終日不言。有妓謔范曰：『公亦解詞曲否？』范笑曰：『吾乃山抹微雲女婿也。』舉座為之粲然。」〔註 127〕足見范溫為人莊重自持，當時秦觀〈滿庭芳〉（山抹微雲）一詞盛傳，范溫亦以身為秦婿為榮。論及秦詞云：

> 復誦淮海小詞云：「杜鵑聲裏斜陽暮。」公曰：此詞高絕，但既云「斜陽」，又曰「暮」，即重出也。欲改「斜陽」為「簾櫳」。余曰：「既言孤館閉春寒，似無簾櫳」公曰：「亭傳雖未必有簾，有亦無害。」余曰：「此詞本模寫牢落之狀，若曰簾櫳，恐損初意。」先生曰：「極難得好字，當徐思之。」然余因此曉句法，不當重疊。〔註 128〕

范溫與友人討論秦詞用字，思考極為細膩。張侃《拙軒集》亦云：「黃太史謂秦少游〈踏莎行〉末句『杜鵑聲裏斜陽暮』，不合。用斜陽，又用暮。此固點檢曲盡。」〔註 129〕張侃引述前人觀點，認為秦觀以「斜陽」、「暮」字連用，於理不合。

（2）項安世、張端義：避廟諱改為「斜陽暮」

項安世（1129〜1208）字平甫，號平庵、江陵病叟，撰《平庵悔稿》、《周易玩辭》、《項氏家說》等。《項氏家說》卷八云：

〔註 127〕〔清〕葉申薌撰：《本事詞》，收錄於唐圭璋《詞話叢編》，冊 3，頁 2320。

〔註 128〕〔宋〕范溫撰：《潛溪詩眼》，收錄於鄧子勉編《宋金元詞話全編》，上冊，頁 327。

〔註 129〕〔宋〕張侃撰：《拙軒集》，收錄於唐圭璋編《詞話叢編》，冊 2，頁 190。

歌者多因諱避，輒改古詞本文，後來者不知其由，因以疵
議前作者多矣。如蘇詞「亂石崩空」，因諱「崩」字，改爲
「穿空」。秦詞杜鵑聲裏斜陽樹」，因諱「樹」字，改爲「斜
陽暮」，遂不成文。〔註130〕

項安世舉蘇軾、秦觀詞爲例，指出歌者因避諱改易其字，後人不知而
因此詬病前人，如秦詞本應爲「斜陽樹」，後因避諱改爲「斜陽暮」。
張端義《貴耳集》亦載此說云：

少游〈郴陽詞〉云：「霧失樓臺，月迷津渡。」《詩話》謂
「斜陽暮」語近重疊。或改「簾櫳暮」，既是「孤館閉春寒」，
安得見所謂「簾櫳」？二說皆非，嘗見少游眞本，乃「斜
陽樹」。後避廟諱，故改定耳。〔註131〕

張端義（1179～？），字正夫，自號荃翁，著《貴耳集》一卷，論及
詩文、時事、詞賦，別具識見。「可堪孤館閉春寒」，「孤館」爲孤寂
之客舍，「簾櫳」本是窗簾和窗牖，後用以指女子所居閨閣，故張端
義認爲「簾櫳暮」連用並不合理。其末提出己身曾親見秦詞手稿或原
刻，得知應爲「斜陽樹」，藉此提高此說之可信度。

（3）王楙：應爲「杜鵑聲裏斜陽曙」

王楙（1151～1213），字勉夫，少孤力學，絕意仕進，長年隱居，
勤於讀書著述，居處命名爲「分定齋」，時人稱爲「講書君」，撰《野
客叢書》三十卷。《野客叢書》論秦詞用字云：

《詩眼》載前輩有病少游「杜鵑聲裏斜陽暮」之句，謂「斜
陽暮」似覺意重。僕謂不然，此句讀之，於理無礙。謝莊
詩曰：「夕天際晚氣，輕霞澄暮陰。」一聯之中，三見晚意，
尤爲重疊。梁元帝詩：「斜景落高舂」，既言斜景，復言高
舂，豈不爲贅？古人爲詩，正不如是之泥。觀當時米元章
所書此詞，乃是「杜鵑聲裏斜陽曙」，非「暮」字也。得非

〔註130〕 〔宋〕項安世撰：《項氏家說》，收錄於鄧子勉編《宋金元詞話全編》，
中冊，頁950。
〔註131〕 〔宋〕張端義撰：《貴耳集》，收錄於鄧子勉編《宋金元詞話全編》，
中冊，頁1136。

避廟諱而改爲「暮」乎？〔註132〕

王楙不拘於前人之見，針對《詩眼》所載進行思考，認爲「斜陽暮」一詞讀來，合於常理，乃以藝術審美爲思考取向。並以兩大方向，陳述己見。其一引前人詩作，如謝莊、梁元帝詩亦多見重疊處，古人多不以此爲病；其二據米芾之書法，主張末字原爲「曙」，而非「暮」，進而推測可能因避英宗（趙曙）廟諱而改爲「暮」。

　　2、〈水龍吟〉:「小樓連苑橫空，下臨繡轂雕鞍驟」

　　〈水龍吟〉（小樓連苑橫空）一詞，上片首二句「小樓連苑橫空，下臨繡轂雕鞍驟」，歷來備受關注，其原因乃在於蘇軾針對此詞曾有評論。據楊萬里《誠齋集》載：

> 客有自秦少游許來見東坡。坡問近有何詩句，客舉秦〈水龍
> 吟〉詞云：「小樓連苑橫空，下臨繡轂雕鞍驟。」坡笑曰：「又
> 連遠，又橫空；又繡轂，又雕鞍，又驟，也勞攘。」坡亦有
> 此詞云：「燕子樓中，佳人何在，空鎖樓中燕」〔註133〕

蘇軾曾調侃秦詞筆法，此言一出，遂流傳不歇。俞文豹《吹劍錄》亦云：「東坡問秦少游：『別來有何作？』少游舉『小樓連苑橫空，下窺繡轂雕鞍驟』。坡曰：『十三字，只說得一人騎馬樓前過。』文豹亦謂公次沈立之韻『試問別來愁幾許，春江萬斛若爲情』，十四字只是少游『愁如海』三字耳，作文亦如此。」〔註134〕俞文豹學識豐富，爲秦觀進行辯護，與楊萬里客觀陳述，未帶有褒貶之角度不同。而張炎《詞源》亦帶有評論色彩云：

> 大詞之料，可以斂爲小詞；小詞之料，不可展爲大詞。若
> 爲大詞，必是一句之意，引而爲兩三句，或引他意入來，
> 捏合成章，必無一唱三歎。如少游〈水龍吟〉云：「小樓連

〔註132〕〔宋〕王楙撰：《野客叢書》，收錄於鄧子勉編《宋金元詞話全編》，中冊，頁1056。

〔註133〕〔宋〕楊萬里撰：《誠齋集》，收錄於《文津閣四庫全書》，集部，冊387，卷115，頁158。

〔註134〕〔宋〕俞文豹撰：《吹劍錄》，收錄於鄧子勉編《宋金元詞話全編》，中冊，頁1399。

苑横空，下窺繡轂雕鞍驟」，猶且不免爲東坡所誚。〔註135〕

張炎重視詞的藝術筆法，如「詞中句法，要平妥精粹。一曲之中，安能句句高妙，只要拍搭襯副得去，於好發揮筆力處，極要用功，不可輕易放過，讀之使人擊節可也」、「句法中有字面，蓋詞中一個生硬字用不得。須是深加鍛煉，字字敲打得響，歌誦妥溜，方爲本色語。」〔註136〕力求詞句精煉，方能富有意趣，並呈現精妙思考。上述張炎所提及之「大詞之料」、「小詞之料」，並非爲詞體樣式，而是詞意之廣狹，足見《詞源》對句子疏密佈局及整體語意構思，十分強調。而秦觀〈水龍吟〉一詞，兩句十三字只寫出女子在樓上看見戀人身騎駿馬奔馳而去，故就鑑賞者的敏銳眼光論之，意趣、構思皆有所不足。

3、〈曲游春〉：「臉薄難藏淚」、「哭得渾無氣力」、「但掩面滿袖啼紅」

〈曲游春〉一詞，未載於《淮海集》，查考近人徐培均《淮海居士長短句箋注》，該詞僅存三句，據俞文豹《吹劍錄》而補遺。俞文豹，字文蔚，又字堪隱，生卒年不詳，括蒼（今浙江）人，著《吹劍錄》、《清夜錄》。曾品評秦詞云：

> 少游〈曲游春〉云：「臉薄難藏淚」，又云：「哭得渾無氣力」，
> 又云：「但掩面滿袖啼紅」，一詞乃至三言哭泣。〔註137〕

俞文豹指出秦觀〈曲游春〉一詞，使用「淚」、「哭」、「掩面」等字眼，皆言哭泣，極爲不妥。沈義父（生卒年不詳），字伯時，吳江（今江蘇）人，曾與吳文英相酬唱，習填詞之法，亦曾爲白鹿洞書院山長，講授程氏學說，人稱時齋先生。《樂府指迷》爲中國詞史上論述填詞方法之首部專著，「指迷」二字，即指點使不迷惑之意，足見沈義父

〔註135〕〔宋〕張炎撰：《詞源》，收錄於唐圭璋編《詞話叢編》，冊 1，頁 266。

〔註136〕〔宋〕張炎撰：《詞源》，收錄於唐圭璋編《詞話叢編》，冊 1，頁 258、259。

〔註137〕〔宋〕俞文豹撰：《吹劍錄》，收錄於鄧子勉編《宋金元詞話全編》，中冊，頁 1399。

論填詞之法，頗有個人主觀見解。曾論及坊間歌詞之病云：

> 前輩好詞甚多，往往不協律腔，所以無人唱。如秦樓楚館
> 所歌之詞，多是教坊樂工及鬧井做賺人所作，只緣音律不
> 差，故多唱之，求其下語用字全不可讀。……又一詞之中，
> 顛倒重複，如〈曲游春〉云：「臉薄難藏淚。」過云：「哭
> 得渾無氣力」結又云：「滿袖啼紅。」如此甚多，乃大病也。
> 〔註138〕

沈義父《樂府指迷》與王灼《碧雞漫志》、張炎《詞源》並列為宋代
三大詞學理論著作，沈氏特別重視詞體藝術之探討，認為詞難於詩，
原因在於音律合諧、用字典雅、含蓄深長、風格柔婉四大準則，而能
符合者首推周邦彥，並針對合乎詞律、諸家得失及筆法技巧等面向加
以關注，論及後者數量最多。上述評論〈曲游春〉，詞中三句皆言哭
泣之狀，感情過於濃烈，實為填詞之弊端。沈義父未將此作視為秦觀
之作，與俞文豹直接指明秦觀所作，有所不同。

（二）承襲借鑒

〔清〕王士禎《花草蒙拾》云：「詞中佳語，多從詩出」〔註139〕
〔清〕況周頤《蕙風詞話》云：「兩宋人填詞，往往用唐人詩句。」
〔註140〕秦詞佳句多有所本，宋代詞話對此亦多所關注。秦詞借鑒前
人作品，多以唐詩為主，兼及詞句，王師偉勇〈綜論兩宋詞人借鑑唐
詩之技巧〉歸納宋人借鑒技巧有九類〔註141〕，筆者以此為思考中心，

〔註138〕〔宋〕沈義父撰：《樂府指迷》，收錄於唐圭璋編《詞話叢編》，冊1，
　　　　頁281。

〔註139〕〔清〕王士禎撰：《花草蒙拾》，收錄於唐圭璋編《詞話叢編》，冊1，
　　　　頁675。

〔註140〕〔清〕況周頤撰：《蕙風詞話》，收錄於唐圭璋編《詞話叢編》，冊5，
　　　　卷1，頁4419。

〔註141〕王師偉勇〈綜論兩宋詞人借鑒唐詩之技巧〉云：「係就兩宋詞壇借鑒
　　　　唐詩之現象，作一全面整理，歸納其技巧凡九，並分四類以賅之：一
　　　　曰字面之借鑒，包含（一）截取唐詩字面；（二）鎔鑄唐詩字面。二
　　　　曰句意之借鑒，包含（一）增損唐詩字句；（二）化用唐詩句意；（四）
　　　　合集唐詩成句。三曰詩篇之借鑒，係專指隱括唐詩篇章而言，包含（一）

略窺秦觀所採行的方式，及宋人對秦詞借鑒之接受態度。

1、秦詞借鑒鮑照賦、隋煬帝詩

秦觀〈望海潮〉（星分牛斗）詞云：

> 少游〈揚州詞〉云：「寧論爵馬魚龍」，「爵馬魚龍」出自鮑
> 照〈蕪城賦〉〔註142〕

〈望海潮〉（星分牛斗），又作「廣陵懷古」，廣陵即揚州，故又作〈揚州詞〉。此詞下片云：「寧論爵馬魚龍」，乃直接截取南朝鮑照〈蕪城賦〉：「吳蔡齊秦之聲，魚龍爵馬之好」之字面，秦觀此詞化用許多典故，充分展現揚州特色。而嚴有翼針對秦觀〈滿庭芳〉（山抹微雲）詞句出處，進行討論云：「程公闢守會稽，少游客焉，日館之蓬萊閣。一日席上有所悅，自爾眷眷不能忘情，因賦長短句，所謂『多少蓬萊舊事，空回首，煙靄紛紛』也。其詞極為東坡所稱道，取其首句，呼之為『山抹微雲君』。中間有『寒鴉萬點，流水繞孤村』之句，人皆以為少游自造此語，殊不知亦有所本。予在臨安，見《平江梅知錄》云：隋煬帝詩云：『寒鴉千萬點，流水繞孤村』之句，少游用此語也。予又嘗讀李義山〈效徐陵體贈更衣〉云：『輕寒衣省夜，金斗熨沉香』，乃知少游詞『玉籠金斗，時熨沉香』，與夫『睡起熨沉香，玉腕不勝金斗』，其語亦有來歷處。乃知名人必無杜撰語。」〔註143〕嚴有翼先考察〈滿庭芳〉（山抹微雲）一詞之創作場合，及標舉該詞為秦觀之成名作，進而指出秦詞本自隋煬帝〈野望〉詩。

2、秦詞借鑒唐詩（錢起、歐陽詹、張籍、杜牧、李商隱）

唐人錢起，字仲文，吳縣（今江蘇）人。少聰敏，據辛文房《唐

局部隱括唐詩；（二）全闋隱括唐詩。四曰其他類，包含（一）引唐詩人故實；（二）綜合運用各類技巧。」收錄於《宋詞與唐詩之對應研究》（臺北：文史哲出版社，2004年3月），頁21。

〔註142〕〔宋〕曾季貍撰：《艇齋詩話》，收錄於鄧子勉編《宋金元詞話全編》，中冊，頁837。

〔註143〕〔宋〕嚴有翼撰：《藝苑雌黃》，收錄於張惠民編《宋代詞學資料匯編》（汕頭：汕頭大學出版社，1993年11月），頁22。

才子傳》云：「初從計吏，至京口客舍，月夜閑步，聞戶外有行吟聲，哦曰：『曲終人不見，江上數峰青』。凡再三往來，起遽從之，無從見矣，嘗怪異之。及就試粉闈，詩題乃『湘靈鼓瑟』」〔註144〕大歷中錢起與韓翃、李端等輩，號「大歷十才子」，詩格新奇，理致清贍，以「曲中人不見，江上數峰青」二句，聞名於世。吳曾、張侃皆記載秦觀借鑒錢起詩句，吳曾《能改齋漫錄》卷一云：「唐錢起〈湘靈鼓瑟〉末句：『曲終人不見，江上數峰青。』秦觀嘗用以填詞云。」〔註145〕張侃《拙軒集》卷三亦云：「秦淮海〈臨江仙〉，全用錢起『曲終人不見，江上數峰青』作煞句。」〔註146〕秦觀〈臨江仙〉（千里瀟湘挼藍浦），採用「句意之借鑒」，襲用唐詩成句而成，通篇寫景述情，寫瀟湘月夜，詞人南徙途中所見，末二句用錢起詩句，吳曾、張侃二人僅列其事，不涉及優劣評斷。據曾季貍《艇齋詩話》論〈滿庭芳〉（山抹微雲）一詞云：

> 少游詞「高樓望斷，燈火已黃昏」，用歐陽詹詩云：「高城
> 已不見，況復城中人。」〔註147〕

曾季貍，字裘父，自號艇齋，生卒年不詳，多與徐俯、呂本中來往。論及秦詞多著重其所本之處。曾季貍指出該詞下片末二句，化用唐人歐陽詹〈初發太原途中寄太原所思〉詩〔註148〕，此詞屬「字面之借鑒」，鎔鑄歐陽詹詩句而成。又論〈水龍吟〉（小樓連苑橫空）一詞云：

〔註144〕〔元〕辛文房撰：《唐才子傳》（臺北：金楓出版社，1999年4月），頁89。

〔註145〕〔宋〕吳曾撰：《能改齋漫錄》，收錄於唐圭璋《詞話叢編》，冊1，卷1，頁136

〔註146〕〔宋〕張侃撰：《拙軒集》，收錄於唐圭璋編《詞話叢編》，冊2，頁192。

〔註147〕〔宋〕曾季貍撰：《艇齋詩話》，收錄於鄧子勉編《宋金元詞話全編》，中冊，頁835。

〔註148〕〔唐〕歐陽詹〈初發太原途中寄太原所思〉云：「驅馬覺漸遠，迴頭長路塵。高城已不見，況復城中人。去意既未甘，居情諒多辛。五原東北晉，千里西南秦。一屨不出門，一車無停輪。流萍與繫匏，早晚期相親。」清康熙四十二年敕：《御定全唐詩》，收錄於《文津閣四庫全書》，集部，冊476，卷349，頁241。

少游詞曰：「小樓連苑橫空」，爲都下一妓姓樓名琬字東玉，
詞中欲藏「樓琬」二字。然少游亦自用出處，張籍詩云：「妾
家高樓連苑起。」〔註149〕

世俗多評該詞中藏有「樓琬」之名，但曾季貍卻主張其句本自張籍〈節
婦吟寄東平李司空師道〉詩〔註150〕，屬「字面之借鑒」，鎔鑄張籍詩
句而成。唐人杜牧，字牧之，其人剛正有奇節，論列大事指陳利病，
尤切時務。於詩情致豪邁，人稱「小杜」，以別杜甫。詞話提及秦詞
用杜牧詩句之處有二，分別爲〈畫堂春〉（落紅鋪徑水平池）及〈八
六子〉（倚危亭）兩詞：

苕溪漁隱曰：「……小詞云「落紅鋪徑水平池……杏園憔悴
杜鵑啼，無奈春歸」。用小杜詩「莫怪杏園憔悴去，滿城多
少插花人。」〔註151〕

上述爲胡仔《苕溪漁隱叢話》後集所載，秦詞用杜牧〈杏園〉詩，胡
仔僅列其事，未加以評論優劣，〈畫堂春〉（落紅鋪徑水平池），爲「字
面之借鑒」，自杜牧詩中截取「杏園」、「憔悴」兩字面。洪邁《容齋
隨筆》卷十三另評〈八六子〉云：

秦少游〈八六子〉詞云：「片片飛花弄晚，濛濛殘雨籠晴。
正銷凝，黃鸝又啼數聲。」語句清峭，爲名流推激。予家
舊有建本《蘭畹曲集》，載杜牧之一詞，但記其末句云：「正
銷魂，梧桐又移翠陰。」秦公蓋效之，似差不及也。〔註152〕

洪邁（1123～1202），字景盧，號容齋，鄱陽（今江西）人，博學多

〔註149〕 〔宋〕曾季貍撰：《艇齋詩話》，收錄於鄧子勉編《宋金元詞話全編》，
　　　　中冊，頁835～836。

〔註150〕 〔唐〕張籍〈節婦吟寄東平李司空師道〉云：「君知妾有夫，贈妾
　　　　雙明珠。感君纏綿意，繫在紅羅襦。妾家高樓連苑起，良人執戟明
　　　　光裏。知君用心如日月，事夫誓擬同生死。還君明珠雙淚垂，何不
　　　　相逢未嫁時。」清康熙四十二年敕：《御定全唐詩》，收錄於《文津
　　　　閣四庫全書》，集部，冊476，卷382，頁331。

〔註151〕 〔宋〕胡仔纂輯：《苕溪漁隱叢話》（臺北：木鐸出版社，1982年8
　　　　月），後集卷33，頁249。

〔註152〕 〔宋〕洪邁撰：《容齋隨筆》，收錄於《文津閣四庫全書》，子部，
　　　　冊281，四筆卷13，頁491。

聞，尤精於史實。撰《野處類藁》、《夷堅志》、《容齋隨筆》等。秦觀
〈八六子〉（倚危亭）「片片飛花弄晚」等句，用杜牧〈八六子〉（洞
房深）之句，屬「句意之借鑑」，改易字句而成。洪邁指出此詞深獲
好評，語句清峭，足見洪邁論詞亦重視審美思考。劉將孫《蕭學中采
詞序》云：

> 古今作者之作，流落多矣，豈獨當吾世爲可恨哉？秦少游
> 詞勝於詩，「正銷凝、黃鸝又啼數聲」，乃其詞最勝處，然
> 洪容齋記杜牧之「正銷魂、梧桐又移翠陰」，乃知少游所出，
> 幾於句意做做，不止暗犯而已。後來「行到一溪深處，有
> 黃鸝千百」，乃其觀化垂去，神變活脫，猶未離此窠臼，牧
> 之要何可及哉？〔註153〕

劉將孫，字尚友，廬陵（今江西）人，爲劉辰翁之子，自幼濡染家學，
深得乃父之風。劉將孫論秦詞較詩更爲出色，並指出「正銷凝、黃鸝
又啼數聲」採句意模仿，後有〈好事近〉（山路雨添花）一詞，亦由
此脫胎而來。另又指出秦觀〈沁園春〉（宿靄迷空）詞中的「玉籠金
斗，時熨沉香」，與〈如夢令〉（門外鴉啼）詞中的「睡起熨沉香，玉
腕不勝金斗」二處，皆本自李商隱〈效徐陵體贈更衣〉詩末二句「輕
寒衣省夜，金斗熨沉香」。足見嚴有翼肯定如秦觀這樣的名家，其詞
句必有來歷，非憑空撰而來。而〈滿庭芳〉（山抹微雲）一詞，採「句
意之借鑑」，增字而成；〈沁園春〉（宿靄迷空）「玉籠金斗，時熨沉香」、
〈如夢令〉（門外鴉啼楊柳）「睡起熨沉香，玉腕不勝金斗」二詞，皆
屬「字面之借鑑」，自李商隱〈效徐陵體贈更衣〉詩末二句「輕寒衣
省夜，金斗熨沉香」，截取「金斗」、「熨沉香」兩字面。

3、秦詞借鑑李煜詞

秦觀〈千秋歲〉（水邊沙外）一詞，下片末句「飛紅萬點愁如海」，
以「海」字比喻愁緒縈懷既深且廣，描寫手法動人，堪稱秦詞佳句，

〔註153〕〔元〕劉將孫撰：《養吾齋集》，收錄於《文津閣四庫全書》，集部，
冊400，卷9，頁592。

歷來討論者眾。但今據宋人詞話，多可見將此詞與李煜〈虞美人〉（春花秋月何時了）末句「問君能有幾多愁，恰似一江春水向東流」聯繫，然各家所述多有獨到觀點，兼有孰優孰劣之評，茲分述如下：

（1）陳師道、胡仔、王安石、王楙：秦詞不及前人

陳師道《後山詩話》、胡仔《苕溪漁隱叢話》皆載王安石言：

> 今語例襲陳言，但能轉移爾。世稱秦詞「愁如海」為新奇，不如李國主已云：「問君能有幾多愁，恰似一江春水向東流。」但以江為海爾。〔註154〕

陳師道、胡仔明言秦觀詞有所本，抽換字面易江為海，兩人皆引述王安石之說未深入陳述己見，隱含認同之意，而王楙《野客叢書》亦云：「僕謂李後主之意，又有所自，樂天詩曰：『欲識愁多少？高於灧澦堆。』劉禹錫詩曰：『蜀江春水拍山流，水流無限似儂愁。』得非祖乎？則知好處前人皆已道過，後人但翻而用之耳。」〔註155〕王楙之說具有溯源之功，明言李煜詞亦有所本，乃翻用白居易、劉禹錫詩意。而上述王安石、陳師道、胡仔、王楙諸家，對於秦詞陳襲李煜詞，並未予以正面肯定。

（2）陳郁、俞文豹、羅大經：秦詞青出於藍而青於藍

陳郁（1184～1275），字仲文，號藏一，臨川（今江西）人，撰《藏一話腴》四卷，甲集卷上云：

> 太白云：「請君試問東流水，別意與之誰短長。」江南後主曰：「問君還有幾多愁，恰似一江春水向東流。」略加融點，已覺精采。至寇萊公則謂「愁情不斷如春水」，少游云「落紅萬點愁如海」，青出於藍而青於藍矣。〔註156〕

〔註154〕 〔宋〕陳師道撰：《後山詩話》，收錄於鄧子勉《宋金元詞話全編》，上冊，頁214。胡仔撰：《苕溪漁隱叢話》，收錄於唐圭璋編《詞話叢編》，冊1，卷2，頁177。

〔註155〕 〔宋〕王楙撰：《野客叢書》，收錄於鄧子勉編《宋金元詞話全編》，中冊，頁1056。

〔註156〕 〔宋〕陳郁撰：《藏一話腴》，收錄於鄧子勉編《宋金元詞話全編》，中冊，頁1169。

另有俞文豹《吹劍錄》論述歷代以水喻愁者云：

> 李頎詩「請量東海水，看取淺深愁」，李後主詞「問君還有
> 幾多愁，恰似一江春水向東流」，秦少游則以三字盡之曰「落
> 紅萬點愁如海」，而語益工。劉改之〈多景樓〉：「江流千古
> 英雄淚，山掩諸公富貴羞」，一空前作矣。〔註157〕

羅大經《鶴林玉露》亦云：

> 詩家有以山喻愁者，杜少陵云「憂端如山來，澒洞不可掇」，
> 趙嘏云：「夕陽樓上山重疊，未抵春愁一倍多」是也。有以
> 水喻愁者，李頎云：「請量東海水，看取淺深愁」，李後主
> 云「問君能有幾多愁？恰似一江春水向東流」，秦少游云「落
> 紅萬點愁如海」是也。賀方回云：「試問閒愁知幾許，一川
> 煙草，滿城風絮，梅子黃時雨。」蓋以三者比之愁多也，
> 尤為新奇，兼興中有比，意味更長。〔註158〕

陳郁試圖爬梳以水喻愁者，有李白〈金陵酒肆留別〉詩、李煜〈虞
美人〉詞、寇準〈追思柳渾汀洲之詠尚有遺妍因書一絕〉等作品，
並讚秦詞「青出於藍而青於藍」；俞文豹則分析李頎〈雨夜呈長官〉、
李後主〈虞美人〉、秦觀〈千秋歲〉、劉改之〈多景樓〉等作品，並
評秦詞「語工」，陳、俞二氏皆帶有褒揚之意。歸納以山、水喻愁
者，以羅大經最為完備，羅氏著重於審美鑑賞，標舉賀鑄以多種意
象暗喻主觀愁緒之手法，最為精妙，足見陳郁、俞文豹、羅大經等
三人，皆著重於闡釋詞句修辭的歷史脈絡，關注創新手法不斷遞
進，進而肯定秦觀有所本卻能別出心裁，更顯精采絕倫。宋金元人
討論秦觀〈千秋歲〉借鑒李煜〈虞美人〉詞之話語，最為繁多，該
詞屬「句意之借鑒」，秦觀襲其意而易其語，就上述諸家所評可知
其接受態度亦有所不同。

〔註157〕〔宋〕俞文豹撰：《吹劍錄》，收錄於鄧子勉編《宋金元詞話全編》，
中冊，頁1396。

〔註158〕〔宋〕羅大經撰：《鶴林玉露》，收錄於《文津閣四庫全書》，子部，
冊286，卷7，頁529。

4、秦詞借鑒歐陽脩詞

另外「最好揮毫萬字，一飲拚千鍾」兩句，據王象之《輿地紀勝》云：「『揮毫萬字，一飲千鍾』，劉原父守維揚，歐陽公作詞餞之日：『平山欄檻倚晴空，山色有無中。手植堂前楊柳，別來幾度春風。　文章太守，揮毫萬字，一飲千鍾。行樂正須年少，尊前看取衰翁。」〔註159〕王象之，字儀父，博學廣識，品德高潔，關注秦詞直接截取歐陽脩〈朝中措〉詞〔註160〕。

綜觀上述諸家所評，秦詞佳處並非全屬自創，其中不乏借鑒詩、詞、賦之名句而成。取材廣泛，或直接截取字面，或變化句意而成，皆能在其中鎔鑄變化，與各句巧妙銜接，構成完整詞意。故宋金元人對秦詞借鑒他人之作，津津樂道，實乃隱含接受態度。

二、情意繾綣

〔清〕徐釚《詞苑叢談》云：「凡詞無非言情。即輕艷悲壯，各成其是，總不離吾之性情所在耳。」〔註161〕文學創作以承載情思感觸為主，作家之筆展現體悟特深，詞體更以言情為主。宋人已關注秦詞善言情，資料有三：

（一）楊湜《古今詞話》：秦詞含無限思量

楊湜，字曼倩，藁城（今河北）人，《古今詞話》堪稱最早以「詞話」為名之論詞專著。所記詞人有唐莊宗、孟昶、韋莊、宋徽宗、晏殊、司馬光、王安石、張先、柳永、蘇軾、黃庭堅、秦觀、晁補之、江致和、楊師純、楊端臣、任昉等三十餘家；內容則著重於記錄詞本事，尤以詞人與歌妓之艷情描寫最夥。論及秦觀亦在此。此中評〈畫

〔註159〕〔宋〕王象之撰：《輿地紀勝》，收錄於鄧子勉編《宋金元詞話全編》，中冊，頁1327。

〔註160〕〔宋〕歐陽脩撰：《文忠集》（臺北：臺灣商務印書館，《景印文淵閣四庫全書本》），卷131，頁322。

〔註161〕〔清〕徐釚撰、王百里校箋：《詞苑叢談校箋》（北京：人民文學出版社，2005年12月第二次印刷），頁58。

堂春〉（東風吹柳日初長）詞云：

> 少游〈畫堂春〉『雨餘芳草斜陽，杏花零落燕泥香』之句，
> 善於狀景物。至於『香篆暗銷鸞鳳，畫屏縈繞瀟湘』二句，
> 便含蓄無限思量意思，此其有感而作也。〔註162〕

楊湜關注面向有二：一爲景物描摹，肯定上片「雨餘芳草斜陽，杏花零落燕泥香」二句，筆法精湛；其妙處，據唐圭璋《唐宋詞鑑賞集成》云：「杏花本當令之景，此爲第一義；雨後零落，此爲第二義；墮地沾泥，此爲第三義；泥沾落花，此爲第四義；燕唧此泥築巢，巢亦有香，此爲第五義。詞人將如許含義凝爲一句，祇舉首尾而中間不言可喻，語言優美而意味雋永，審美價值極高。」〔註163〕；二爲情感呈顯，以下片首二句「香篆暗銷鸞鳳，畫屏縈繞瀟湘」爲例，「寶篆」爲盤香，「烟銷」則指篆香燃盡，女子未眠，實以景物烘托情感；「畫屏縈繞瀟湘」則暗指思念之人所在，化用柳渾詩句「瀟湘逢故人」；「雲鎖」則指遙不可及，以此景寫女子相思之甚，故可謂思量無限。楊湜此論帶有評述意味，稱揚秦詞筆法精要、情意幽深，亦肯定此詞爲秦觀有感人生遭遇而發。

（二）周必大：秦詞含不盡之情

周必大（1126～1204），字子充，一字洪道，號省齋居士、平園老叟，原籍管城（今河南），撰《文忠集》二百卷。其〈跋米元章書秦少游詞〉云：

> 借眼前之景，而含萬里不盡之情；因古人之法，而得三昧自在之力，此詞、此字所以傳世。乾道己丑五月二十四日。
>
> 〔註164〕

〔註162〕〔宋〕楊湜撰：《古今詞話》，收錄於唐圭璋編《詞話叢編》，冊1，頁33。

〔註163〕唐圭璋撰：《唐宋詞鑑賞集成》（臺北：五南書局，1998年7月），頁1011。

〔註164〕〔宋〕周必大撰〈益公題跋〉，收錄於鄧子勉編《宋金元詞話全編》，中冊，頁876。

　　米芾以秦詞爲書寫內容，已可見其愛好，而周必大之評，更確實掌握秦詞創作之要點。秦觀心緒敏銳深微，時序、物象皆深深撼動其內心，信手拈來，寄寓深沉。例如〈畫堂春〉（落紅鋪徑水平池）「杏園憔悴杜鵑啼，無奈春歸」，暮春殘敗之景，杜鵑悲啼，淒苦已極，看似無奈傷春，實乃由物象轉至人物，刻畫內心愁緒；又如〈減字木蘭花〉（天涯舊恨）上片末句「欲見回腸，斷盡金爐小篆香」，就眼前爐香曲曲，暗喻愁腸百結。可見秦詞擅長融情入景，情意含蓄，韻味無窮。

（三）張炎、顧瑛：秦詞爲離情絕唱

　　張炎在《詞源》中，別列〈賦情〉一類，首先肯定「簸弄風月，陶寫性情，詞婉於詩」、「景中含情，而存騷雅」〔註165〕，凸顯詞體婉約本質，最適宜言情。而情景交融，則帶有《詩經》、《離騷》所奠下之雅正風格，又別列〈離情〉一類，言「『春草碧色，春水綠波，送君南浦，傷如之何？』맀情至於離，則哀怨必至。苟能調感慨於融會中，斯爲得矣！」〔註166〕「春草碧色，春水綠波」四句出自江淹〈別賦〉，離別使人黯然銷魂，人生際遇在所難免。離情如何描寫？張炎標舉姜夔〈琵琶仙〉（雙槳來時）、秦觀〈八六子〉（倚危亭）二詞云：

> 白石〈琵琶仙〉云：「雙槳來時，有人似舊曲，桃根桃葉。……」
> 秦少游〈八六子〉云：「倚危亭，恨如芳草，……」離情當如此作，全在情景交煉，得言外意。有如「勸君更盡一杯酒，西出陽關無故人」，乃爲絕唱。〔註167〕

秦觀、姜夔兩人作品描寫離情，皆以情景交融手法，寄託言外之意。如〈八六子〉（倚危亭）首三句「倚危亭，恨如芳草，萋萋剗盡還生」，本自李煜〈清平樂〉「離恨恰如春草，更行更遠還生」之語意，秦詞刪去「離」字，易「春」爲「芳」，以草喻離恨，雖未強調「離」字，但欲剗除卻無法如願，顯見詞人心中掙扎不休，情感極爲濃烈鮮明，

〔註165〕〔宋〕張炎撰：《詞源》，收錄於唐圭璋《詞話叢編》，冊1，頁263。
〔註166〕〔宋〕張炎撰：《詞源》，收錄於唐圭璋《詞話叢編》，冊1，頁264。
〔註167〕〔宋〕張炎撰：《詞源》，收錄於唐圭璋《詞話叢編》，冊1，頁264。

更加呈顯離恨無法釋懷。金元時人顧瑛承張炎之說云：「曲中最難離情，情至於離，則哀怨必至，苟能調感愴於融會中，斯爲得矣！……秦少游〈八六子〉云：『倚危亭，恨如芳草。……』離情必欲如此，乃爲情景交煉，得言外意。製曲者當作此觀。」〔註168〕〈八六子〉通篇著重景致描寫，下片「那堪片片飛花弄晚，濛濛殘雨籠晴。正銷凝，黃鸝又啼數聲」，言暮春時節觸動傷春之思、離別之情。〔宋〕沈義父《樂府指迷》亦云：「結句須要放開，含有餘不盡之意，以景結情最好。」〔註169〕足見秦詞透過情景交融筆法，益顯蘊含深遠，末以景語作結，黃鸝啼聲悠悠難盡，更有一唱三歎之妙。

第四節　其　他

　　宋人雖視詞屬艷曲、小道，終不免深受吸引，多所創作。宋代城市生活，熱絡發達，活動延長至夜間，瓦解傳統農業社會「日出而作，日落而息」之封閉模式，爲詞體傳播開啓蓬勃生機。理學大行其道，歌妓佐歌侑觴，堪稱宋代文化特殊的兩大面向，亦對秦詞產生相當程度之影響，故本節先就理學家及歌妓對秦詞的關注點加以探析，以窺二者對秦詞的接受態度。秦觀身世遭遇歷來備受關注，軼事流傳甚廣，亦爲秦詞傳播帶來不少傳奇色彩。而宋金元時人以詩歌記載讀閱秦詞之感，或將秦觀與諸家詞人進行比較等情況，亦爲特殊現象，本節將一併進行探析，以期更加細膩掌握宋金元時人對秦詞的接受態度。

一、理學家及歌妓評價秦詞

　　宋代文學榮景，深受複雜社會文化背景影響，相互交織，促成宋代文學的整體發展，故當時代詞體傳播，亦深受時代思潮與社會文化

〔註168〕〔元〕顧瑛撰：《製曲十六觀》，收錄於周義敢、周雷編《秦觀資料匯編》，頁153。

〔註169〕〔宋〕沈義父撰：《樂府指迷》，收錄於唐圭璋《詞話叢編》，冊1，頁279。

所影響。其中最爲特殊者，首推理學思想興盛及歌妓傳唱風氣兩大面向，茲分述如次：

（一）理學家貶抑秦觀之論

宋代理學興盛，崇尙道德，關注心性義理，著重修養工夫，其思想大抵環繞「性與天道」此一課題。宋代理學引領當代思潮，重視學養及道德操守，充分展現於詩文中，別具特性。錢鍾書《談藝錄》論宋詩特質云：

> 唐詩、宋詩，亦非僅朝代之別，乃體格性分之殊。天下有兩種人，斯分兩種詩，唐詩多以丰神情韻擅長，宋詩多以筋骨思理見勝。〔註170〕

唐詩爲古典詩歌之奇葩，意象比擬鮮明、格律音調動人、象徵手法純熟、語言文字深刻，無不具體獨特之藝術魅力，風姿神采，撼動人心，詩歌發展至此，已達鼎盛，規範亦已定型。宋詩則別開蹊徑，蘊含哲思，〔宋〕嚴羽《滄浪詩話》云：「以文字爲詩，以才學爲詩，以議論爲詩」〔註171〕，宋詩重視學問之積累和個人才學之展現，「理趣」便是在此一前提下所呈現之內涵。相較之下，宋詞較爲貼近人情世俗，與詩歌尚理風氣，殊多差異，較之政論散文，筆力有別。宋代士人特質，受強烈「士本體特徵」〔註172〕影響，思精慮深，著重道德操守，

〔註170〕 錢鍾書：《談藝錄》（台北：書林出版有限公司，1999 年 2 月 2 刷），頁 2。

〔註171〕 〔宋〕嚴羽著、郭紹虞校釋：《滄浪詩話校釋》，頁 26。

〔註172〕 「根植於趙宋『文人政治』的『士本體特徵』，是宋代士人物質生活優厚化、政治生活開放化和精神生活自由化的養士、重士、愛士的文化環境中培育滋生出的一種主體意識高昂和個體精神舒放的綜合意態表徵。特別是隨著儒學復興以後宋代士人集群整體文化精神的自覺，這種『士本體特徵』由於士人的整體覺醒而帶有以往士人所無法比擬的懷疑精神、批判精神、慢世精神和深思內斂精神，……『士本體特徵』使得宋代士人打破物我的空間的空間有形間限與古今的時間無形間限，以前所未有的詩人的自信與闊邊的哲人的超逸審視合理世界種種有形和無形外在，大至正心誠意、格物致知以修身、齊家、治國、平天下和思辨禪悅擴充內我等『形而上』

北宋理學之始，首推周敦頤，後有程顥、程頤、張載、邵雍等人繼起，奠下基礎，規模井然，南宋朱熹則集其大成，影響甚鉅。當代文人對詞體之態度，據〔宋〕孫光憲《北夢瑣言》所云：

> 晉相和凝，少年時好爲曲子詞，布於汴洛。洎入相，專托人收拾焚毀不暇。然相國厚重好德，終爲豔詞玷之。契丹入夷門，號爲「曲子相公」。所謂「好事不出門，惡事行千里」，士君子得不戒之乎。〔註173〕

《歸田錄》亦云：「錢思公（惟演）平生惟好讀書，坐則讀經史，臥則讀小說，上廁則閱小辭，小辭蓋未嘗頃刻釋卷也。」〔註174〕此二說甚爲有趣，五代宋初時期，詞體多被視爲小道豔體，評價甚低，但於日常生活中，卻不可或缺。文人態度如此，理學家對詞體之態度，更是鄙夷，由程頤、朱熹二人評秦觀之語，可窺其梗概。

1、程　頤

洛派學者輕視詞體，尤以程頤所評話語，最爲嚴厲，如論秦觀〈水龍吟〉（小樓連苑橫空）「天還知道，和天也瘦」之句，即是一例。據《二程外傳》載：

> 一日，偶見秦少游，問「天若知也，和天也瘦」是公詞否？少游意伊川稱賞之，拱手遜謝。伊川云：「上穹尊嚴，安得意而侮之？」少游面色騂然。〔註175〕

的理性遐思，小至肉體層面的存思內煉、超越生命有形束縛以追求個體永恆性存在等『形而下』的感性探討。種種超越物理層面又基於物理層面的對外在世界的惟觀寂想，以及對內在世界的思理辨悟和自我生存狀態的哲學潛思，都表現出宋代士人充分擴展主體延伸維度的自主性文化性格。」張春義《宋詞與理學》（杭州：浙江大學出版社，2008年4月），頁3。

〔註173〕〔宋〕孫光憲：《北夢瑣言》，收錄於鄧子勉編《宋金元詞話全編》，上冊，頁5。

〔註174〕〔宋〕歐陽脩撰：《歸田錄》，收錄於鄧子勉編《宋金元詞話全編》，上冊，頁53。

〔註175〕〔宋〕朱熹編：《二程外書》，收錄於《文津閣四庫全書》，子部，冊232，卷12，頁115。

　　程頤向來排斥側艷風格，認爲草木深蘊哲理，而非用於言情，曾評杜詩云：「某素不作詩，亦非是禁止不作，但不欲爲此閑言語。且如今言能詩，無如杜甫，如云：『穿花蛺蝶深深見，點水蜻蜓款款飛』，如此閑言語，道出做甚。」〔註176〕詩聖杜甫之作，竟獲此評，更何況婉約柔媚之詞？程頤質問話語犀利，「駴然」指秦觀受責難而面紅耳赤。又如袁文《甕牖閑評》云：「程伊川一日見秦少游，問『天若有情，天也爲人煩惱。是公之詞否？』少游意伊川稱賞之，拱手遜謝。伊川云：『上穹尊嚴，安得易而侮之！』少游慚而退。近日鄭聞眷一官妓周韻者，作〈瑞鶴仙〉遣之，而末句云：『醉歸來，不悟人間天上，雲雨難尋舊迹。但餘香暗著羅衾，怎生忘得？』其詞固佳，但天上豈是作歡處！其褻慢又甚於少游。」〔註177〕袁文舉官妓所作，褻慢上天之意更甚於秦觀，亦深具道德意識。與程頤觀點相近者，尚有葉適〈題畫婆須密水〉之評：

　　　　舊傳程正叔見秦少游，問：「『天知否？天還知道，和天也瘦。』是學士作耶？上穹尊嚴，安得易而侮之?」薄徒舉以爲笑，如此等風致流播世間，可謂厄矣。〔註178〕

葉適，字正則，自號水心居士，著《水心集》。葉適明言秦觀此類作品流傳，實屬災厄。劉克莊《後村集》論及洛派對秦詞之看法云：「爲洛學者皆崇性理而抑藝文，詞尤藝文之下者也。昉於唐而盛於本朝，秦郎『和天也瘦』之句，脫換李賀語爾，而伊川有褻瀆上穹之誚，豈惟伊川哉？秀上人罪魯直勸淫，馮當世顧小晏損才補德，故雅人修士相戒不爲。……蓋君所作，原於《二南》，其善者，雖夫子復出，必和之矣！烏得以小詞而廢之乎！」〔註179〕劉克莊指出洛派崇尚性

〔註176〕〔宋〕朱熹編：《二程遺書》，收錄於《文津閣四庫全書》，子部，冊232，卷18，頁63。

〔註177〕〔宋〕袁文撰：《甕牖閑評》，收錄於鄧子勉編《宋金元詞話全編》，中冊，頁1040。

〔註178〕〔宋〕葉適撰：《水心集》，收錄於《文津閣四庫全書》，集部，冊389，卷29，頁168。

〔註179〕〔宋〕劉克莊撰：《後村集》，收錄於鄧子勉編《宋金元詞話全編》，

理，貶抑詞體，實乃對於文藝特質缺乏深入認識。王楙、謝采伯亦明
言秦詞化用李賀詩句〔註180〕。陳鵠《西塘集耆舊續聞》之說，更是
荒繆：

> 前輩謂伊川嘗見秦少游詞「天還知道，和天也瘦」之句，
> 乃曰：「高高在上，豈可以此瀆上帝。」又見晏叔原詞：「夢
> 魂慣得無拘檢，又踏楊花過謝橋」乃曰：「此鬼語也。」蓋
> 少游乃本李長吉『天若有情天亦老』之意，過於媟瀆，故
> 少游竟死於貶所。叔原壽亦不永，雖曰有數，亦口舌勸淫
> 之過。〔註181〕

唐人李賀，文筆敏捷，尤長於詩歌，據《舊唐書》云：「其文思體勢，
如崇巖峭壁，萬仞崛起，當時文士從而效之，無能髣髴者。」〔註182〕
李賀有「天若有情天亦老」之句，世人多視爲奇絕，故秦觀加以鎔鑄
而成詞句，引起不少爭論。陳鵠評秦觀、晏幾道兩人之詞，前者「媟
瀆上帝」，後者爲「鬼語」，因而顛沛流離，不得善終。

2、朱　熹

朱熹（1130～1200），字元晦，號晦庵、雲谷老人，別號紫陽，
徽州婺源（今江西）人。爲南宋著名理學家，平生著述甚豐，後人輯
《朱子語類》一百四十卷。朱熹論詞體云：「小詞前輩亦有爲之者，
顧其詞義如何，若出於正，似無甚害，然能不作更好也。」〔註183〕

中冊，頁1181。
〔註180〕〔宋〕王楙《野客叢書》云：「少游詞有『天還知道，和天也瘦』
　　　　之語，伊川先生聞之，以爲媟瀆上天，是則然矣。不知此語蓋祖李
　　　　賀『天若有情天亦老』之意爾。」謝采伯《密齋筆記》云：「李賀
　　　　云『天若有情天亦老』，少游詞：『天還知道，和天也瘦。』朱文公
　　　　以爲褻瀆天帝，乃是過用長吉語。」收錄於鄧子勉編《宋金元詞話
　　　　全編》，中冊，頁1056、1122。
〔註181〕〔宋〕陳鵠撰：《西塘集耆舊續聞》，收錄於鄧子勉編《宋金元詞話
　　　　全編》，中冊，頁1364。
〔註182〕〔宋〕劉煦撰：《舊唐書・李賀》，收錄於《文津閣四庫全書》，冊
　　　　93，卷137，頁918。
〔註183〕〔宋〕朱熹：《晦庵集》，收錄於《文津閣四庫全書》，集部，冊382，
　　　　卷63，頁567。

足見朱熹並未正面肯定詞體，論及蘇門學士，語氣極爲激切：

> 至如坡公著述，當時使得盡行所學，則事亦未可知。從其
> 游者，皆一時輕薄輩，無少行檢，就中如秦少游，則其最
> 也。……更是坡公首爲無稽，游從者從而和之，豈不害事！

又云：「東坡只管罵王介甫，介甫固不是，但教東坡作宰相時，引得
秦少游、黃魯直一隊進來，壞得更猛。」〔註184〕朱熹以蘇門學士道
德品行爲評論要點，言其「輕薄」，尤以秦觀爲最。論及秦觀文章，
則云：

> 少游文字煞弱，都不及眾人，得與諸蘇並稱，是如何？〔註185〕

又云：

> 因論文曰：「作文字須是靠實，說得有條理乃好，不可架空
> 細巧。大率要七分實，只二三分文。如歐公文字好者，只
> 是靠實而有條理。……少游《龍井記》之類，全是架空說
> 去，殊不起發人意思。」〔註186〕

足見朱熹不僅未肯定詞體之價值，更對秦觀人品及其才學全盤予以否
定。而〔清〕賀裳《皺水軒詞筌序》針對程頤、朱熹之評云：「夫詞
小技也，程正叔至正色責少游，晦庵夫子乃不免涉筆，正如烹魚者或
厭其腥，或賞其鮮，咸是定評，孰是至論？」〔註187〕由此觀點審視
上述諸家所評，受當代理學思潮而對秦詞有如此嚴厲之批判，甚至是
政治立場分歧而有的攻訐之舉，或固守己見，而不近人情；或妄加附
會，而流於臆說，皆可見時代及社會環境等層面，深切影響時人對秦
詞之接受，實不容小覷。

〔註184〕 〔宋〕黎靖德輯：《朱子語類》，收錄於《文津閣四庫全書》，子部，
　　　　　冊233，卷130，頁510。

〔註185〕 〔宋〕黎靖德輯：《朱子語類》，收錄於《文津閣四庫全書》，子部，
　　　　　冊233，卷130，頁510。

〔註186〕 〔宋〕黎靖德輯：《朱子語類》，收錄於《文津閣四庫全書》，子部，
　　　　　冊233，卷139，頁568。

〔註187〕 〔清〕賀裳撰：《皺水軒詞筌序》，收錄於施蟄存《詞籍序跋萃編》，
　　　　　頁865～866。

（二）歌妓愛好秦詞之情

孟元老《東京夢華錄》云：「人煙浩穰，添十數萬不加多，減之不覺少；所謂花陣酒池，香山藥海，另有幽坊小巷，燕館歌樓，舉之數萬。」〔註188〕社會經濟發展蓬勃，城市人口大幅增加，市民階層壯大，商業活動勃興，促使經濟更加繁榮，消費需求大增；夜禁解除，連宵嬉戲，直至破曉，更促進取樂風氣盛行；勾欄瓦子、酒館、茶肆林立，成為重要的文化娛樂場所，為表演者提供舞臺；雜要技藝、說唱曲藝等活動，更是盛行一時。沈括《夢溪筆談》云：「天下無事，許臣僚擇勝宴飲。當時侍從文館士大夫為燕集，以至市樓酒肆，皆供帳為游息之地。」〔註189〕文人宴飲唱酬，更是不可或缺之要事，亦為文學創作提供場所及素材。宴會場所，多見歌妓唱詞，佐歡侑觴，如北宋錢惟演留守洛陽時，「每宴客，命官妓分行劃襪，步於莎上，傳唱《踏莎行》。」〔註190〕詞體用於娛樂，以歌妓為傳播媒介，帶動流行，為當時代十分普遍的現象。〔宋〕吳自牧《夢粱錄》論歌妓樣貌云：

> 自景定以來，諸酒庫設法賣酒，官妓及私名妓女數內，揀擇中上甲者，委有娉婷秀媚，桃臉櫻唇，玉指纖纖，秋波滴溜，歌喉宛轉，道得字真韻正，令人側耳，聽之不厭。〔註191〕

宋代城市生活，帶動以歌妓為主之傳播消費模式，不僅影響詞體內容，更有助於詞體流行。擇選歌妓，首重色藝雙全，尤以曼妙歌聲、嬌饒姿態，最足以搖蕩心目。而詞體特性，與歌妓形象結合，成就獨特魅力，成為宋代詞體傳播的獨特面向。秦詞深受歌妓喜愛，於詞話

〔註188〕〔宋〕孟元老撰：《東京夢華錄》，收錄於《叢書集成初編》（北京：中華書局，1985年北京新一版），卷5，頁90。

〔註189〕〔宋〕沈括撰：《夢溪筆談》（北京：中華書局，1985年北京第一版），卷9，頁65。

〔註190〕〔宋〕吳曾《能改齋漫錄》（北京：中華書局，1985年北京第一版），卷11，頁285。

〔註191〕〔宋〕吳自牧：《夢粱錄》，收錄於《叢書集成初編》（北京：中華書局，1985年），冊3，卷20，頁191。

中多所記載，由中可窺見歌妓對秦詞之愛好，及對秦觀的仰慕之情，
茲就各家所載，略述如次：

1、歌妓熟稔秦詞

　　詞爲何能在唐宋時期高度發展？其背後牽涉複雜背景，但實與歌
妓之存在，密不可分。歌妓唱詞用於娛賓遣興、佐酒侑觴，與文人來
往密切，多以詞作爲交流媒介，其中包含歌妓「乞詞」，及文人「贈
妓」、「詠妓」、「思妓」、「悼妓」等諸多現象。〔註192〕歌妓爲求唱詞
符合文人生活情趣及品味，擇詞演唱不得不多費一番心思，故能深獲
歌妓喜愛之詞，必定別有滋味；獲選之作，多能流傳廣泛。秦詞深受
歌妓喜愛，據蔡絛《鐵圍山叢談》所載：

> 溫嘗預貴人家會，貴人有侍兒，善歌秦少游長短句，坐間
> 略不顧，溫亦謹，不敢吐一語。及酒酣懽洽，侍兒者始問：
> 「此郎何人耶？」溫遽起，叉手而對曰：「某乃『山抹微雲』
> 女婿也。」聞者多絕倒。〔註193〕

吳曾《能改齋漫錄》亦云：

> 杭之西湖，有一倅閑唱少游〈滿庭芳〉，偶誤舉一韻云：「畫
> 角聲斷斜陽。」妓秦操在側云：「畫角聲斷譙門，非斜陽也。」
> 倅因戲之曰：「爾可改韻否？」琴即改作陽字韻云：「山抹
> 微雲，天連衰草，畫角聲斷斜陽。暫停征轡，聊共飲離觴。
> 多少蓬萊舊侶，頻回首、煙靄茫茫。孤村裏，寒鴉萬點，
> 流水遶低牆。　　魂傷。當此際，輕解羅帶，暗解香囊。
> 漫贏得青樓，薄倖名狂。此去何時見也，襟袖上、空有餘
> 香。傷心處，長城望斷，燈火已昏黃。」東坡聞而稱賞之。
> 〔註194〕

〔註192〕李劍亮撰：《唐宋詞與唐宋歌妓制度》（杭州：浙江大學出版社，2006
　　　　年10月），頁93～120。
〔註193〕〔宋〕蔡絛撰：《鐵圍山叢談》，收錄於鄧子勉編《宋金元詞話全編》，
　　　　上冊，頁372。
〔註194〕〔宋〕吳曾撰：《能改齋漫錄》，收錄於唐圭璋編《詞話叢編》，冊1，
　　　　卷1，頁138。

吳曾《能改齋漫錄》雜錄考證筆記，內容甚豐，辯證精實，其中多涉北宋詞人軼事傳聞，亦重視詞的藝術價值。吳曾記載杭州西湖歌妓戲改秦詞，信手拈來便可任意改之，除可展現該妓才能不凡之外，亦隱約可見當時秦觀名滿天下，〈滿庭芳〉（山抹微雲）一詞，已流傳甚廣，成為歌妓演唱的重要曲目。

2、歌妓傾慕秦觀

歌妓除愛好擇選秦詞演唱外，更對這位多情詞人心生傾慕，宋代詞話亦不乏論及此情事者，計有寵姬碧桃、箜篌姬、長沙義倡等人，分別記載於楊湜《古今詞話》及洪邁《容齋隨筆》中。

（1）楊湜《古今詞話》：寵姬碧桃、箜篌姬傾慕秦觀

蓄養家妓在宋代士大夫生活中，係屬不可或缺之要事，宋代文獻亦多有記載。家妓活動範圍雖然有限，但對士大夫之娛樂遣興及社交活動，皆有其重要地位。家妓與秦觀來往，據楊湜《古今詞話》所載：「秦少游寓京師，有貴官延飲，出寵姬碧桃侑觴，勸酒倦倦，少游領其意，復舉觴勸碧桃。貴官云：『碧桃不善飲。』意不欲少游強之。碧桃曰：『今日為學士拚了一醉。』引巨觴長飲。少游即席贈〈虞美人〉詞曰：『碧桃天上栽和露，不是凡花數。……』闔坐悉恨。貴客云：『今後永不令此姬出來。』滿座大笑。」〔註195〕又載：「秦少游在揚州，劉太尉家出姬侑觴，中有一姝善擘箜篌。此樂既古，近時罕有其傳，以為絕藝。姝又慕少游之才名，偏屬意。少游借箜篌觀之，既而主人入宅更衣，適值狂風滅燭，姝來且相親，有倉卒之歡。且云：『今日為學士瘦了一半。』少游因作〈御街行〉以道一時之景。」〔註196〕足見秦觀深受兩女喜愛，皆以詞篇相贈，風流情事亦廣泛流傳於世。

〔註195〕　〔宋〕楊湜撰：《古今詞話》，收錄於唐圭璋編《詞話叢編》，冊1，頁31～32。

〔註196〕　〔宋〕楊湜撰：《古今詞話》，收錄於唐圭璋編《詞話叢編》，冊1，頁33。

（2）洪邁《容齋隨筆》：長沙義倡殉情

洪邁關注長沙義倡之事，紀錄甚詳，據《夷堅志補》卷二云：「義倡者，長沙人也，不知其姓氏。家世倡籍，善謳，尤喜秦少游樂府，得一篇，輒手筆口詠不置。……少游許之。一別數年，少游竟死於藤。倡雖處風塵中，為人婉娩有氣節，既與少游約，因閉門謝客，獨與嫗處。官府有召，辭不獲，然後往，誓不以此身負少游。……乃謂嫗曰：『吾昔以此身許秦學士，今不可以死故背之。』遂衰服以赴，行數百里，遇於旅館，將入，門者禦焉，告之故而後入。臨其喪，拊棺繞之三週，舉聲一慟而絕。左右駕救，已死矣，湖南人至今傳之，以為奇事。余聞李使君結言，其先大父往持節湖湘間，至長沙，聞倡之義，而嘆異之，惜其姓氏之不傳云。復書長句於後曰：『洞庭之南瀟湘浦，佳人娟娟隔秋渚。門前冠蓋但如雲，玉貌當年誰為主？風流學士淮海英，解作多情斷腸句。流傳往往過湖嶺，未見誰知心已赴。舉首卻在天一方，直北中原數千里。自憐容華能幾時，相見河清不可俟。北來遷客古藤州，度湘獨弔長沙博，天涯流落行路難，……我今試作《義倡傳》，尚使風期後來見。』」〔註197〕洪邁詳記義倡殉情之事，充分展現長沙義倡對秦觀之鍾情。

二、軼事流傳及辨偽考證

宋代詞話記載秦觀軼事甚繁，可見於當代亦廣為流傳，除上述義倡殉情之事外，就筆者歸納尚有自作挽詞、靈舟傳說、詞讖流傳等三類，隱約可見秦觀因詞篇精妙而名聞當代，許多傳奇軼事亦隨之傳誦，藉此塑造秦觀不平凡的身世遭遇。宋代詞話帶有實事求是之態度，針對歷來流傳之軼事逸聞，進行考辯，帶有此意識者有胡仔《苕溪漁隱叢話》、袁文《甕牖閑評》等詞話，針對楊湜《古今詞話》、嚴有翼《藝苑雌黃》之謬，多所糾舉。茲就宋金元詞話記載秦觀軼事及

〔註197〕〔宋〕洪邁撰：《夷堅志補》，收錄於鄧子勉《宋金元詞話全編》，中冊，頁802～805。

考證之語，探析如次：

（一）軼事廣為流傳

1、自作挽詞

周紫芝（1082～1155），字少隱，自號竹坡居士，宣州（今安徽）人，撰《太倉稊米集》七十卷、《竹坡老人詩話》、《詩讞》。《太倉稊米集》云：「山谷先生弔秦少游詩云：『少游醉臥古藤下，誰與愁眉唱一杯。解道樽前斷腸句，江南唯有賀方回。』此以言語文字知少游者也。余鄉人有官藤州者，謂：『藤人為余言，少游既病，洗沐步上光華亭，手持白玉杯，取江水立酌一杯而逝。』嗚呼，此豈徒然哉！東坡〈題少游自作挽詞〉，以為能『一死生，齊物我』，是真知少游者也。」〔註198〕周紫芝引鄉人之語為證，將秦觀之死特殊化，慨嘆與不捨之情溢於言表。周紫芝另作詩歌一首云：「古藤陰下偶婆娑，南北隨緣意若何。白玉杯寒亭上月，縷金衣斷醉時歌。還將萬里澄江水，盡洗平生綺語魔。能道秦郎解忘物，嶺南唯有雪堂坡。」〔註199〕此詩首四句乃針對上述軼聞有感而發，提及秦觀〈好事近〉（春路雨添花）下片末二句「醉臥古藤陰下，了不知南北」；末四句論及秦詞風格，以描寫男女情感為主，看似流於艷情，故稱「綺魔語」；而「雪堂坡」，即蘇軾在黃州，居臨皋亭，於東坡之脅築堂，號為「雪堂」，此處周紫芝著重強調蘇軾為秦觀之知音。

2、靈舟傳說

吳坰，或作吳炯，生卒年不詳，永興人，撰《五總志》一卷。云：「潭守宴客合江亭，時張才叔在坐，令官妓悉歌〈臨江仙〉。有一妓獨唱兩句云：『微波渾不動，冷浸一天星』才叔稱歎，索其全篇。妓以實語告之：『賤妾夜居商人船中，臨舟一男子，遇月色明朗，即倚牆而歌，

〔註198〕〔宋〕周紫芝撰：《太倉稊米集》，收錄於《文津閣四庫全書》，集部，冊381，卷9，頁275。

〔註199〕〔宋〕周紫芝撰：《太倉稊米集》，收錄於《文津閣四庫全書》，集部，冊381，卷9，頁275。

聲極淒怨。但以苦乏性靈，不能盡記，願助以一二同列，共往記之。』
太守許焉。至夕乃與同列飲酒以待。果一男子，三歎而歌。有趙瓊者，
傾耳墮淚曰：『此秦七聲度也！』趙善謳，少游南遷經從，一見而悅之。
商人乃遣人問訊，即少游靈舟也。其詞曰：『瀟湘千里按藍浦』崇寧乙
酉，張方叔過經周，以語先子，乃相與歎息曰：『少游了了，必不沉滯，
戀此壞身，似有物為之，然詞語超妙，非少游不能作，抑又可疑也。』」
〔註200〕〈臨江仙〉（瀟湘千里按藍浦）一詞〔註201〕，為秦觀紹聖丙子
年間自處州南徙郴州所作，此詞描繪瀟湘淒清之景，夜宿孤寂之情。
其中「微波渾不動，冷浸一天星」二句，造語別致新穎，堪稱名句。
然宋人關注此詞，多帶有神異色彩，雖然說法不可盡信，但卻隱約可
見秦觀於宋人心目中具有傳奇性，凸顯出愛慕及不捨之情。

3、詞讖流傳

讖言為預言，帶有神異氣息。宋人關注秦詞中帶有讖語者，一
為曾季貍，字裘父，自號艇齋，生卒年不詳，臨川（今江西）人。
撰《艇齋詩話》一卷，載云：「秦少游詞云：『春去也，落紅萬點愁
如海。』今人多能歌此詞。方少游作此詞時，傳至予家丞相，丞相
曰：『秦七必不久於世，豈有愁如海而可存乎！』已而少游果下世。
少游第七，故曰秦七。」〔註202〕秦觀〈千秋歲〉（水邊沙外）一詞，
該詞紓寫遷謫憾恨，今昔對照，淒惻傷懷，結尾末二句堪稱全詞高
潮，藉由春日不再，暗指年華流逝，最終以海喻愁，形容愁緒浩瀚
無邊，但曾季貍關注之要點，著重於此詞背後所帶有的神秘色彩及
傳說；二為曾敏行（1118～1175）字達臣，自號浮雲居士，又號獨
醒達人、歸愚老人，吉水（今江西）人，積平生見聞，撰《獨醒雜

〔註200〕〔宋〕吳坰撰：《五總志》，收錄於鄧子勉編《宋金元詞話全編》，
　　　　　上冊，頁395。
〔註201〕據《全宋詞》、《秦觀詞新釋輯評》俱作「千里瀟湘接藍浦」。
〔註202〕〔宋〕曾季貍撰：《艇齋詩話》，收錄於鄧子勉編《宋金元詞話全編》，
　　　　　中冊，頁835。

志》十卷，多記兩宋軼聞。曾敏行論秦觀，多著重於詞讖之說，如卷三云：「秦少游、賀方回相繼以歌詞知名，少游有詞云：『醉臥古藤下，了不知南北。』其後遷謫，卒於藤州光華亭上。方回亦有詞云：『當年曾到王陵鋪，鼓角悲風。……』後卒於北門，門外有王陵鋪，人皆以爲詞讖。」〔註203〕卷五亦云：「秦少游謫古藤，意忽忽不樂，過衡陽，孔毅甫爲守，與之厚，延留，待遇有加。一日飲於郡齋，少游作〈千秋歲〉詞，毅甫覽至『鏡裡朱顏改』之句，遽驚曰：『少游盛年，何爲言語悲愴如此？』遂賡其韻以解之。居數日別去，毅甫送之於郊，復相語終日，歸謂所親曰：『秦少游氣貌大不類平時，殆不久於世矣！』未幾果卒。」〔註204〕秦觀辭世多年，曾敏行才出生，兩人未有直接交集，故曾氏所載多採當時流傳之語，或出於個人臆測，並引秦觀友人所云爲證，欲增加可信度。

（二）辨偽考證

1、胡　仔

胡仔，字元任，徽州績溪（今安徽）人，晚年卜居湖州苕溪，垂釣自得，故號苕溪漁隱，撰有《苕溪漁隱叢話》前後集，共計一百卷。此集專採前人詩話、筆記中論詞之語，並增入己見加以辯證，多所闡發。如卷二云：「苕溪漁隱曰：《古今詞話》以古人好詞，世所共知者，易甲爲乙。稱其所作，仍隨其詞牽合爲說，殊無根蒂，皆不足信也。如秦少游〈千秋歲〉『水邊沙外，城郭春寒退』，末云『春去也，飛紅萬點愁如海』者，山谷嘗歎其句意之善，欲和之，而以海字難押。陳無己，此詞用李後主『問君那有幾多愁，恰似一江春水向東流』，但以江爲海耳。洪覺範和此詞，題崔徽眞子，『多少事，都隨恨遠連雲海』。晁无咎亦和此詞，弔少游云：『重感慨，驚濤自卷珠。』觀諸公

〔註203〕　〔宋〕曾敏行撰：《獨醒雜志》，收錄於鄧子勉《宋金元詞話全編》，中冊，頁752。

〔註204〕　〔宋〕曾敏行撰：《獨醒雜志》，收錄於鄧子勉《宋金元詞話全編》，中冊，頁753。

所云，則此詞少游作明甚，乃以爲任世德所作。」〔註205〕又云：「〈八六子〉『倚危亭，恨如芳草，萋萋剗盡還生』者，〈浣溪沙〉『腳上鞋兒四寸羅』者，二詞皆見《淮海集》，乃以〈八六子〉爲賀方回作，以〈浣溪沙〉爲涪翁作。晁無咎〈鹽角兒〉『開時似雪，謝時似雪，花中奇絕』者，爲晁次膺作。汪彥章〈點絳唇〉『新月娟娟，夜寒江靜山銜斗』者，爲蘇叔黨作，皆非也。」〔註206〕胡仔審愼嚴謹，針對楊湜《古今詞話》所載，辨析作者問題。其中〈千秋歲〉（水邊沙外）、〈八六子〉（倚危亭）二詞，向來視爲秦觀所作，並無爭議，但楊湜錯載爲他人所作，足見其誤謬特甚。

2、袁　文

嚴有翼《藝苑雌黃》云：「朝雲者，東坡侍妾也，嘗令就秦少游乞詞，少游作〈南歌子〉贈之云：「靄靄迷春態，……」何其婉媚也！」〔註207〕歷來〈南歌子〉一詞被視爲秦觀贈予蘇軾侍妾所作，嚴氏亦採此說；然袁文卻不以爲然，據《甕牖閑評》卷五云：「『靄靄迷春態……』此秦少游爲朝雲作〈南歌子〉詞也。『玉骨那愁瘴霧……』此蘇東坡爲朝雲作〈西江月〉詞也。余謂此二詞，皆朝雲死後作，其間語亦可見。而《藝苑雌黃》乃云：『〈南歌子〉者，東坡令朝雲就少游乞之；〈西江月〉者，東坡作之以贈焉。』恐非也。」〔註208〕袁文（1143～1209），字質甫，樸實好學，撰《甕牖閑評》八卷，詳於考訂，精審音律，典實故事完備，可補史書之缺。袁文偏愛對詞之寫作背景、動機、目的進行考證，認爲秦觀〈南歌子〉、蘇軾〈西江月〉

〔註205〕〔宋〕胡仔撰：《苕溪漁隱叢話》，收錄於唐圭璋編《詞話叢編》，冊2，卷2，頁177。

〔註206〕〔宋〕胡仔撰：《苕溪漁隱叢話》，收錄於唐圭璋編《詞話叢編》，冊2，卷2，頁177。

〔註207〕〔宋〕嚴有翼撰：《藝苑雌黃》，收錄於阮閱撰：《詩話總龜》（北京：人民文學出版社，2006年6月第三次印刷），後集卷35，頁226。

〔註208〕〔宋〕袁文撰：《甕牖閑評》，收錄於鄧子勉編《宋金元詞話全編》，中冊，頁1040。

皆朝雲辭世後所作，藉此推翻朝雲乞詞之說。

三、時人讀秦詞有感

　　清代論詞絕句、論詞長短句大行其道，但以韻文形式陳述讀詞感觸，宋人已開其先河。其中亦不乏論及秦詞者，除上述如黃庭堅、張耒等人所作外，尚有陳克、李彭、晁說之、范成大、楊萬里等人之作，各有所感，別具思考，茲就各家所論要點，分述如次：

（一）陳克：讀〈滿庭芳〉（山抹微雲）

　　陳克（1081～？），字子高，臨海（今浙江）人，自號赤城居士，僑居金陵，著有《天臺集》。曾作〈大年流水繞孤村圖〉一詩云：

> 少游一覺揚州夢，自作清歌自寫成；流水寒鴉總堪畫，細看疑有斷腸聲。〔註209〕

「清歌」本指不用樂器伴奏的歌聲或用以形容歌聲清亮，但此處應是著重於陳述秦觀詞篇特質。「流水寒鴉」一詞截取秦觀〈滿庭芳〉（山抹微雲）上片末句「寒鴉萬點，流水繞孤村」，該詞為秦觀長調中，成就最高者，故此詞一出即名滿都下，流傳久遠。陳克肯定秦詞筆法精湛，能捕捉生動靈活之景，而成幽遠之境，此二句實乃為下片「銷魂」、「襟袖上、空惹啼痕。傷情處，高城望斷，燈火已黃昏」之悲傷情緒，作一鋪陳，故探究此詞應結合秦觀身世遭遇觀之，方可體會真切意味。

（二）李彭、晁說之：讀〈好事近〉（春路雨添花）

　　〈好事近〉（春路雨添花）詞，題「夢中作」，係寫夢境。先寫春山景致，詞人傍臨小溪，末二句「醉臥古藤陰下，了不知南北」堪稱千古名句，後人亦多對此感慨深沉，如李彭〈遣興兼寄豫章二弟〉三首之一云：

〔註209〕〔宋〕陳克：〈大年流水繞孤村圖〉，參見宋・陳思編、元・陳世隆補：《兩宋名賢小集》（臺北：臺灣商務印書館，1983 年，《景印文淵閣四庫全書》，冊 1363），卷 136，頁 246。

　　國士無雙有山谷，斗南獨步憶秦郎。鸚鵡洲前多勝日，古
　　藤陰下夜何長。〔註210〕

李彭（生卒年不詳），字商老，南康軍建昌（今江西）人，著《日涉
園集》十卷。首句肯定黃庭堅才學無人可比，次句提及「斗南獨步」，
意指海內獨一無二，用以標舉秦觀地位。末句則化用秦觀〈好事近〉
（春路雨添花）下片末句「醉臥古藤陰下，了不知南北」，此詞描寫
夢境，後有詞讖之說。在古藤濃陰層層覆蓋下，詞人看似酣然入夢，
超脫曠達，實際上卻是對黑暗現實的消極反抗，李彭正是藉用此意象
來追憶秦觀，帶有不捨之情。

　　晁說之（1059～1129），字以道，鉅野（今山東）人，因少慕司
馬光為人，又自號景迂生，後入元祐黨籍，撰《晁氏客語》一卷，該
書專以箚記評論為主，兼涉朝野見聞。其中亦有論及秦觀之處，云：

　　純夫撰宣仁太后發引曲，命少游製其一，至史院，出示同
　　官，文潛曰：「內翰所作。烈文昊天有成命，少游直似柳三
　　變。」少游色變，純夫謂諸子曰：

　　「文潛奉官長戲同列，不可以為法也。」〔註211〕

此處記載張耒戲言「少游直似柳三變」，柳三變為柳永，秦觀聞之「色
變」，顯示其惶恐不安或深表不認同之意。歷來多見將秦觀與柳永並
提，今日多未能直接了解秦觀對於此說的接受態度，晁說之記載此事，
是否親眼所見，今仍難以確切論斷，但此記載可間接了解秦觀對於他
人言己身風格近似柳永的態度，亦可窺見柳永在當時代被接受的情
況。晁說之另有詩篇二首，一為〈聽唱秦少游溪路雨添花詞感舊作〉：

　　秦郎不知我，我豈知秦郎。相逢每戲劇，此狷而彼狂。坐
　　有今輔弼，正色屢低昂。逮今白髮垂，悔昔少年場。一聞
　　溪路雨，淚與雨爭行。黃鸝千百在，斯人今則亡。如其並

<hr>

〔註210〕〔宋〕李彭撰：《日涉園集》，收錄於《文津閣四庫全書》，集部，
　　　　冊375，頁239。
〔註211〕〔宋〕晁說之撰：《晁氏客語》，收錄於鄧子勉《宋金元詞話全編》，
　　　　上冊，頁234。

老去，娛樂豈遽央。況復有諸生，遺頌滿汝陽。瘴霧殺君
時，龍門曾慟傷。今雖苟生活，蒼蠅待我傍。誰家有歌喉，
此曲宜斷腸。攄我一夕恨，與世同悲涼。〔註212〕

又〈山行微雨對花，覺秦少游山路雨添花之語爲佳，因有感於斯人〉
云：

今日山行花畔語，故人佳句雨添花。瘴來首禿成氍鬼，夢
裏懷鉛稱史家。　　輕薄揚州眞可笑，賢良漢殿更堪嗟。
寧知用短難鳴者，只得身存下澤車。〔註213〕

晁說之聽唱秦觀〈好事近〉詞，心有所感，作詩兩首緬懷故人。其中
論及詞人性格，最爲特殊處當屬〈好事近〉詞佳句，深深撼動晁說之
的內心深處，此二詩不僅用於懷人，更可自遣襟抱。

（三）陸游、范成大、陳鎰：讀〈千秋歲〉（水邊沙外）……

秦觀〈千秋歲〉（水邊沙外）一詞，作於栝蒼監征之時，抒發遷
謫憾恨，後人讀之多感其身世遭遇，賦詩詠懷之，如陸游〈鶯花亭〉
詩云：

沙上春風柳十圍，綠陰依舊語黃鶯。故應留與行人恨，不
見秦郎半醉時。〔註214〕

首二句鎔鑄「水邊沙外，城郭春寒退。花影亂，鶯聲碎」之意，另造
新語，用以緬懷秦觀。陸游對秦觀向來極爲推崇，〈題陳伯予主簿所
藏秦少游像〉一詩亦云：「晚生常恨不從公，忽拜英姿繪畫中。妄欲
步趨端有意，我名公字正相同。」〔註215〕此外〈出塞四首〉借用秦

〔註212〕〔宋〕晁說之：〈聽唱秦少游「溪路雨添花」詞，感舊作〉，《嵩山
文集》（臺北：商務印書館，1966年臺一版，《四部叢刊》），卷5，
頁7上、下。

〔註213〕〔宋〕晁說之：〈山行微雨對花，覺秦少游「山路雨添花」之語爲
佳，因有感於斯人〉，《嵩山文集》（臺北：商務印書館，1966年臺
一版，《四部叢刊》），卷8，頁18下～19上。

〔註214〕〔宋〕陸游撰：〈鶯花亭〉，收錄於周義敢、周雷編《秦觀資料匯編》，
頁100。

〔註215〕〔宋〕陸游撰、錢仲聯校注：《劍南詩稿校注》（上海：上海古籍出
版社，1985年9月），冊7，卷66，頁3749。

韻，可窺見陸游的關注之情。范成大（1126～1193），字致能，號石湖居士，吳縣（今江蘇）人，亦作絕句六首：

> 灘長石出水鳴堤，城郭西頭舊小溪。游子斷魂招不得，秋來春草更萋萋。愁邊逢酒卻成憎，衣帶寬來不自勝。煙水蒼茫外沙路，東風何處拄枯藤。爐下三年世路窮，蟻封盤馬竟難工。千山雖隔日邊夢，猶到平陽池館中。文章光燄照金閨，豈是遭逢乏聖時。縱有百身那可贖，琳瑯空有萬篇垂。山碧叢叢四打圍，煩將舊恨訪黃鸝。纈林霜後黃鸝少，須是愁紅萬點時。古藤陰下醉中休，誰與低眉唱此愁？團扇他年書好句，平生知己識儋州。

陳鎰〈題秦少游別曇法師詩後〉又云：

> 昔聞淮海秦公子，謫宦南來古栝城。晝臥藤陰迷客夢，春遊沙外聽鶯聲。三年監稅無他事，一日逢僧話平生。結社題詩遺跡在，高風還似晉淵明。〔註216〕

范成大《石湖集》卷十云：「秦少游『水邊沙』之詞，蓋在括蒼監征時所作。予至郡，徐子禮提舉按部來過，勸予作小亭，記少游舊事。又取詞中語名之曰鶯花，賦詩六絕而去。明年亭成，次韻寄之。」〔註217〕絕句第一首末句「秋來春草更萋萋」，似化用秦觀〈八六子〉（倚危亭）「恨如芳草，萋萋剗盡還生」，意指秦詞隱含愁緒不絕；第二首「愁邊逢酒卻成憎」及「衣帶寬來不自勝」為〈千秋歲〉（水邊沙外）詞句「飄零疏酒盞，離別寬衣帶」；第三首以感嘆秦觀身世遭遇為主，帶有追憶之情；第四首「文章光焰」應指秦觀詞篇，「金閨」為閨閣美稱，此首標舉秦觀詞名；第五首著重討論〈千秋歲〉（水邊沙外），該詞末句「春去也，飛紅萬點愁如海」，古今傳誦，後人多以此唱嘆秦觀身世遭遇，讀之亦覺沉重悲傷不已；最後一首則著重描寫蘇軾、秦觀兩人情誼。足

〔註216〕〔元〕陳鎰撰：〈題秦少游別曇法師詩後〉收錄於周義敢、周雷編《秦觀資料彙編》，頁152。

〔註217〕〔宋〕范成大撰：《范石湖集》（臺北：河洛圖書出版公司，1975年9月），頁132。

見范氏所作，關注秦觀之事不少，並擅長化用秦詞另造新語，六首作品語言工整，意味深長。陳鎰首二句關注秦觀身世遭遇，三、四句化用〈好事近〉（春路雨添花）及〈千秋歲〉（水邊沙外）二詞，遙想當年詞人行跡，末四句則著重於秦觀與僧侶來往，結社題詩之事，就此評論秦觀高雅之風，近似陶淵明。

（四）楊萬里：讀〈踏莎行〉（霧失樓臺）

楊萬里（1127～1206），字廷秀，自號誠齋，吉水（今江西）人。開禧間聞北伐啓釁，憂憤不食，卒後諡文節，事蹟具載於《宋史·儒林傳》。〈送子弟赴郴州史君羅達甫寺正之招〉詩云：

> 郴山奇變水清瀉，郴江幸繞郴山下。韓、秦妙語久絕弦，誰煎鳳嘴續此篇？君章詞客山水主，雲錦聘君君好赴。爲尋兩公舊游處，得句寄儂儂不妨。休道郴陽和雁無，也曾避雪羅浮去。〔註218〕

該詩首二句提及「郴山」、「郴江」，爲郴州山水景致，秦觀於郴州編管，作〈踏莎行〉（霧失樓臺）詞，曾描寫道：「郴江幸自遶郴山，爲誰流下瀟湘去」，楊萬里詩首二句即化用之。楊萬里追憶秦觀，常受地域所影響，此詩乃因子弟欲至郴州而有所感，另有〈過高郵〉一詩云：「解纜維揚欲夕陽，過舟覆盎已晨光。夾河漁屋都編荻，背日船篷尙滿霜。城外城中四通水，堤水堤北萬垂楊。一州斗大君休笑，國士秦郎此故鄉。」〔註219〕途經秦觀故鄉高郵，緬懷之情頓生。楊萬里對秦觀甚爲推崇，「詞客」意即擅長文詞之人，詩末應和秦觀〈阮郎歸〉（湘天風雨破寒初）「衡陽猶有雁傳書，郴陽和雁無」二句，秦觀感嘆離鄉背景，用《漢書·蘇武傳》之典故，述說衡陽尙有鴻雁傳遞書信，但己身遭貶郴州，爲衡陽之南，道路險阻，書信難至，音訊

〔註218〕〔宋〕楊萬里撰：《誠齋集》，收錄於《文津閣四庫全書》，集部，冊387，卷39，頁701。

〔註219〕〔宋〕楊萬里撰：《誠齋集》，收錄於《文津閣四庫全書》，集部，冊387，卷27，頁654。

全無。楊萬里則引羅浮詠梅之典，說明自己曾作〈次韻秦少游梅韻〉
詩：「……秦七蘇二冰玉詞，絕唱寒盟幾秋草！……」除了遙相應和，
亦帶有肯定之情。

四、與其他諸家相較

宋人對秦詞的接受態度，亦展現在和其他詞人之相互比較上，其
方式有二：一類喜將秦觀與當時代文人進行比較，論其高下優劣，如
柳永、蘇軾等人，皆曾被凸顯某類特質而與秦觀相較；另一類則以秦
詞為標準，評論風格相似者，如洪覺範、毛澤民、郭陶、元好問、蕭
景能等人。茲就此兩端，分述如次：

（一）論高下優劣

1、與柳永相較

嚴有翼《藝苑雌黃》云：「柳之樂章，人多稱之，然大概非羈旅
窮愁之詞，則閨門淫媟之語。若以歐陽永叔、晏叔原、蘇子瞻．、黃
魯直、張子野、秦少游輩較之，萬萬相遼。彼其所以傳名者，直以言
多近俗，俗子易悅也。」〔註220〕「閨門」原指婦女所居之處，後泛
指描寫閨閣女子之事；「淫媟」意為放蕩猥褻，此用以形容柳詞風格。
柳永詞風向有俚俗輕褻之譏，因此嚴有翼認為柳永與歐陽脩、晏幾
道、蘇軾、黃庭堅、張先、秦觀等人，相差甚遠。

2、與蘇軾相較

王若虛（1174～1243），字從之，自號慵夫，金亡後，微服歸故
里，自稱滹南遺老，撰《滹南遺老集》。王若虛推崇蘇、辛，提倡剛
健氣骨，鄙視淫靡習氣，對秦觀之接受，亦展現在與蘇軾、黃庭堅等
人之比較上。《滹南遺老集》云：「陳後山云：『子瞻以詩為詞，雖工，
非本色。今代詞手，惟秦七黃九耳。』予謂後山以子瞻詞如詩，似矣；

〔註220〕〔宋〕嚴有翼撰：《藝苑雌黃》收錄於張惠民編《宋代詞學資料匯
編》（廣東：汕頭大學出版社，1993 年 11 月），頁 23。

而以山谷爲得體，復不可曉。晁無咎云：『東坡詞小不協律呂，蓋橫放傑出，曲子中縛不住者。』其評山谷則曰：『詞固高妙，然不是當行家語，乃著腔子唱如詩耳。』此言得之。」〔註221〕陳師道評黃庭堅、秦觀爲當代詞手，王若虛認爲黃庭堅似乎未能掌握詞體本質，但並未評論秦觀，實乃不否認陳師道之說，隱含肯定秦詞之意味。又云：

> 東坡之文，具萬變而一以貫之者也。爲四六，而無俳諧偶麗之弊；爲小詞，而無脂粉纖豔之失；楚辭則略依仿其步驟，而不以奪機杼爲工；禪語則姑爲談笑之資，而不以窮葛藤爲勝。此其所以獨兼衆作，莫可端倪。而世或謂四六不精於汪藻，小詞不工於少游，禪語、楚辭不深於魯直，豈知東坡也哉？〔註222〕

又云：「陳後山謂子瞻以詩爲詞，大是妄論，而世皆信之，……蓋詩詞只是一理，不容異觀，自世之末作習爲纖豔柔脃，以投流俗之好，高人勝士亦或以是相勝，而日趨於委靡，遂謂其體當然，而不知流弊之至此也。」〔註223〕王若虛針對陳師道評蘇軾以詩爲詞，要非本色之說，深表不以爲然，並進行強烈反駁，足見王若虛極度推崇蘇軾；昔人多論秦觀詞勝於蘇軾，王若虛認爲此評乃未解蘇軾者所云也。

（二）評風格近似秦觀者

1、情意幽遠似秦觀者：洪覺範、毛澤民

許顗，字彥周，生卒年不詳，撰《詩話》一卷。《彥周詩話》云：「近時僧洪覺範頗能詩，……其他詩亦甚佳，如云：『含風廣殿聞棋響，度日長廊轉柳陰。』頗似文章巨公所作，殊不類衲子。又善作小

〔註221〕〔金〕王若虛撰：《滹南遺老集》，收錄於鄧子勉編：《宋金元詞話全編》，下冊，頁1797。

〔註222〕〔金〕王若虛：《滹南遺老集》，收錄於《文津閣四庫全書》，集部，冊397，卷36，頁745。

〔註223〕〔金〕王若虛撰：《滹南集》，收錄於《文津閣四庫全書》，集部，冊397，卷39，頁750。

詞，情思婉約，似少游。」〔註224〕許顗認爲洪覺範情思委婉含蓄，
頗似秦觀。另如周煇《清波雜志》云：「秦少游發郴州，反顧有所屬，
其詞曰：『霧失樓臺。』山谷云：『語意極似劉夢得楚蜀間語』……毛
澤民元祐間罷杭州法曹，至富陽所作，贈別也，因是受知東坡，語盡
而意不盡，意盡而情不盡，何酷似少游也！」〔註225〕周煇，字昭禮，
終身未仕，隨父行役各地，撰《清波雜志》十二卷，專記宋人雜事。
就上述評洪覺範、毛澤民兩人之論，可見秦觀實屬當代詞篇情意幽遠
之代表。

2、金元人風格似秦觀者：郭豫、元好問、蕭景能

詞體發展雖顯衰敝，但仍有不少作品問世，而秦詞在此時代，與
晏幾道、周邦彥等人所作，常用於形容金元時人之詞風。受評者爲郭
豫、元好問、蕭景能等人，評論者各有其側重點，如揭傒斯《純德先
生梅西集序》云：「純德先生郭君諱豫，字德基，長樂人也。世以明
經顯，號書櫥郭家。……鄭國史鉞曰：『先生之文流出肺腑，詩有開
元、元和風致，長短句妙處逼秦、晏。」〔註226〕此處引鄭鉞之語，
僅標舉晏幾道、秦觀兩人之詞；另有張炎《詞源》云：「元遺山極稱
稼軒詞，及觀遺山詞，深於用事，精於鍊句，有風流蘊藉處，不減周、
秦。如〈雙蓮〉、〈雁邱〉等作，妙在模寫情態，立意高遠，初無稼軒
豪邁之氣。」〔註227〕元好問崇尚豪放詞風，最傾慕辛棄疾，但就其
詞風論之，「風流蘊藉」之處與秦觀、周邦彥極爲相似；而揭傒斯〈蕭
景能墓誌銘〉云：「泰定三年九月五日，盧陵蕭祥嘉景能以疾卒，將

〔註224〕〔宋〕許顗撰：《詩話》，收錄於鄧子勉編《宋金元詞話全編》，上
　　　　冊，頁551。
〔註225〕〔宋〕周煇撰：《清波雜志》，收錄於鄧子勉《宋金元詞話全編》，
　　　　上冊，頁494。
〔註226〕〔元〕揭傒斯撰：《文安集》，收錄於《文津閣四庫全書》，集部，
　　　　冊403，卷8，頁619。
〔註227〕〔宋〕張炎撰：《詞源》，收錄於唐圭璋編《詞話叢編》，冊1，卷下，
　　　　頁267。

葬矣！……尤喜爲歌詞，以漢魏晉爲宗，下此惟陳子昂、李太白、韋應物以爲稍近於古，長短句則曰『周美成、秦少游、姜堯章，吾師也。』」〔註228〕此爲廬陵蕭祥嘉之墓誌銘，銘中記其平生功業，並稱蕭氏學問以漢魏晉爲宗，作詞則取法周邦彥、秦觀、姜夔等人，推崇之意甚明，足見秦詞洵屬典範之作。

小　結

　　詞體發展，歷程漫長，論詞話語由晚唐五代零星簡短，至兩宋漸趨繁多，形式愈加健全，象徵詞學發展的成熟。金元時期詞體發展，雖一度衰頹不振，但秦觀仍受關注，評論者亦別具觀點。綜觀宋金元時期對秦觀的評論，有以下數端：

　　其一、論秦觀之面向較爲多元化：此期評騭秦觀之資料，散見各處，繁多凌亂。就評論內容觀之，並未侷限於標榜詞體，亦論及人格操守、才學識見、文體特質等，面向十分多元。藉此可見秦觀他類文體並非一無可取，其策論精闢，詩句精工，書法秀美，皆可藉由宋金元之文獻中窺得，堪稱全才。

　　其二、論秦詞之觀點漸趨系統化：北宋時期，文人群體相互來往，雖常論及秦觀，但話語較爲零星簡短，未成系統。宋室南渡前後，詞話發展高度繁榮，詩話、筆記大量湧現，詞體獲得廣泛討論，論秦詞者數量亦大增。南宋中後期，論詞觀點更爲多元，由題材、風格、流派等面向進行討論，重視詞體的藝術技巧，考據風氣盛行，對軼事傳聞尤多所關注，足見論秦詞之觀點，漸趨完備嚴整。

　　其三、尚未以「婉約」風格定位秦詞：就上述諸家所評可知，宋金元時期秦詞已深受關注。但論及秦詞特質者，仍以諸多面向加以討論，並未直接以「婉約」二字定位秦詞風格；足見今日稱揚秦觀爲「婉

〔註228〕〔元〕揭傒斯撰：《文安集》，收錄於《文津閣四庫全書》，集部，冊403，卷13，頁638。

約正宗」之論，非始自宋金元時期。

其四、秦觀詩文之名漸被詞名所掩：透過上述諸家評論秦觀話語，可知秦觀學識淵博，詩文兼善，北宋仍多見肯定秦觀詩文者。南宋論秦觀詩文者，數量銳減，論秦詞者則多高評，故諸家認爲秦觀文名漸被詞名所掩，實爲確論。